二見文庫

# 愛は弾丸のように

リサ・マリー・ライス／林 啓恵＝訳

**Into the Crossfire**
**by**
**Lisa Marie Rice**

愛する者を守ってきた男たちにこの本を捧げます。

## 謝辞

職業作家には必要なものがたくさんある。なかでも、書くための時間と空間、それに出版されるチャンスがなければ話にならない。そんなわけで、わたしに時間と空間を与えてくれた愛する家族と、出版のチャンスを与えてくれたすばらしいエージェントのイーサン・エレンバーグ、そして頼りになる編集者のメイ・チャンに感謝を捧げる。

# 愛は弾丸のように

## 登　場　人　物　紹　介

| | |
|---|---|
| ニコール・ピアス | 翻訳会社ワードスミスの経営者 |
| サム・レストン | 元SEAL隊員。<br>レストン・セキュリティ社の経営者 |
| マイク・キーラー | サンディエゴ市警察の刑事。<br>サムの“兄弟” |
| ハリー・ボルト | サムの“兄弟”。元軍人 |
| ニコラス・ピアス | ニコールの父 |
| マニュエラ | ピアス家のハウスキーパー |
| ジャン=ポール・シモネ | マルセイユ港の事務員 |
| ムハンマド・ワヘド | 別名“ポール・プレストン”。<br>マンハッタンの株式仲買人 |
| ショーン・マキナニー | 通称“アウトロー”。特殊部隊の元兵士 |

# 1

サンディエゴ
六月二十八日

おい、おい、あれを見ろよ。

サム・レストンは自分のオフィスが入っている建物の通路で壁にもたれて、たっぷりと酒を流しこんだ。

視線の先にあの女がいる。

自分と彼女のオフィスのあいだにある通路に佇(たたず)みながら、みだらな妄想のなかのサムは、いかにも高級そうな大きなバッグのなかを遮二無二(しゃにむに)あさっていた。

女の全身から高級感と上品さが匂いたつようだ。最高級品。維持をするにもべらぼうな金がかかる。サムにはそんな女とつきあう時間も趣味もないので、ふだんなら考えるより先に避けるのだが、悔しいかな、この女だけは例外だった。

男なら誰しもそうだろう。

ニコール・ピアス。世界広しといえど、ここまで美しい女はいない。少なくとも、サムがこれまでに出会ったなかでは、まちがいなくピカ一だった。

彼女を見た瞬間のことは正確に覚えている。あれは二週間と三日と三十分前のこと。だが、そんなことに意味があるか？

いまサムは囮(おとり)調査員として、密輸業者や盗人たちに交じって船着き場に潜入している。サムの依頼人の大手船会社は、積み替え時に船荷が消失する原因を突き止められないまま、昨年度だけで一千万ドル近い損失を出した。

警察に頼んでも埒(らち)が明かず、会社は誰かが買収されたせいで捜査が滞(とどこお)っているのではないかと疑っていた。サムとしては、その誰かが警官でないことを祈るばかりだ。サムにはマイクという、サンディエゴ市警察本部のＳＷＡＴ（特殊火器戦術部隊のこと）に所属する兄弟がいて、それを誇りにしているからだ。

なんにしろ、妨害されているのはまちがいない。そこで船会社は民間業者に頼った。

賢い選択だ。

多額の報酬をちらつかされたサムは、港湾労働者のひとりとなって夜勤につき、裏金を受け取るのもやぶさかではないと周囲にもらした。結果、ブチンスキ・ギャング団から接触があって、あれよあれよという間に引き立てられ、大がかりな窃盗計画二件にお呼びがかかった。サムは歯に無線機をしかけられ、百枚近い写真を持たされた。ギャング団のメンバーとそれを率いる極悪なボス、そして買収された港湾局の職員三人を特定するためだ。犯人は船荷の窃盗だけでは飽きたらず、人身売買に手を染めていた。船主の知らないうちに、さらってきた若い娘たちを正規の船の船倉に隠して運ぶのだ。

そんなやつらもまもなく一網打尽（いちもうだじん）にされる。注射針を刺されて当然の連中だが、それはかなわない。ただ、ぶちこまれれば古株たちから今後長らく新しい女として扱われるのだから、それはそれで悪くない。

そんなわけで、はじめて彼女に会った日、サムは悪党然としていた。それに先立つ二週間は悪党でいることがサムの仕事だった。

サム・レストンは半端な仕事はしない。

囮調査員の実態は映画とはかけ離れている。食べるものも、着るものも、身のふり方も、そしてにおいまで、対象になりきらなければならない。げんにサムの場合、囮調査のあいだほとんど体を洗わず、ヒゲも剃（そ）らず、ときには数日間着替えすらしない。すえたにおいを漂わせていること、物騒に見えることは、承知のうえだ。いや、そうじゃない。物騒な男なのは事実だ。たとえ一日といえど、悪党どもが監獄の外で年端（としは）のいかない娘たちをいたぶろうとしているのだと思うと、怒りを通りこして殺意すら湧いてくる。

彼女をはじめて見たのは三十六時間の夜勤を終え、一睡もせずにオフィスに戻ろうとしていたときだった。シャワーを浴び、着替えをして、寝心地のいいカウチで何時間か寝るつもりでいたら、彼女が目に飛びこんできた。

実際は、見るより先ににおいを嗅ぎ取っていた。エレベーターがピンと鳴り、ドアが開いて、花の香りが……鼻腔を通じて男の頭を直撃して、その脳を台無しにする香りだった。その香りが脳に達して、サムを打ちのめした。

つぎの瞬間、彼女を目にして、息が止まった。微動だにできなかった。その後、われに返ったサムは、びっくりした。サムは鼓膜が破れる前まではＳＥＡＬ（米海軍特殊部隊）に所属し、しかもとびきり優秀な隊員だった。

ＳＥＡＬで訓練を受ければ、驚くことなど忘れてしまう。ＢＵＤ／Ｓ（ＳＥＡＬ入隊の本訓練。基礎水中爆破訓練）課程を受けることを考えるだけでも、よほど図太い神経の持ち主でなければ耐えられない。ちょっとしたことで驚くようなタイプなら、早々に排除されてしまう。

以来、なにがあっても、驚かなくなった。

ニコール・ピアスだけが例外だった。

通路の向かいにある小さなオフィスが貸しに出されているのは知っていた。ビルの管理人からそう聞いていた。借り主は翻訳会社――それがどんなものなのか、サムにはまるで見当がつかないけれど――で、ニコール・ピアスという女性が経営者だと。

それきりなにも考えなかった。

あの朝は、つねにも増して疲れており、ずたぼろで、腹まで立てていた。そして、汗とビールのにおいをさせていた。あまりに気分が悪くて、上のやつらをすぐにもブタ箱にぶちこみたくなっていたが、それを実行するほど愚かではない。証拠を手に入れられれば、組織全体を壊滅できる。そのためには何日か何週間かよぶんにクズどもと行動をともにしなければならないが、それだけの価値はあった。

フェロモンたっぷりの息を呑むほど女らしい香りに股間を直撃されたつぎの瞬間、彼女が目に飛びこんできた。金縛りにあったようになり、一秒か二秒、動くことも息をすることもできなかった。

肩までの長さのつややかな漆黒（しっこく）の髪。吊りあがった大きな目。瞳は、サムが高すぎるからと購入を控えたコバルトガラスの彫像とまさに同じ色をしており、睫毛（まつげ）はまばたきするとそよ風が起きそうなほど長くて濃い。口はちょっぴり大きめで、下唇にアンジェリーナ・ジョリーのようなくぼみがある。鼻筋はきれいに通り、肌はクリームのようになめらかだった。

これぞ男好きのする女。

砂時計のように腰のくびれたみごとな肢体を、瞳の色とおそろいのしゃれたブルーのシャツに包み、そのふるいつきたくなるような曲線には、半径一キロ以内の男ども全員が涎（よだれ）を垂らすことまちがいなしだ。

そして、そんな男がふたり、彼女から指示されるままに、チーク材のデスクと小ぶりのアンティークソファを運んでいた。骨を投げてもらおうとする二匹の子犬のようだ。

彼女はエレベーターが到着した音に反応してまっすぐこちらに目を向けた。まともに顔を見られたサムは、コバルト色の瞳をした絶世の美女を見つめることしかできなかった。

不安そうにサムを見ている瞳を。

疲れはてていたものの、世界一の美女に会ったら、おのずと全身にホルモンがみなぎる。しかも、弱ったことに、ホルモンがみなぎるだけではすまなかった。

そう、股間がいっきに反応したのだ。こともあろうに、新しい会社の本部としてサムが選んだ超高級ビルの豪華な通路で。

なんたるありさま。

一番きついジーンズをはいていてよかった。向こうはサムを目にしただけで、早くも警戒していたからだ。無理もない。こちらは悪党に見えるよう、服装も歩き方も考え方も、精いっぱい悪党らしくしていた。そう、においもだ。

しかも、女を商品として輸送しようとしていたのがわかった直後だったので、腹の底から怒っていた。そういう怒りはスイッチを切るようには消せない。

この手の女は男に関する嗅覚（きゅうかく）が働く。この女にならふつうの女がファッション雑誌を読むように、男の胸の内が読めるだろう。そしてそれがあたりまえになっている。目の醒（さ）めるような美女であり、しかもその美しさは生まれつきのものなので、幼少時から高齢になるまで周囲から美人扱いされる。つまり、男から熱い視線を受けるのを当然のこととして育っているため、悪い男や危険な男は即座にそれと察して排除できる。

サムは悪い男ではないにしろ、危険ではあり、その気配を屍衣（しい）のようにまとっている。過酷な子ども時代を送り、読み書きよりも喧嘩（けんか）のしかたを覚えるほうが早かった。大人になったときには、殴りあいだけでなく、刃物の扱い方、さらには石まで使いこなせるようになっていた。そして米国政府（アンクルサム）がサム生来の才能を買って、それに磨きをかけ、武器を与え、百万ドル以上の大金をかけて殺人兵器にしたてあげてくれた。

かつては強者（つわもの）たちを率いる兵士として生計を立て、民間人となったいまは、誰よりも強靭（きょうじん）であることによって生計を立てている。

オフィスに戻ってきたサムは、船着き場での夜勤のあと、サムをブチンスキ・ギャング団にスカウトしたカイル・コネリーとビールを飲んできたところだった。サムはコネリーがビールを十本空けるあいだに一本をちびちびやりながら、このけがらわしい男が今回の仕事のうまみを語るのを聞いていた。払いがいいとか、ドラッグのおこぼれにあずかれるとか、女を抱けるとか。コネリーはまだ十二歳のベトナムの少女を手錠で鉄柱とつないで犯したときのことを得々と語った。そればかりか、処女を手込めにしたせいであれが痛くてしかたがなかったとこぼした。そんな恥知らずな男に、同情するふりまでしなければならなかった。

コネリーの話に耳を傾け、わかるわかるとばかりに彼の背中を叩いてばか笑いするのは、困難な人生を送ってきたサムにしてなおかつ、困難きわまりないことだった。ベルトに忍ばせた絞殺具でひと思いに殺してやりたくて、文字どおり手がむずむずした。

そんなわけで、怒り心頭に発していたときに、エレベーターのドアが開いた。なんとまあ。目の前に世界一の美女がいるではないか。

実際、幻ではないかと、目をこすったほどだ。あまりにおぞましい夜だったので、その埋めあわせとして現われたのかもしれないと思った。

彼女から目を向けられたとき、サムは目をみはっていた。自分がどう見えるかは、わかっていた——恐ろしく強そうなうえに、ひどく腹を立てた大男。悪党らしき恰好をして、悪党らしいにおいを放っている。

とはいえ、その場でヒゲを剃ることも、シャワーを浴びて着替えることも、怒りのスイッチを切ることもできない以上、あとはエレベーターを降りて、自分のオフィスに入るしかなかった。

その間、コバルト色の大きな瞳が不安そうにずっとあとを追ってきた。サムが近づくとわざわざ避け、それでよけいに腹が立った。こんちくしょうめ。おれは腐っても、女を痛めつけるような男じゃないぞ。

しかし、向こうにはわかるはずもない。あか抜けた独身女性の肉体を構成する細胞のひとつひとつが、〝危険だ、気をつけろ〟と叫んでいたはずだ。独身なのは見ればわかる。きれいな指輪をいくつもはめていたけれど、左手の薬指は空いていたからだ。

独身以外には考えられない。こんな美女と結婚するなり婚約するなりした男なら、ほかの男にちょっかいを出させないため、彼女の手に特大の指輪をはめさせるはずだ。それに、オフィスへの引っ越しを手伝わない亭主や婚約者がどこにいる?

彼女にはわからないことながら、サムの怒りは彼女に向けられたものではなく、システムに向けられたものだった。いますぐギャング団をふんづかまえて、五分後にはまとめてブタ箱にぶちこんでやりたい。もちろん、少女を犯したカイル・コネリーは念入りに処置してやらなければならない。

だが、そう願うことと、できることのあいだには、大きな隔たりがある。そのことをサムほど骨身に染みて知っている人間はいない。だからこそ、どんなにむかむかしようと、身分を偽りつづけるしかなかった。自分が悪党どもを刑務所送りにするだけの証拠を集められるまでに、またほかの少女がひどい目に遭うのではないかと案じながら。そして目的を果たすため、あと数週間は悪党どもと行動をともにしなければならない。

そんなわけで、ニコール・ピアスはサムとばったり会うたびに、心身ともに疲れはて、不機嫌で、よごれた男を目にすることになった。社会のクズを退治するには、きれいごとなど言っていられない。

任務についているあいだ、ほかのいっさいを排除しなければならないことは、わかっていかった。ニコール・ピアスのように美しい女となればなおさらのこと、指をくわえて待つしかなかった。

だが、それももはや過去となった。これまでの辛抱に報いるべく、人生がきれいなリボンを結んだすてきなプレゼントを用意してくれた。

ニコール・ピアスがオフィスの外で相変わらず美しい顔をひどくしかめて、鍵がないかと、バッグのなかや上着のポケットを探っていたのだ。

その鍵を差しこむべき錠のほうは、錠とは名ばかりのお粗末なもの。サムはオフィスの賃貸契約書に署名をしたとき、部屋の広さや、立地や——いつもは周辺の環境など歯牙にもかけないのだけれど——この建物の重厚な雰囲気にいたく満足していた。ここなら顧客に安らぎを与えられる。たしかに、淡いアーストーンとしゃれたデザイナー家具があるからといって、なにかが変わるわけではない。

けれど、世の中にはそういうことを気にする人が多い。そこが大きくものを言うことに、サムは気づいた。こわばった面持ちでやってきた顧客が、建物のなかに入ると緊張を解く。制服姿のドアマンに、真鍮とチークの優雅な調度。床はスレート敷きで、あちこちに豪華な花が活けてある。

オフィスの内装デザイナーは、ビルの管理会社が紹介してくれた。やってきたデザイナーはサムが借りただだっ広いスペースの寸法を測って帰り、一週間後に再来すると、オフィスのなかを宇宙船のようにしつらえた。デザイナーの手になる宇宙船は、しゃれていて居心地がよかった。大金を払わされたものの、訪れる依頼人の顔を見るに、それだけの価値はあったようだ。

当然のことながら、レストン・セキュリティ社を訪れる者にはほっとする必要があり、オフィスがそこを受け持ってくれるのは、人をくつろがせるのが苦手なサムには、ありがたかった。お愛想も世間話も無縁だったからだ。

問題があると、すぐにでも解決したいのがサムだった。矢となって、解決に向かって一直線に飛んだ。部隊においてはこうした姿勢がプラスに作用した。問題と取り得る解決策が明確に提示され、部隊員の感情などまったく考慮されないからだ。

その点、民間人の暮らしはクソのようだ。考えてみると、民間人になってからは、依頼人に手を焼いている。みな本心を口にするのを恐れ、情報をよこさず、果たすべき義務を隠したがる。まったく、困ったものだ。

そんなとき高級感があって安らげるオフィスがあると、重宝(ちょうほう)する。

しかも、通路をはさんだ向かいには、見つからない鍵を探すニコール・ピアスがいる。

いまなら手を貸せるのではないか。ただとはいかないけれど。

「手を貸そうか？」サムは声をかけた。豪勢な美女が跳びあがらんばかりに驚くのを見て、笑(え)みをかみ殺した。

「手を貸そうか？」通路をはさんだ向かいのセキュリティ会社に出入りしているいかがわしい風体の男が尋ねた。

ニコール・ピアスはさっとふり返った。パニックを起こして、心臓の鼓動がいっきに速くなった。ああ、困った、すぐそこに男がいる。長身で大柄で髪が黒くて厳めしい顔をしているうえに、とてつもなく恐ろしげだった。

さっき見たときはいなかった。この階に出入りする人たちは、ニコールの会社の始業時間である九時にはとうにオフィスに出勤しているので、通路でひとり、内心パニックを起こしながらバッグのなかを探っていた。

どうしたらこんな大男が音もたてずに動けるのだろう？　鍵が見つからないという悲劇で頭がいっぱいだったけれど、だとしても合点がいかない。この男はとにかく大きい。なにかしら音がしたはずだ。

けれどあらためて考えてみると、職場とおぼしき通路の向かいの部屋に出入りするときも、この男はまったく音をたてない。ぞっとするほどに。

ニコールは警戒の目で男を見た。両手のほうは、いまだバッグのなかだった。ふたつ折りにしてブリーフケースに使うことも多い大ぶりのバッグだ。

男は腕組みをして、壁にもたれていた。上品な通路にいると、いかにも場違いだった。高い身長。ひときわ広い肩。厳めしくて、笑みを知らない顔。セントラル・キャスティング（エキストラの配役を行ない、ステレオタイプの代名詞にもなっている映画の配役会社）が仕事の依頼でもしていれば申し分ないのだが。不審者。巨漢。威圧的。警戒すべき相手。

だが、そんな電話はかけられていない。セントラル・キャスティングがサンディエゴの中心街にあるモリソン・ビルディングに入居させるのは、善良でお上品なオフィスワーカーばかりで、広告業界関係者には多少派手な人もいるけれど、害のない人ばかりだ。

こんなならず者が出入りする場所ではない。ニコールを見つめる黒い瞳は、揺るぎなく醒めていた。クリーム色と青緑色で統一され、壁には高価なムラノガラスの照明器具が取りつけられ、フィリップ・スタルクによるルイ十五世様式を模したプラスチックのコンソールテーブルに置かれたスチューベンガラスの花器にカラの生花が活けてあるような空間には、まったくもって場違いだった。

ニコールが高い家賃を払ってペトコ・パーク球場近くの高級ビルに小さなオフィスを借りたのは、上品で優雅なデザインが気に入ったのがひとつ、そしてもうひとつは、景気のよさを声高に訴えることによって、創業したばかりの会社にひそむ深刻な財政難をおおい隠すためだった。

朝な夕な波となってこのビルに出入りする人たちは、みな隙のないしゃれた身なりでせかせかと忙しそうにしている。株が大暴落したあとも、身ぎれいで金回りがよさそうにしているので、ならず者が浮いて見える。

新会社の儲けのかなりの部分が家賃に消えるし、部屋は指ぬきほどの広さしかないが、ニコールはその部屋が気に入っていた。不動産業者から部屋を見せられた三十分後には、契約書に署名をしていた。

けれどそれも、ならず者が通路に出没するまでのことだった。ニコールがふり返るたびに、男はそこにいるようだった。大男で、バイク乗りのような恰好、いやバイク乗りの実体など知らないから、ニコールが想像するバイク乗りだ。世界じゅうの領事館や大使館では、バイク乗りなど育たない。

男はまるで制服のように、よごれて破れたジーンズに、色褪せてどぶ色になった黒いTシャツをいつも身につけ、それにときおり黒革のボマージャケットを重ねていた。

黒い髪をだらしなく伸ばし、みっしりと生えた黒いヒゲがきたならしかった。ふたつ先の広告会社で働く男たちの気取った無精ヒゲとは質が違う。そう、この男は数週間に一度しかヒゲを剃らない。

だが、このならず者がほかの人たちと違うのは、気取った服を着て身だしなみを整えないというだけにとどまらなかった。

エレベーターに乗っている彼をはじめて見たときのことは忘れられそうにない。片腕で壁によりかかって頭を垂れているその姿は、戦闘から戻った直後の兵士のようだった。

もちろんサンディエゴの中心街ではどこにも戦闘など、ないけれど。男は通路をはさんだ向かいのオフィスに入っていった。念入りなセキュリティを難なく突破したので、そこで働いている男だろうと察しをつけた。

用心棒だろうか？

それからオフィスに出入りするたび、彼から監視されているのを感じた。じっと見られるわけではないけれど、自分に向けられる彼の意識がスポットライトのようだった。

いまその男が自分を見つめていた。滑稽なほど広い胸の前で腕を組み、険しい目つきでひたと自分を見すえている。

「手を貸そうか？」男はもう一度、尋ねた。外見にぴったりの声だった。あんまり低くて太い声だったので、ニコールの横隔膜に震えが走った。

いや、震えが走ったのは、パニックのせいかも。

鍵がない。

ありえない。あの仕事のために苦労してここまで段取りしたのに、よりによって今日、オフィスに入れないなんて……。

「いえ、だいじょうぶです」ニコールは歯をむきだしにして、笑顔に見えることを願った。だいじょうぶなんて大嘘だ。

いま見つけられないもの、そして是が非でも必要としているものは、オフィスの鍵、エルメスの銀色のキーホルダーにつけた鍵だった。このキーホルダーはまだ父が働いていて自力で歩けたころ、誕生日プレゼントにくれたものだ。いつだって、かならず、バッグの前ポケットに入っているはずなのに……それがない。

こんな日にかぎって。

オフィスのドアに頭をつけて考えたかったけれど、ならず者から黒い瞳でじっと見つめられていては、それもできなかった。男が立ち去るまで、我慢するしかない。

男に見られながら、もう一度、リネンのジャケットのポケットを右、左と確認し、バッグを調べた。その三カ所を何度も何度もくり返した。

見つからない。

パニックを起こしてあわてふためいているのを人に見られるなんて、悲惨だった。近ごろはなにかと失ってばかりいる。かろうじて残っているもののひとつが尊厳だというのに、それもいま、渦を巻いて流れ去ろうとしている。

ニコールは震えを止めようとした。こういうビルでは体裁が大事なので、冷静さを失ってはいけない。さもないと、賃料を値上げされてしまう。

われながらみっともなかった。屋内は強力なエアコンによって十七度に保たれているというのに、顔まで汗まみれになって必死にバッグをあさっている。ニコールは背中を汗が伝っているのを感じて、手を止めた。つと目をつぶって、心を鎮めようとした。深呼吸する。吸って、吐いて。

ひょっとして、しばらく目を閉じていたら、ならず者がいなくなっているかもしれない。男に消えてもらいたいと心から願っていることに気づいた。ここは紳士らしく、見て見ぬふりをして立ち去ってくれないかしら。

そんな虫のいい話はなかった。

目を開くと、やっぱり男はそこにいた。黒い瞳に屈強な体つき。ニコールがいまから使いたいと思っているコンソールのすぐ脇に立っていた。

ニコールはスレートの床と透明のコンソールを見くらべて、歯を食いしばった。どちらを選んでもぞっとしないけれど、しゃがみこんで床にバッグの中身をあけるよりは、男に近づいてコンソールの上にあけるほうが、多少は威厳が保てる。

そこで、危険はないと踏んで、恐るおそる男に近づいた。白昼人目のあるビルのなかでまさか襲ってはこないだろうけれど、それにしても大柄で、信じられないほど屈強そうな男だ。美しいコンソールまで行くと、昨日管理人が活けなおしたばかりのカラの花瓶をどけ、バッグの口をがばっと開いて、透明のコンソールの上で逆さにした。

静かな通路に騒々しい音が響いた。

自宅の鍵に、車の鍵、外付けのハードディスク、銀の名刺入れ、携帯電話、ペン四本、フラッシュメモリ。そのすべてがけたたましい音をたてた。そして革の化粧ポーチに、ペーパーバック、小切手帳、メモ帳、アドレス帳、クレジットカード入れが山となった。

冷や汗をかきながらコンソールの上の私物をかき分け、目を皿のようにして何度も調べた。呪文でも唱えるように、ひとつずつ心のなかで唱えた。バッグに入っているべきものはすべてそろっていた。

ただひとつ、オフィスの鍵をのぞいて。

なんという災難だろう。ロビンソンの建築現場にまわっていたので、いつもなら九時の到着が九時十五分になった。これから、顧客になってくれる見込み大のニューヨークの会社と、ニコールが抱える優秀なロシア語の翻訳者ふたりと、大きな仕事をめぐってテレビ会議の予定が入っている。とても大きな仕事で、これが決まれば、来年の収入は二〇パーセント増しになる。なにがなんでも勝ち取らなければならない。

父の医療費は増える一方なのに、先の見通しが立っていない。この週末、夜間の看護師をひとり雇った。それが月に二千ドル。ハリソン医師から先週、放射線治療がもうワンクール必要になるだろうと言われた。それでまた一万ドル飛ぶ。いまそんなお金はないから、なんとしても稼ぎださなければならない。大急ぎで。

テレビ会議がうまくいったら、少なくともしばらくは、お金の問題から解放されるかもしれない。

かといって、中心街から自宅まで戻って、鍵を持ってくるだけの時間は、どう考えてもない。

かった。かりに間にあったとしても、そんなことをすれば重病の父を狼狽させる。父は一日じゅう気の安まることなく、案じつづけるだろう。あまり眠れなかった夜のあとだけに、父を心配させるようなことはしたくない。

父ニコラス・ピアスに残された時間はそう長くない。だからこそできるだけ安らかに過ごさせてやりたい。

やはり、自宅に鍵を取りに戻ることはできない。と同時に、今日のテレビ会議をあきらめることもできない。ニコールが経営するワードスミスという名の翻訳会社は、まだ立ちあげたばかりで、この顧客を取りのがしていいほどの実績はなかった。今回顧客になってくれそうなのはニューヨークの大手ヘッジファンド会社の経営者で、シベリアのガスの先物とロシアの債券市場への参入に先立って、専門資料と市場分析書の翻訳者を求めていた。

ニコールの背中を汗が伝った。震える手をこぶしにして、そっとコンソールに押しあてた。さじを投げてしまいたいほどの絶望感だった。

ありえない。

「おれにならドアを開けられるぞ」ニコールは地鳴りのように低く太い声で放たれた言葉に、ふたたびびくっとした。あまりの運のなさに、ならず者がいることを忘れていた。男の黒い瞳がうかがうようにこちらを見ていた。「ただってわけにはいかないが」

余裕のない時期だけれど、お金を払ってでも、いまはオフィスに入りたかった。小切手帳をつかんで、男のほうを向いた。男は無表情だった。寛大な男だとみなす理由はどこにもないけれど、自分が置かれた明らかな苦境を大儲けの機会に使わないでくれるように祈ることはできる。

女神さま、絶望にあえぐ女にお慈悲を。

「わかりました、いくらか教えてください」小切手帳の表紙をめくった。残高を見て、眉をひそめそうになった。神さま、ふっかけられませんように。悪くすると赤字になってしまう。

ニコールは手に力を入れ、震えを見せまいとした。

男を見あげ、小切手帳の上にペンを構えた。「おいくらですか?」

「食事につきあってくれ」

ニコールはそのまま書きとめようとして、つと手を止めた。「あの——もう一度、言ってくださる?」一瞬、〝ならず者と食事〟と書きかかった小切手の金額欄を見つめた。

「食事につきあってくれ」男はくり返した。やはり幻聴ではなかった。

ぽかんと口を開け、言葉が出てこなかった。

この男と食事? まったく知らない男だ。わかっているのは、見た目が……荒々しいことだけ。ニコールはとっさに身を引いた。

こちらのようすをうかがっていた男が、鋭くうなずいた。まるでニコールがなにかを言って、それに同意しているようだ。「おれのことを知らないんだから、警戒して当然だ。基本的なことからはじめよう」日焼けしたごつくて大きな手を差しだした。あまりきれいな手ではない。「サム・レストンだ、よろしく」

サム・レストン……レストン？

ニコールは見ずにいられなかった。通路をはさんだ向かいのドアの横にある、大きな真鍮の銘板に目をやった。輝きを放つその板には、このビルのなかでもっとも羽振りがいいと噂の会社の名前が刻んである。レストン・セキュリティ。男はニコールの視線をたどり、ふたたび彼のほうを見るまで待った。

ひょっとすると、この会社のオーナーのいとこかなにかで、一族のはみだし者なのかもしれない。あるいは兄弟とか甥っ子とか。

尋ねないわけにはいかない。「あの……レストンさんのご親戚でらして？」

男はニコールを見たまま、ゆっくりと首を振った。「おれの会社だ」

しまった。気まずいことを尋ねてしまった。

男はいまだそこで手を差しだしており、ニコールは両親から行儀を叩きこまれていた。世界じゅうの大使館で、圧制者や独裁者やテロリストとおぼしき人物とも握手をしてきた。そんなニコールにとって、男の手を握らないのは、不可能に近かった。

そろそろと手を差しだすと、男がそれを握った。男の手のひらは熱っぽくて、タコがあって、がさついていた。一瞬、握手をしたときの圧力で自分の男らしさを誇示するタイプかもしれないと怖くなった。こんな手なら苦もなくニコールの手を握りつぶせるし、こちらはキーボードを打てなくなったら商売あがったりだ。

だから、彼がそっと手を握って、すぐに解放してくれたときには、心の底からほっとした。

「は、はじめまして」言葉に詰まった。ほかになにを言っていいか、わからなかった。「あの――」けれど、なにがなんでも自分のオフィスに入らなければならない。「ニコール・ピアスです」

「ああ、知ってるよ、ミズ・ピアス」男はあらたまって会釈をした。その瞳は深い闇のように黒く、そして――いま気づいた――知性の輝きがある。「それで――報酬の件に関してだが、おれにセキュリティ上のリスクがないことを証明させてくれ」

彼は薄型の、ひどく値の張る携帯電話を取りだした。機能といいデザインといい、ニコールもその携帯が欲しくてたまらなかったのだけれど、いまの財政状態では贅沢すぎるとあきらめたモデルだ。彼がボタンをふたつ押した。誰にかけたかしらないが、短縮ダイヤルに設定してある相手で、発信音に続いて、男の声が聞こえた。「暇つぶしなら承知せんぞ」

「ここにとあるレディがいて、食事に誘いたいんだが、彼女はおれの善良さを知らない。それで、ヘクター、あなたに後押ししてもらいたい。顔を見せて、そのレディを説得してくれないか。名前はニコール・ピアス。いいように言ってくれ」

ニコールはおずおずと携帯電話を受け取った。携帯のディスプレイにはつい最近サンディエゴの市長になったばかりのヘクター・ビジャリアルの整った浅黒い顔が映しだされていた。鮮やかなオレンジ色のゴルフシャツを着て、肩にクラブをかついでいる。場所はゴルフ場、まぶしい日差しにまばたきしている。「やあ、ミズ・ピアス」太い声がほがらかに響いた。

ニコールは咳払いをして、声から不安を消そうとした。「市長」

「いかにも」市長はにっこりして、眉を吊りあげた。「サム・レストンと食事に行きたいのかい？　ほんとに？」軽いなまりのある声には、からかうような調子がある。

「あの、実際は——」

政治家に話をしようと思っても無駄だ。すぐにさえぎられてしまう。

「心配無用、サムはいいやつだからね。きみの要望に応えてくれるのはまちがいない。ただし、あらかじめ警告しておきたいことがある、ミズ・ピアス。真面目な話だ」

ニコールの心臓が大きく打った。サム・レストンの醒めた厳めしい顔を見あげた。市長は大きな声で話しているので、彼にも筒抜けのはずだ。

「はい、市長、なんでしょう？」

「彼とはポーカーをしないように。情け容赦ないぞ」哄笑とともに、電話が切れた。

ニコールはゆっくりと携帯を閉じ、サム・レストンを見あげた。突っ立ったまま動かず、動いているのは、彼が静かに息をするたびに上下する厚い胸板だけだった。心得たもので、得意げでも、満足げでもない。ヒゲにおおわれたいかつい顔は無表情そのものだった。そして、ニコールの出方をただ待っている。

ニコールが片端を持って携帯を差しだすと、彼がもう一方の端をつかんだ。熱を帯びた十二センチほどのプラスチックを介して、ふたりが一瞬つながれた。ニコールは手を放した。その場から動けないニコールと、浅黒い彫像のように動かないならず者——いや、サム・レストン——が、顔を見あわせた。ビルからひとけがなくなったように、いっさいの音が消えた。エアコンやエレベーターの音すら、聞こえない。

動画を一時停止したように、すべてが止まっていた。

ついにニコールが大きく息をついた。

そういうこと。

ならず者に見えるこの男、サム・レストンは、連続殺人鬼でもドラッグの密売人でもなく、その実体は超優良企業のオーナーなのだ。レストン・セキュリティの羽振りのよさは、モリソン・ビルに巣くっているゴシップマシンからひっきりなしに流されている。少なくとも、新規顧客からときおり受ける点滴でどうにか生き延びているワードスミスよりはるかにうまくいっているのは、確かだった。

いま目の前で黙って自分を見つめている、ひどく危険な雰囲気を漂わせた恐ろしくきたならしい男がレストン・セキュリティのサム・レストンなら、これは受けていい話だ。

約束は約束だ。彼がオフィスのドアを開けてくれて、テレビ会議の電話ができたら、食事につきあう数時間をはるかにしのぐ借りができる。

サム・レストンは微動だにせず、黙ってこちらを見ていた。

九時二十三分。ニコールは深呼吸した。「わかりました。指定された日にあなたと食事に行きます」背後のドアを手ぶりで示した。「でも、それにはいますぐドアを開けてもらわなければならないわ、ミスター・レストン。九時半ちょうどに重要な仕事の電話が入る予定で、その電話に出られなければ、取引の話はなかったことになってしまうんです」

彼は深くうなずいた。「いいだろう。おれのことはサムと呼んでくれ」

「ニコールよ」通路の奥にある大きな時計を見て、歯ぎしりしそうになる。サム・レストンにドアを開ける気があるにしろ、六分以内に開けてくれないと、時間切れになる。「あの……マスターキーを持ってる管理人でもいるの?」

「いいや」彼が首を振る。「それで——条件は呑んでくれたんだな?」

「ええ、いいわ。取引成立よ」じりじりして、つま先で床を小刻みに叩きたくなった。

「今夜おれと食事に行ってくれるんだな?」彼は念を押し、ニコールの顔を見て、広い肩をすくめた。「海軍をやめて、ビジネスマンになったときから、契約内容は念入りに確認することにしてる」

どちらかというと、拳銃を使って取引を強要するタイプに見えるけれど。

「新米のビジネスウーマンとして、約束を守る大切さはよくわかっています。だから、ええ、あなたのお誘いを受けるわ。さあ、ドアを開けて。蹴り開けた場合は、弁償してもらいますから」

「もちろんだ」彼はつぶやいた。

ニコールはちらっと腕時計を見た。まずい。何日もかけてようやく設定できた会議だ。相手はウォールストリートの〝宇宙の支配者（マスター・オブ・ザ・ユニバース）〟。時間をとってもらうなど、不可能に近い。

当該の〝支配者〟はフロイトいうところの〝肛門性格〟の人物で、九時半に会議の電話と言ったら、一分一秒たがえずに九時半でなければならず、そのときニコールが電話に出そびれたら、二度と電話はかからない。彼が鼻にかかった耳ざわりなニューヨークなまりで、理解が追いつかないほどの早口で語ったところによると、誰にも自分の時間を無駄にはさせない、少なく見積もっても一分につき千ドルの価値がある、とのことだった。

意味するところは明らか。九時半に電話に出ること。さもなければ取引はない。

ニコールは引退した経済学の元大学教授ふたりを翻訳者として抱えている。ひとりはロシア生まれで十代に渡米し、もうひとりは十年のモスクワ留学経験がある。ふたりとも長期にわたるこの大がかりな翻訳業務にぴったりの人材なので、〝支配者〟にも高額の料金を提示するつもりだ。この取引で得られた収入が、夜間看護師の支払いにまわる。

あと四分。このままでは約束を守れず、顧客を失う。もはやこれまで……。

腕時計から顔を上げるや、まばたきをくり返した。

オフィスのドアが大きく開き、美しくきれいな部屋が奥から手招きしていた。

あっけにとられてサム・レストンを見ると、腰を起こして、ドアから離れるところだった。

「どうやったの？　どうやって錠をこじ開けたの？」錠をこじ開けるにはそれなりの段取りが必要で、時間だってかかるはずなのに。映画でも泥棒は延々と錠と格闘している。

サム・レストンは悦に入っているふうも得意なふうもなく、顔をしかめていた。「借りたときのまま、防犯対策を講じてなかったんだな」太い声が非難がましく響いた。

「ええ、そうだけど」ニコールはウサギの穴に落ちたような気分だった。不動産業者からセキュリティは万全だと聞かされていたので、オフィスの錠についても安心してそのままにしていた。「替えるべきだったの？」

「当然だろう。こんなにちゃちなんだぞ」彼は眉間の皺を深めながら、なにかをポケットに入れた。解錠用の道具ならぜひとも見せてもらいたいけれど、いまはその時間がない。

ふたたび腕時計を一瞥して、オフィスに駆けこんだ。間一髪でテレビ会議の電話に間に合った。

残すところわずか二分。

「助かりました、ミスター・レストン。それで――」

「サムだ」

「サム」ニコールは歯を食いしばった。あと一分半。「いつどこでお会いしたらいいか、教えてください」

彼のしかめ面がますますひどくなった。「その必要はない。自宅まで迎えにいく」

押し問答をしている時間はもちろんのこと、あきれ顔をしてみせる時間すらなかった。

「わかりました。七時でいかが？　住所はマルベリー・ストリート三四六。それでおわかりになるかしら？」

「ああ。七時に迎えにいく」低く穏やかな声だけれど、顎の筋肉にさざ波が走った。

家が遠いのかしら？　遠いようなら、なにか言うはずだ。こちらとしては、レストランで会うほうが好ましいのだけれど。

彼は背を向けて立ち去り、ニコールはドアを閉めた。ほどなく電話が鳴った。

急いで受話器を取ると、支配者の鼻声が聞こえた。間に合った！　費用は高くついたけれど、当座の急場は切り抜けられた。

## 2

よし、うまくいった。

サム・レストンはデスクにつき、その日の報告書に目を通しはじめたが、おいしそうなニコール・ピアスが目の前をちらついて離れなかった。気品のある顔立ち、砂時計のようにウエストのくびれた体、それを包む上品な服装。優美な性的夢想を誘う女。

はじめて彼女を見たときから、この瞬間を待ちわびていた。あれはサムの会社の、通路をはさんだ向かいにある小さなオフィスに、彼女が引っ越してきた日だった。

彼女の部屋の狭さをなぜ知っているかというと、広々としたいまのオフィスを借りる前に不動産業者から見せられたからだ。あんな狭い部屋では資料置き場にもならない。彼女は翻訳会社を経営している。翻訳業についてはまったく知らないけれど、フランス語から英語に翻訳するのにスペースはあまり必要ないらしい。

あるいはスペイン語からロシア語、イタリア語からドイツ語、ノルウェー語からポルトガル語へ。

すっきりとデザインされた翻訳会社のウェブサイトによると、彼女はそのすべてを取り扱っている。言語の組みあわせたるや、驚くべき数がある。翻訳者として挙げられている人物は百二十人を超え、世界ところ狭しと散らばり、それぞれが輝かしい経歴の持ち主だった。もし宇宙船で翻訳作業が行なわれていたら、彼女はその人物も翻訳者として抱えるにちがいない。

ちゃちな解錠作業の代価——ふたりで食事——を告げたときのニコール・ピアスの顔を見たときは、思わず声をたてて笑いそうになってしまった。

だが、いま輝きを放つ高価なデスクの卓面にゆったりと腰かけるきたなくてあか抜けない大男を見るに、無理もなかった。悪党にしか見えない。たしかに、敵にまわしたい相手ではない。もちろん、断じてニコール・ピアスの敵ではないけれど。

はじめて見たときから、クリーム色をした彼女の皮膚に触れたくて、うずうずしていた。そのチャンスが訪れた暁には、絶対に手を清潔にしておきたい。そして、やさしく触れる。力はあるけれど、その抑え方は心得ている。どんな女でも、女を傷つけることは、考えただけでも吐き気がする。とりわけニコールとなると……傷つけるなどということは、選択肢にも入らない。

彼女を抱くのは……それはまた別の話だけれど。

ニコール・ピアスのドアの錠は、こちらのばつが悪くなるほどお粗末だった。彼女がきれいな腕時計で時間を見ていたわずか二秒のうちに、解錠できてしまった。
サムがオフィスのドアを開けているのを見て、驚きに口をあんぐりさせていた彼女を思いだし、にやにやしながらメールをチェックした。今日の午後、デートの前には、髪を切って、ヒゲを剃り、時間をかけてシャワーを浴びなければならないから、いまのうちにある程度仕事を片付けておかなければ。

メールの件名にざっと目を通し、〝ナイチンゲール到着〟という文字を見つけると、思わずこぶしを天に突きあげた。

メールを読み、満足してうなずいた。二十四歳のアマンダ・ロジャーズが新しい名前と仕事を得て、アイダホ州のクールダレーヌで新しい生活をはじめたという。

サムが最後に見たアマンダは、このオフィスの客用の椅子に浅く腰かけて、恐怖に震えていた。きれいな娘——少なくとも、たくさんの青痣と、膨れあがった黒い目元と、腫れた顎がない彼女を想像できれば、きれいな娘だった。片方の腕にはギブスをはめ、もう一方の手で椅子の肘掛けを握りしめていた。傷ついていないほうの腕はほっそりして、手首も華奢だった。怒りにかられた男にならば簡単に折れるし、実際折られた。アマンダをそんな目に遭わせたのは彼女の恋人だった。

細くて華奢な手首を折られるのではすまなくなる日が遠からずくる。そう、こんど折られるのは細くて華奢な首だ。サムにはそれがわかった。サムの兄弟であるハリーとマイクにもわかった。三人が三人とも、自分より弱い人間を痛めつけることを無上の喜びとする男たちに育てられた。そんな男たちがまっ先に標的にするのが女と子どもだった。

サムはアマンダにたいしてもいつものように感情を隠して事務的に接したが、彼女をサンドバッグにしたろくでなしの恋人への怒りで、心のうちは煮えたぎっていた。身長百八十五センチ体重百キロの屈強な男である彼女の恋人は、いま檻のなかにいる。逮捕されてから、書類が記入され、鉄柵のドアがガチャンと音をたてて閉まるまで、アマンダを口ぎたなく脅しっぱなしだったそうだ。

そのようすをつぶさに見ていたマイクが、サムに連絡してきた。

中心街の警察署で怯えきっているアマンダとすでに言葉を交わしていたマイクは、彼女に言って聞かせた。金のある恋人は保釈金を積むだろう。もう一度、彼から〝やさしいお世話〟を受けたら命はない。そう彼女に言い聞かせて、こっそりサムのもとへやった。

サムのしたいことは、こういうことだ。生きがいと言っていい。兄弟のマイクとハリーにしても同じだ。レストン・セキュリティ社の大成功には満足している。これ以上の成功を望めないほどだ。人から指図されることなく、たんまり儲けている。

だが、サムとハリーとマイクが快感を覚えるのはこのこと、独自の地下ルートを持っていることだった。金と力と知識があれば、残忍な暴力の方程式から女たちを抜けださせることができる。女たちは子どもを連れていることも多かった。

恐怖に彩られずに人生に挑戦できる場所に彼らをすっと移してやる。ああ、いい気分だ。こんなに気分のいいことはない。

女たちはぽつぽつとサムのもとを訪れた。サンディエゴ市警察本部の刑事部に所属するマイクに連れられてくることもあるが、大半はうわさを聞きつけてやってくる。背の高い女、低い女。ブロンドにブルネット。きれいな女もいれば、十人並みの女もいる。だが、怯えた顔つきをして、絶望を抱えこんでいるのは、どの女も同じだった。まるで殴られすぎてすでに死に絶え、あとは肉体がそれに追いつくのを待っているようだった。

女が単身で訪れることもあれば、悲しいことに、子どもをひとり連れていることもあった。子どもたちはギブスをはめていたり、青痣や火傷の跡があることが多かった。そしてサムは無表情の仮面をかぶって、日程や場所や段取りを伝える。その実、心のなかのサムは、子どもの細い腕を折ったり、柔肌にタバコを押しつけたり、こぶしを振るったりした相手をどうにかしてやりたい凶暴な男になっていた。

〝おい、クソ野郎、誰かを殴りたいのか？　だったら二十キロしかないガキじゃなくて、おれをやったらどうだ？　ただし、こちとら物心ついたころから武術のたしなみがあるぞ。汗ひとつかかずに、おまえのそのクソみたいな体から、クソみたいな心臓をつかみだして、おまえに食らわせてやる。うん？　その気が失せたか？〟

そんな胸のうちをサムはけっして表に出さない。ここに来る女や子どもはすでに一生分の暴力を見てきている。だから穏やかに彼らの逃亡に手を貸し、新しい人生へ送りだす。

サムから見ると、この世界には怪物のこぶしによって大きな穴が空けられている。そして、その穴を閉じるためにサムたち兄弟は多くの時間と手間を費やしている。

サムはアマンダに新たな身分を与えて、その痕跡を入念に消した。このままトラブルに巻きこまれずにいれば、安全かつ自由に暮らしていける。

身分証明書つきで新たな暮らしをはじめさせるのにかかった費用は一万ドル。加えて、生活が軌道に乗るまでの費用として現金で五千ドル持たせた。

ナイチンゲールは新たな家、新たな人生のなかにいる。今年に入ってからだと、ハトとハヤブサ、フィンチ、フラミンゴ、カモメ、サギ、ハチドリ、トキ、コンゴウインコ、マネシツグミに続いて。十一人の女と七人の子どもが、サムの提供した環境で安全に暮らしている。

その資金を支えてくれているのが顧客たちだ。彼らにはそれだけの余裕がある。

サムは船会社のオーナーのファイルを開き、深い満足感とともに経費として一万五千ドルを追加した。一千万ドル以上の損害を防いだのだから、いくらか返してもらっても罰は当たるまい。

アメリカの実業界は、政府を介して、サムを鍛えあげるために数百万ドルを負担した。それにはＳＥＲＥ――生存（サバイバル）、回避（イベイジョン）、抵抗（レジスタンス）、脱走（エスケープ）――の訓練も含まれていた。つまり合衆国政府によって、サムは脱走と回避の専門家となった。

実業界のやつらに、よるべない者、弱き者、奈落に落ちた者、顧（かえり）みられない者のつけを払わせていると思うと、たまらなくいい気分になる。

いい気味じゃないか。

ナイチンゲールは到着し、ならず者は永遠に牢に入れられ、おれはニコール・ピアスとデートする。世界はこうでなくっちゃいけない。

「おや、サム・レストンが笑顔か？　ビールでも出してこなくちゃな。なにがあったんだ？　スチュワート大佐の金玉が脱穀機にでもかけられたか？」ローランド・スチュワート大佐は一年半にわたる地獄のような生活でサムの指揮官をつとめた血も涙もないサディストで、その軌跡に彼にたいして憎しみを抱く人びとを残しつつ昇進のはしごをのぼっている。そのスチュワートの金玉が脱穀機にかけられたら、笑顔になるだけの価値がある。

「そんないい話があるかよ。あの冷血漢なら、きれいな金玉のまま、いまじゃペンタゴンにおさまってるぞ」

サムの兄弟のひとり、ハリー・ボルトは、松葉杖二本を壁に立てかけて、震える右肩をオフィスのドアにもたせかけた。サムはそれを見ながら黙っていた。サムとマイクが何度もくり返し声を大にして言ってきたとおり、ハリーには杖なしで立つ権利がなかった。いや立つ権利すらない。最後に手術を行なった整形外科医から、骨がつくまで最低でもひと月は車椅子を使え、と言われているからだ。

ハリーの最大の敵は、ハリー自身だった。ハリーが取り返しのつかないばかなことをしでかさないように監視するため、サムはコロナドショアズにある自分と同じコンドミニアムのこぢんまりとした一室をハリーにあてがった。

アフガニスタンから帰還したとき、ハリーの体の骨は折れ、頭には悪霊が取り憑いていた。この悪霊をおとなしくさせておくことができるのはウイスキーとあるジャズシンガーの歌だけで、最近では暗がりのなかで延々とそれを聴いていた。自分の体を大切にできる状態ではなかった。医者たちがのんびり構えろと言えば言うほど、それに反発した。すでに二度ひどい転び方をして、数カ月単位で快復を逆戻りさせた。

サムはカッとしたついでに、つい、会社に来てろ、と言ってしまった。自分の目の届くところに置いておきたかったからだ。それならハリーが倒れても、そばで受け止めてやれる。レストン・セキュリティ社は急成長していたので、人手が必要だという口実はもっともらしく聞こえた。だが、いざ蓋を開けてみると、ハリーはただの人手ではなかった。会社にとって、きわめて貴重な人材となったのだ。ハリーはサムよりもコンピュータの扱いに長けており、実際のところ、ひじょうに優秀で、客の相手をするにも、サムよりよほど辛抱強かったので、いまではサムの仕事部屋の隣にある静かな部屋にならんでいる最新のコンピュータ群と、くそったれ顧客の詳細情報の処理を担当している。

いまハリーは平静を装いながら、痩せた背中を側柱に押しつけてバランスを保とうとしているが、脚の震えは隠せない。

ここで小言を言うほどサムもばかではない。ハリーの頭の固さは、ハリーの腰と右腿と左肩を固定している鋼鉄に負けていない。

だが、ハリーがサムをからかうとは新展開だ。快復の一歩かもしれない。アフガニスタンから戻ったときはどうにか脈がある程度で、ユーモアのセンスなどかけらもなかった。ハリーの家族はサムとマイクだけで、それが死亡時の連絡先としてハリーのファイルに記されていた。サムとマイクがラムシュタイン空軍基地までハリーを迎えにいったとき、ハリーは生よりも死に近い状態だった。

体の傷以上にひどかったのが、心の傷だった。サムやマイク同様、ハリーも過酷な子ども時代をくぐり抜けてきた。アフガニスタンでなにがあったか知らないし、ハリーもまだ話してくれないが、そのなにかによって魂が押しつぶされてしまったのだ。

だからハリーがサムをおちょくるというのは、希望の持てる新たな兆しだった。

サムは腰を起こし、書類を繰って、顔から笑みを消し、「笑顔になんかなってない」とぼそぼそ言った。サムはめったに笑わない。誰よりも兄弟たちがそれをよく知っている。

「なってた」

サムはハリーの明るい茶色の瞳を見あげた。ワシのように鋭い瞳は、同時に温かみも感じさせる。「なってない」

「なってた」

「なってない」これではまるで子どもの口喧嘩だ。サムは奥歯を嚙みしめた。「仕事がないのか？　マッキントッシュの報告書を書くんだろ？」

「まあな」ハリーが口元をゆるめた。「昨日の夜なにかあったんだろ？　船着き場でお楽しみの最中に？」

　ハリーは軽口を叩くのがうまいが、笑えないこともある。「お楽しみなもんか」サムは言い返した。

　ハリーの淡い笑みが消えた。この二週間、待つことがサムの重荷になってきたことも、その理由も、ハリーにはわかっている。その間にどれだけの少女が傷つけられたことか。「そうだな」ハリーが真顔になった。「わかってる。おまえをちょっと怒らせたかった。理由はわかるだろ？　ここんところのおまえは、死神みたいな面(つら)をして歩きまわってやがった」

「それももう終わりだ」サムは言った。「仕事がすんだ。すでに依頼人が警察に伝えた。今日のうちに報告書をまとめたら、一件落着だ」

「なんだ」ハリーが体を起こした。腋の下に杖をあてがって、近づいてくる。「すごいニュースじゃないか。裏付けとなる証拠が手に入ったのか？」

「そうとも」サムは満足げに答えた。「写真と録音データと、それに書類もいくらか。あのくそったれどもが自然に死ぬまで閉じこめておけるだけの証拠だ。ただし、ムショのシャワー室で肋骨のあいだをやられて、そこまでは生きられないかもな。子どもを犯すやつはムショでも嫌われる」

「そうか、やったな。おめでとう。マイクに電話して、今夜は三人で祝おう。おれがおごる。クズ連中をつかまえた特別報酬で、これから四半期は安泰だぞ」

「いや」サムはつと目をそらして、コンピュータの画面を見つめた。そこに見るべきものがあるわけではないが、洞察力と知性に満ちたハリーの視線から逃れたい。「今夜は忙しい」

「用事なら断われよ。三人で祝おうぜ」

サムとハリー、そしてサムとマイクには血のつながりがない。だが、真の意味で三人は兄弟だった。だからといって、ハリーやマイクのためにニコール・ピアスとのディナーの機会をふいにするのはたまらない。今夜は邪魔をさせないぞ。

「いや」戦闘中の部族間の平和条約でも書いてあるように、紙片に顔を近づけて読むふりをした。「今夜は無理だ」

ハリーはサムの手の下にあった紙片を抜いて、顔の前に掲げた。「そうかそうか、話もできないんだな――」と、紙片に目をやった。「紙とトナーの注文票を読むのに忙しくて。ふうん。で、今夜そうまでして出かけたい用事ってのはなんだ？」

サムはハリーをにらみつけた。新兵たちを震えあがらせた、悪名高き〝恫喝にらみ〟だ。

ハリーは松葉杖を片方に寄せて、デスクの角にそっと腰をおろすと、サムを見て、問いかけるような顔をした。サムは腕組みをして、口を真一文字に結んだ。

「口を割らない気か？」ハリーが口元をゆるめた。ハリーの場合は、これが満面の笑みにあたる。「となると、推理するしかないな。いいだろう、推理するのは嫌いじゃない。まず、まちがいなく仕事には無関係だ。仕事のことならなんでも話してくれるから、貴婦人とのデートなんだろう。しかも、デートをキャンセルしたくない貴婦人で、おれに内緒ってことは……」パチンと指を鳴らした。「わかった！　おまえがのぼせあがってる向かいの美女だろ？　おい、あんな女をどうやってふり向かせたんだ？　殺しぐらいやったんだろ？」

まいった！　ハリーの賢さが恨めしい……ハリーが相手では喧嘩もできない。ようやく骨がつきはじめたのに、また折ったらえらいことだ。

だとしても、この件については話したくなかった。自分の性生活を吹聴する趣味はない。たいして話すことがないのがおもな理由ではあるにしろ。セックスはする。実際頻繁にするほうだけれど、最近は仕事が忙しくてままならない。だが、特定の相手がいるわけではなかった。サムにとってのセックスは痒いところを掻いたり、空腹なときに食べるようなものだった。腹いっぱい食べたら、もう食べ物の話などしたくないし、どの女も、女というにすぎなかった。みな食欲を満たしてくれるというだけの存在だった。

だが、ニコール・ピアスは違った。なにが違うかわからないけれど、違っているのはわかる。そして、そのことを人に話すつもりはなかった。

サムが口をつぐんだまま、ふたりのにらみあいは続いた。サムに口を割らせようと踏んばっていたハリーだが、ついにあきらめると、おおげさなため息をついた。

「わかったよ。そういうことなんだな。いいか、いまのおまえは、見た目もにおいも船荷をちょろまかす港湾労働者そのものだ。そんなんじゃ、絶対にあの女とうまくいかないぞ。だからヒゲを剃って、髪を切って、時間をかけてシャワーを浴びろ。そうしないと、ほら——」大きなおならのにおいでも払うように、顔の前の空気をあおぐ。「わかるな？　おれはマイクとビールを飲みにいって、明日の朝、官能の女神とどんな夜を過ごしたか聞くのを楽しみにしておく」

「うせろ」サムはどすをきかせて、天を仰いだ。「おれに全身の骨を折られる前に、さっさと出ていけ。いいか、アフガンの携行式ロケット弾（RPG）よりずっと念入りにやってやるぞ」

ハリーは薄ら笑いを浮かべながら、杖をつきつきオフィスから出ていった。ハリーの笑顔を見られたのだから、からかわれただけの甲斐（かい）はある。サムもあまり笑うほうではないが、ハリーは地獄を見てきた。今回のやりとりは、ハリーがアフガンのヒンズークシュ山脈で吹き飛ばされて以来、もっとも快活なものだった。

ニコール・ピアス効果かもしれない。彼女から影響を、それもかなり大きな影響を受けているのがわかる。ハリーにはのぼせあがっていると言われたが、それは言いがかりというものだ。のぼせてなどいない。ただ……関心があるだけ、強い関心が。

彼女をひと目見たくて、オフィスに出入りするタイミングを調整してきた。通路を自分のほうに向かって歩いてくる彼女を見ただけでナニが起きあがって、壁に釘を打ちつけられそうなほどかちかちになった。

彼女の会社のサイトとグーグルのおかげで、基本的なことはわかっている。大使の娘として、世界じゅうの街を転々としながら育ち、ジュネーブ大学の翻訳学部に入って、フランス語、スペイン語の翻訳を学んだ。簡単なロシア語なら扱え、アラビア語にも多少通じている。

サムはいたく感心した。特殊部隊では徹底して語学を叩きこまれる。どんな訓練でも人に負けなかったサムだが、語学だけは例外だった。まったくの語学音痴で、それが最大の欠点だった。国外から仕事が入ってくるようになったいまでも、その点では苦労している。

大使の娘でありながら、ニコール・ピアスは特権階級らしくない暮らしをしていた。自宅の資産価値は、サムが住むコロナドショアズのコンドミニアムの半分だし、収入はサムの二十分の一だった。会社を立ちあげたのはわずか一年前、母方の祖母が遺してくれた家に住むためサンディエゴに引っ越してきたときだ。ひと月前にこのビルに越してくるまでは、自宅を仕事場にしていた。

会社をはじめる前の彼女は、ジュネーブにある国連機関で翻訳をしていた。

好奇心のままに職務明細書を調べてみたら、国連職員の給与等級にのっとった彼女の所得額が載っていた。やるじゃないか。非課税のスイスフラン。驚くべき高給だった。収入が大幅に減るのに、なぜそんな仕事を棒に振って、サンディエゴで小さな会社をはじめたのか。

そして、たまげたことに、独り身だった。一度も結婚したことがないというのだから、ますます驚いた。世の中どうかしている。水道水に精力抑制剤が混ぜられている地域にしか住んだことがないのか？　それとも、男がそろいもそろってゲイだったとか？　彼女と出会った男たちはなにをしていた？　もし彼女にはじめて会ったのが職務中でなく、任務に差しつかえなければ、通路で動いているのを見た瞬間から跡をつけずにいられなかっただろう。

外国育ち、若き起業家、独身。これらはみな公的な記録を見ればわかる事実だった。だが、そうした記録からは、彼女が息を呑むほどの美人であることはわからない。きっと〝前方危険〟の警告標識をつけて生まれてきたのだろう。

グーグルで検索できる事実からは、彼女の上品さもわからない。この貴婦人には二重に呪いがかかっている。ベッドにほうり投げたいほどのセクシーさと、氷の女王のような気品を兼ね備えている。エレガントで、優雅で、落ち着きがある。彼女が通りかかるたびにふり返らないでいるには、首に固定具をつけなければならないし、意志の力だけで犬のようにその跡を追わずにいるのは、至難の業だった。それほどにまで芳しい。

それに、下々に接するかのごとき彼女の態度。長くてたっぷりした睫毛に縁取られた大きなコバルト色の瞳で非難するように見られたら、どんな男もただの情けない細胞の塊になりさがってしまう。サムが見苦しい風体をしていたあいだは、なみの男なら死にたくなるような目を向けられていた。

だが、サムはそんなことでは挫（くじ）けない。目標は高いほど燃える。

サムは口元をほころばせた。

たぶん、負けを知らないからだろう。

## フランス、マルセイユ港
## 六月二十八日

マルセイユ港の港湾局につとめる、高齢の下級事務員ジャン＝ポール・シモネは、ベガ海運輸送という会社をよく知っていた。会社としては小規模で、運行している船は三隻しかない。もっとも、リベリアの国旗をはためかせて大量の荷を輸送するボロ船を船と呼んでよければだが。港のスタッフなら、その会社の船が安全策を講じずに、少ない船員で航行していること、さらには禁制品を密輸していることを知っている。タバコは毎度。兵器が二度。白い粉が一度。

ということは、輸送先の港の役人にも金が支払われているということだ。

この輸送会社はいかがわしい売人が共同で所有している。密輸品がうっかり見つかったときは、即刻会社を閉じて姿をくらますだろう。

今日はマリクレール号が停泊している。マリクレール号の船員はこの数年のあいだにめまぐるしく入れ替わった。いまはトルコ人の船長のもとで船員として二十カ国の出身者が働いており、船は寿命が尽きかけていた。どこか第三国の一室で男たちがテーブルを囲んで話しあい、維持費を切り詰めることで、瀕死の一重船殻構造（シングルハル）の船でもうひと儲けできると判断したのだろう。ぎりぎりまで使い倒して、最後の一ペニーまで回収し、もはや運行できないとなったら、夜のうちに監視衛星に見つからないよう大海原のまん中で沈めて、保険金を手に入れればいい。

どう転んでも金になるという寸法だ。

シモネの上司である、くそったれボワシエは、ベガ海運輸送の船が港にやってくるたびに、よそを向いている。

シモネにしても港湾局に義理はなかった。安月給で退職まであと一年。そして家族を失った悲しみのうちにいる。なにがどうなろうと、知ったことではない。

だからボワシエからおこぼれにあずかっていた。マルボロ十カートンとか、中国製の紳士用セーターひと箱とか。グレンフィディックを一ダースもらったこともある。ボワシエがそれとはくらべものにならないほど儲けているのはわかっている。そう、よそを向き、保安上の問題があっても文句をつけず、その輸送会社の船をさっさと通してやることで。ずる賢いボワシエは公務員の給料でメルセデス・ベンツSクラスの新車に乗り、シモネの車は十五年物のシトロエンときている。

世界の縮図がそこにある。

ベガ海運輸送を担当しているのはボワシエだが、今日はそのボワシエが休みだった。ひどいインフルエンザにかかったとか。あのごうつくばりには相応の報いだ。

ひとつ問題があるとすれば、その船を通すかどうかを自分が決めなければならないことだった。マリクレール号の船長は必要な書類を提出しておらず、携帯にも出ないので、シモネのほうから回収に行かなければならない。その書類がないと、つぎの港で受け入れてもらえないのだ。

その日はその年一番の暑さで、湿度一〇〇パーセントだった。エアコンのきいた税関のオフィスから胸くその悪い錆(さ)びたマリクレール号が停泊しているターミナルまで、五百メートル近くある。そのまま行かせようかという思いが、ちらっと頭をかすめた。どうとでもなれ、あんな連中、知ったことか。炎天下をドック沿いに五百メートルも歩いたら、心臓発作でも起こしかねない。役人(フォンクシオネール)が使っている電動カートが見つかればまだしも。だが、もしここで行かなければ、ボワシエは賄賂(わいろ)をもらいそこね、それをシモネのせいにするだろう。杓子(しやくし)定規な役所の規則に通じているボワシエなら、手を替え品を替えてシモネを苦しめることができるが、十二月に退職を控えたシモネとしては、残る日々を穏やかに過ごしたい。わかった、しかたがない。ドックの先まで行き、船長に書類を記入させて戻ってこよう。そしてそのことをボワシエに伝える。また袖の下を受け取れるのだから、感謝してもらわなければ。

結局カートが見つかったのは、マリクレール号まで残すところ百メートルの位置だった。シモネはドックの脇でカートを止め、さげすむようにマリクレール号を見あげた。錆びの重さで沈んでいないのが不思議なようだ。出航は十六時に予定されていた。乗組員が総出で出航の準備をしているはずなのに、デッキには人っ子ひとり見あたらない。メルド（くそ）。ここでまた苦労しなければならない。シモネはぶつくさ言いながら、幅の広い板道をのぼり、デッキに着くと、あたりを見まわした。いまいるのは船首のフォクスルの近くで、デッキには人がいなかった。

おかしい。薄気味悪くさえある。出航前のデッキというのは活気にあふれているものだ。時は金なりで、不必要に停泊していれば、その分金がかかる。

シモネは中央部に積まれた巨大なコンテナの山を横目に見ながら、船の側面に沿って歩いた。船内にはこの倍のコンテナが積みこまれているだろう。

ようやく船尾側まで来ると、前方にレーダー塔と煙突がそびえていた。まだ人を見かけていない。シモネはブリッジと海図室に向かうはしごを嫌悪の目で眺めた。うだるほど暑いし、そこまでする義理はない。ボワシエなど、知ったことか。

だが、やはり思いとどまった。ボワシエには、残り半年となったシモネの勤めを苦難で満たすだけの力がある。大きなため息をついて、はしごをのぼりはじめた。汗がしたたり、海図室に着いたときには、軽くめまいがしていた。ドックに入っているあいだ、だいたいの船長はここにいる。

誰もいない。メルド（くそ）。

大声を出しても、どうにもならない。頭上でクレーンがけたたましい音をたてているからだ。船内を歩きまわって、船長を探すほかなかった。

船倉におりるはしごを見つけて、急いでおりた。下のほうがいくらか涼しくて、助かった。長い通路の向こうから音がしたので、そちらに進んだ。とくに足音を忍ばせようとも思わなかった。夢中で仕事をしているらしい男たちの太い声がけたたましく響いている。ハンマーが金属を叩く音も聞こえた。造船所の連中を呼ばずに、自分たちでボロ船を修理しているのだろう。

通路の端まで来て、シモネは動けなくなった。その光景をひと目見たとたん、意味するところを瞬時に悟って、血管を冷たいものが駆けめぐり、恐怖で鼓動が大きくなった。ゆっくりと後ずさりをし、うろたえながらも、気づかれないようにデッキに向かった。

見られるわけにはいかない！　人間と呼ぶのがはばかられるほど、血も涙もない連中だ。女や子どもを平気でみな殺しにする。下級職員など、連中にしてみたら、虫けら同然。

さっきは足音を忍ばせることなく歩いた通路を、こんどは隔壁に張りつくようにして歩いた。できることなら、壁の一部になりたいぐらいだ。

ああ、神さま、見とがめられずにここを出られますように。

長居すればするほど、見つけられる危険が高くなる。シモネは背後を気にしながら、急いで通路を引き返した。さっき見た男たちは武装していた。それに引き替えシモネのほうは、この鋼鉄の通路で身を守るものとてない、哀れな獲物だった。自分がどんな物音をたてているか、わからなかった。鼓動が耳に響いて、それ以外にはなにも聞こえなかったからだ。

神の御慈悲か、はたまた奇跡か、誰にも見られることなくデッキに戻り、船を降りた。さっき停めた電動カートがあったので、十分後にはオフィスに戻り、ドアに鍵をかけた。汗まみれになって、肩で息をしていた。完全に恐怖に呑みこまれていた。

たいへんなことになった。どうしたらいいんだ?

タバコや密輸品や、あるいはコカインよりも、千万倍もたちの悪いものだった。テロリズムなのだから。エレーヌとジョジアンという、シモネのふたりの娘は、そのせいで命を落とした。二〇〇四年三月十一日——あの恐ろしい日、マドリッドで。九・一一から九百十一日後のことだった。

半狂乱でマドリッドのフランス大使館に電話したのを覚えている。シモネの宝である娘ふたりがマドリッドに出かけていたからだ。だが、心のなかではたかをくくっていた——じきにあの子たちから、買い物か、美術館か、あるいは若くてハンサムなスペイン人と遊んでいたと電話がかかるさ、と。

だが、電話はかからなかった。ジョジアンとエレーヌはアトーチャ駅に入ってきた列車に乗っており、列車もろとも吹き飛ばされた。何者かが爆破装置をしかけて、人間の肉体を人間のミンチに変えてしまい、そのなかに愛してやまなかった娘たちも入っていた。

シモネはマドリッドまで出かけ、死体袋とともに帰宅した。そのなかには死体の代わりに、小さくばらばらになった肉や骨が入っていた。そして帰宅してみれば、ひと晩のうちに妻の心は砕け散っていた。

ジハードの戦士によって、シモネが大切にしていたもの、この世で意味のあったものはすべて破壊された。以来、シモネは彼らについて学ぶことをみずからに課してきた。関連書籍を買い集め、雑誌や新聞の記事を読み、アルジャジーラの番組を観て、イスラム史の夜間講座に通った。そうした年月の積み重ねで、イスラムのテロリズムに関する専門家となった。

だからこそ、ジャン＝ポール・シモネにはマリクレール号の船倉で目にした光景が、いかに危険なものであるかがすぐにわかった。目を閉じると、その光景がありありとよみがえる。

シモネはドアの前に立ったまま、恐怖におののいた。

乗組員十人が船倉にうがった秘密の穴を囲んでいた。シモネにはその穴のなかが見えた。エアマットレスが敷かれ、ミネラルウォーターのボトルと、黒と黄色――有害物質であることを示す万国共通のマーク――に塗り分けられた筒状の大きな容器が五、六個あった。

なにより恐ろしかったのは、ざっと見たところ四十人ほどの男が穴のなかで祈りを捧げていたことだ。ジハード用のジャケットを傍(かたわ)らに置き、肩にライムグリーンのスカーフを巻いて、シャヒード・バタル――殉教者――になろうとしていた。

テロリストだ。体に爆弾を巻きつけてニューヨークに向かい、放射性物質をばらまこうとしている。シモネは震える指を電話に近づけ、あせるあまり、コードレスの受話器を取り落とした。汗で手がすべりやすくなっている。恐怖に胸を締めつけられて、息をするのが苦しい。国家憲兵隊(ジャンダルムリ)の緊急電話一七番を押したものの、すぐに切ってしまった。電話オペレーターに告げるような情報ではない。

そういえば義理の弟が警察署長(コミセール・ド・ポリス)と知りあいだ。そうしよう――頭痛を理由に早退(はやび)けするのだ。警官がオフィスに群がったら疑いを招いて、シモネの名前が出るだろう。彼らについて知っていることがあるとしたら、ひじょうにどう猛な連中だということだった。生きる甲斐などもはやそれほどないとはいえ、あのごろつき(カナイユ)どもの手で殺されるのは無念だった。

いや、さっさと中心街にある警察署まで行って、署長に直接話すのがいい。

そう閃(ひらめ)くと、少し気持ちが鎮まった。そのとき、通路を近づいてくる足音が聞こえた。昼過ぎにこのオフィスを訪れる人間はいない。連中が追ってきたのか？　恐ろしさに立ちあがって、足音に耳をすませた。近づいてくる。ふた組の足音。男がふたり。

この事実を誰かに伝えなければ！

翻訳を頼むことになっているファイルのリストに目が留まった。これなら申し分ない。シモネはコンピュータの裏をかく方法、情報を隠蔽する方法を知っていた。五秒とかけずに必要な情報をファイルのひとつにひそませた。そしてエンターキーを押すや、ドアが開く音を聞いてふり返った。

男がふたり。武装した小男と武装していない大男が、飛びこんできた。大男は前に進みでると、大きなふたつの手でいともたやすくシモネの首をへし折った。

大男が大きな手を開くと、シモネの死体が床に転がり落ちた。死ぬ間際にシモネの脳裏をよぎったのは、うまくすれば千人規模、いやことによると百万人規模のアメリカ人の命を救えたかもしれないということだった。

## 3

### サンディエゴ

ニコールは買って二年のディオールと三年のナルシソロドリゲスのドレスを掲げた。一方は華やいだツユクサ色で、もう一方はシックな黒。青、黒、青……決められない。

この数年、体型が変わらなくてよかった。新たにディオールやロドリゲスを買う余裕など、どこにもない。父の看護ですべて消えてしまう。それでも足りないぐらいだ。

それはそれでいい。華やかなりしジュネーブでの日々に戻りたいとは思わない——若くて、独身で、お金があった。そういう日々があって、楽しんできた。それはもう終わった。

当時より少し若くなくなって、いまだ独身で、お金持ちにはほど遠い。人生はすっかり様変わりしてしまった。だが、それも悔やんではいない。父を世話するためなのだから、苦労も苦労にならない。

黒、青、黒……。

決められないなんて、自分らしくなかった。このままでは遅れてしまう。ことデートにかぎらず、なにかに遅れるのは、いつぶりだろう？　いいえ、これはデートではない。約束、契約だ。ドアを解錠してもらったお礼のディナー。なんにしろ、デートではない。

それなのに、こうしてなにを着ようか迷っているなんて、情けない！

どうかしている。知らない男と外出するなんて、なにをやっているのだろう。わずかに言葉を交わしただけの相手、昨日までは通りを渡ってでも避けただろう相手と。

レストン・セキュリティ社に出入りしていたならず者が、よもやその会社のオーナーとは思わなかった。セキュリティ会社の重役は、身なりにかまわなくても成功できるらしい。通路で見かけたときはいつも、飲み疲れたような顔をしていた。だらしなくて、不機嫌で、薄よごれていた。

ニコールはヘッジファンド会社の経営者とロシア語の専門家との交渉をうまく運んで電話を終えると、すぐにレストン・セキュリティ社のウェブサイトを開いた。サム・レストンの経歴を読んだ。長々と書いてあった。彼は元軍人で、ＳＥＡＬの隊員だった。たしか本人は海軍にいたと言っていた。なんと控えめな人だろう。しばらくのあいだ海軍にいたというのとはわけが違う。ＳＥＡＬは厳しい選抜を経て選ばれる精鋭部隊なのだから。つまり、サム・レストンはきわめて優秀な兵士だった。

華々しい活躍を列挙するようなことはしていなかったが、海軍時代の制服写真の胸には勲章が飾られているので、見る人が見ればわかる。ニコールにとって、特殊部隊は懐かしい存在だった。おそらく、彼のシャドーボックスには、人知れず遂行された任務、墓場まで持っていく秘密にたいして与えられたほかの勲章がしまわれているのだろう。

それでいて、彼には、ニコールが世界各国の大使館にいたとき身近にいた海軍兵士のような気取りがなかった。だが、写真のなかの彼は軍人らしい短い髪で、ヒゲをきれいに剃っていた。

顔つきの厳めしさは変わらず、軍人のお飾りを取りはらってもやはり、近づきたくないタイプではある。ふだんなら口をきかないし、ましてやデートなどもってのほかだった。

けれど、約束は約束だ。

それにしても、サム・レストンには目に見える以上のなにかがあるらしい。そのひとつが勲章だ。

ニコールは父親から合衆国軍にたいする敬意を叩きこまれて育った。父親が勤務してきた地では、合衆国軍以外に非戦闘員を混沌から守ってくれるものがないことが多かったからだ。サム・レストンのだだっ広い胸に勲章が留められているのは、時間を守ったから、あるいは靴や金具をいつもぴかぴかにしていたからではない。戦場での剛胆さ、戦火での勇気にたいして与えられたものだ。

彼のウェブサイトに目を通しながら、ニコールは唾を呑みこんだ。事実を頭に入れて、彼にたいする認識を変えていく。

かつてはきわめて優秀な兵士であり、いまはひじょうに成功した実業家。

結局、不機嫌な酔っぱらいなどではなかった。

モリソン・ビルの通路で彼とすれ違うたびに感じていたおおげさな反応から、恐怖の部分を取りのぞかなければならない。彼とはたびたびすれ違った。彼にレーダーがついているのではないかと思ったことも、一度や二度ではない。オフィスのドアに鍵をかけてふり返ると、彼が勤めている会社のドアを閉めようとしていたことも、しょっちゅうだった。いや、勤めている会社ではなく、彼の会社だ。それを忘れてはならない。ビルから外に出るたび、毎回、彼が背後か前方のどちらかにいるようだった。そしてそのたびごとに、びくりとした。

彼がそばにいると、体じゅうに緊張が走る。彼はビル内のほかの人たちが仕事を終えるころに出社することが多いようだった。彼が背後にくるたび、ニコールはその気配を敏感に感じ取った。まるで自分が鉄の削りクズでできていて、天然の磁石でできた彼に反応するようだった。

今朝はすっかり浮き足だっていたために、彼が背後にいても気づかなかった。これまではずっと、彼の存在に第六感が働いたのだけれど。

それは怖いからだと思っていた。彼は見るからに恐ろしく、身がすくむようだった。

男のパワーを感じさせる肉体をこれほど間近に見るのは、はじめてだった。彼の筋肉はふくれあがっておらず、細長く引き締まっていた。そしてよく使われているようだった。いまどきの男たちに多い、見せるための筋肉ではない。そう、サム・レストンは別の種族に属しているようだ。

より屈強で力強く、敏捷でたくましい種族に。

階下から呼び鈴の音がして、ニコールはわれに返った。たいへん！　もう七時なのに、まだ身支度がすんでいない！

よかった、マニュエラが階下にいるから、ドアを開けられない父の代わりをしてくれる。そうでなければ、すっぴんにブラとパンティ、まだマニキュアも乾いていない状態で、階段を駆けおりなければならなかった。合衆国海軍の元ＳＥＡＬ隊員ミスター・サム・レストンをお迎えするのに、それはないでしょう？

デートの時間に遅れるなど、ニコールらしくない。けれどその日はすべてが遅れ気味だった。どうにか三十分前に帰宅し、冷たいシャワーをゆっくりと浴びたかったのだけれど、家に入ると父に呼び止められた。父は最近インドネシアで起きた爆発事件に関する政府の見解を新聞で読み、激しく動揺していた。

大使として三年間インドネシアに駐在したことのある父は、国務省の無能なスポークスマンや、爆発事件に関する会見を報道する記者たちより、はるかに見識があった。病のために父がその経験と専門知識を生かせないのが、残念でならない。それを思うと胸が痛む。父は退職後、それまでの経験を生かして、大学で教えたり、新聞に記事を書いたり、外交に関するブログを開設するつもりでいた。延々と書きつづけてきたメディチ家の外交術に関する本も、ようやく終わりに近づいていた。ふいに襲ってきた病によって、こうした計画がすべて吹き飛んでしまった。

ニコールにとって、父は光と理性と善を具現化した人物、最善にして最高の人物だった。父が下劣な言動をしたのを一度も見たことがない。世界には父のような人物がぜひとも必要なのに、父の光は病によってまもなく吹き消されようとしている。快復の見こみのない病にあって、しばしば痛みに苦しみながらも、父のやさしさや思いやりは変わることがない。不満ひとつこぼしたことがなく、それがニコールにはつらかった。

ニコラス・ピアスはずっとニコールのヒーローだった。長身に端整な顔立ち。颯爽(さっそう)としていて、愛情深かった。すばらしい夫であり父親だった。子どものころのニコールは、自分の家族は祝福されていると感じていた。そのあと交通事故で母を亡くし、父はいま末期の病をわずらっている。そう診断されたのが一年前のことだ。

そのときニコールは父の看病をするため、国連の仕事をやめた。重病の父を看病するのは容易なことではないけれど、迷いはなかった。物心ついてからずっと、すばらしい父だった。その人が自分を必要としているときそばにいられるのは、むしろ名誉だった。

とはいえ、恋愛関係という面では、重病の父がいるのは致命的だった。父のことをもらしたが最後、ニコールとデートしたがっていた男の多くがふいにそっぽを向いた。

ニコールにしてみたら、ちょっとしたテストのようなものだ。大学時代に教わった哲学用語を使えば、交際するかどうか考えるにあたって、父親を受け入れてもらうことは十分条件とは言えないけれど、必要条件ではあった。

もしくだんの男性がニコールの人生と、それに伴うもろもろの難題を受け入れることができるなら、とりあえずの関門は突破。一歩、二歩は前に進むかもしれない。行き詰まるようなら……別れるまで。ニコールとつきあいたければ、もれなく父親がついてくる。ふたりでひとつのパッケージのようなものだ。

これまで関係がはじまらないうちに別れを重ねてきた。そして父の病状が急速に悪化しつつあるいまは、デートの誘いを受けることさえできない。

もちろん、今夜はデートではないけれど。お礼として食事をするだけ。

青、黒、青、黒……。

青にしよう。ニコールはようやく決めた。つやのあるツユクサ色のコットンでできた細身のドレスにして、黒のリネンのジャケットを合わせよう。スイスの冬は寒かった。それを十年経験してきた身としては、サンディエゴの気候の穏やかさがありがたい。

メイクをしないと！　すっぴんで階下に行くわけにはいかない。

腕時計をちらっと見て、身震いした。二十分遅れなんて、ありえない。ニコールは記録的な速さで身支度を調えると、階段に足をかけ、そこでふいに立ちつくした。

階段の下には、向かいあわせに父がいた。父が坐っているすばらしく豪華な車椅子は、国連の退職手当の一部を使って買ったものだ。コーヒーを淹れることと、歌うこと以外なら、なんだってできる機能的な椅子だ。父の傍らにはオケージョナルテーブルがあり、肘の位置にウイスキーの入ったクリスタルグラスが置いてある。サムのほうもタリスカーの二十年物の入ったグラスを手に持っていた。めったにない客人と話をするのは、父の楽しみだった。

サム・レストンは父の向かいに坐っているので、ニコールからは顔が見えないけれど、恐ろしく広い肩が椅子の背からはみでて、高そうなミッドナイトブルーのスーツを着ていた。けれど、ニコールが最初の段に足を踏みだした状態で動けなくなったのは、父の表情のせいだった。なんて……幸せそうなのだろう。生気にあふれ、血色がいい。そして、ニコールと同じ色の目が輝いていた。父お得意の斜に構えたジョークを飛ばしているのだろう。

父と暮らしていること、その父が病んでいることは、サム・レストンに話していなかった。いや、それだけでなく、事実上、なにも話してない。だから、玄関の前に立ったサムは、ディナーに連れていく女が出迎えると思っていただろうが、そこに現われたのは見るからに重病の男だった。そしてその重病の男が、いまサムを前にして笑顔になっている。

サム・レストンの評価は上がる一方だ。ただのならず者からセキュリティ会社のオーナーへ、そして父を笑顔にしてくれる男となった。最後の属性はなにより貴重だった。

父が目を上げ、さらに明るい笑顔になった。「来たな、ダーリン」

「ええ、お父さん」父に笑いかけながら、階段をおりた。父が幸せなら、それがほんの一瞬にせよ、ニコールも幸せだった。

サムが椅子にかけたままふり向いた。ふたりの目が合う。

動けなくなった。ニコールのすべてが動きを忘れた。頭も肺も足も。お腹を一発殴られたようだった。体じゅうの空気が抜けてしまった。それほど彼の目つきは熱烈だった。視線が手となって、体に触れるようだ。息をするのも考えるのも、むずかしかった。

彼はいつ見ても厳めしくてきたなくて物騒だった。さらにいまは恐ろしく深刻そうで、体重百キロの男が内に秘めた力がニコールひとりに注がれていた。彼の目がすばやく動いて、ニコールの全身を舐めた。ほかの男からこんなことをされたら、ぶしつけな視線にあらがってつんと顎を上げただろう。それをサム・レストンは侮蔑と感じさせない……かえって昂ってしまう。

ともあれ、彼のほうはまちがいなく昂っている。黒い瞳は熱っぽく、高い頬骨の下の浅黒い皮膚は赤みを帯びている。内気だからではない。

その目つきにはセックスの予感が満ち、かつてなく強く求められているのを感じた。そのせいで膝から力が抜け、支えるものが欲しくてとっさに手すりをつかんだ。その瞬間、時間が引き延ばされたように、熱烈なまなざしを浴びて立ちつくしていた。

けっして感情をあらわにするなという、幼少時より叩きこまれた社交訓練だけを頼りに、ニコールはふたたび足を動かしはじめた。地に足のつかないまま、父親の向かいに坐る黒い瞳の大男から見つめられながら階段をおりた。

とはいえ、彼は見違えるほどきれいになっていた。時間をやりくりして理髪店に行っている。しかも高級理髪店だ。脂ぎってもつれていた長い髪は、いまや美しくカットされて清潔に輝き、頭の形のよさを際立たせていた。

いままでは、薄よごれて破れたジーンズとよれよれのTシャツを着たところしか、見たことがなかった。それがいまや別人だった。カットのいいミッドナイトブルーのスーツのなかはコットンの白いシャツで、それにワイン色のシルクのタイを締めている。いまの彼は実態どおり実業家、しかもひじょうに成功した実業家に見えた。

その実業家が、ニコールの一歩一歩を熱心に見つめている。

いつもなら周囲のできごとに敏感に反応する父が、今日は気づいていない。来訪者との会話が楽しくて、夢中になっているからだ。と、父が無造作にウイスキーに手を伸ばして、グラスを横に払った。

たいへん！

ニコールは最後の数段を駆けおり、倒れて割れる寸前でグラスをつかんだ。

父はショックのあまり青ざめた。優雅さとともに人生を歩んできていたニコラス・ピアスは、スポーツ選手のような体つきと運動神経に恵まれていた。だからといって鍛えたことなどなかったのだから、まさに天の恵みだった。その父がいまは思うとおりに動けない。腫瘍のせいで、運動制御機能が奪われてしまった。病魔の進行は速く、思いどおりに体を動かせないことを忘れてしまうほどだ。父は打ちひしがれて、震える手を引っこめた。ニコールとふたりきりのときでも、父はぶざまさを嫌う。それが客人の前なのだから、屈辱と感じているのだろう。

ニコールは見ていて、胸が締めつけられた。父が内心傷ついているであろうことは、手に取るようにわかる。初対面の人物、楽しく会話をしていた人物の前で、酒をこぼしかけたのだ。近ごろでは、訪れてくれる人もめっきり減った。

どんなに寂しいだろう。車椅子に乗ったまま日がな一日を過ごし、話す相手といったら、昼はハウスキーパー、夜は疲れた娘しかいない。

体重も体力も日に日に落ちている。

死ぬのも容易ではない。

ニコールは父の肩に手を置き、グラスを持ちあげて、父に握らせた。「遅くなってごめんなさい」サム・レストンに声をかけた。

サムは手を貸そうととっさに腰を浮かしかけたが、通りすぎざまにニコールがさりげなく肩に触れると、腰を戻した。勘のいい男だ。

「いや」サムはさらっと応じた。「おかげで、こちらにおられるきみのお父上と話ができたよ。同時期にジャカルタにいたことがわかってね」

ニコールはなにげなくウイスキーのグラスを父の口元に運び、ひそかにようすをうかがった。父がかすかに頭を傾けてウイスキーを飲んだので、ごく自然に隣のテーブルにグラスを置いた。父はばたつくことなく、そして侮蔑感にさいなまれることなく、ウイスキーを飲むことができた。

「やっていたことは多少異なるがな」父が言った。

「そうですね、大使、たしかに」サム・レストンの厳めしい顔に思いがけない笑みが浮かんだ。はじめて見る笑顔だったので、ニコールはまじまじと見なおしそうになった。顔立ちはやわらいでいないが、くっきりした目鼻立ちが強調されて、なんとなく……ハンサムに見える。「わたしたちの活動はあなた方ほど外聞はよくありませんが、大使、結局は同じ相手に仕えていたわけです。アンクルサム——アメリカ政府に」

ああ、この人には笑わないでもらいたい、とニコールは思った。だめよ、だめ。今夜の食事は、せっぱ詰まっていたときにドアを開けてもらったことにたいする純粋なお礼。約束したから応じるだけだと、自分に言い聞かせてある。

惹かれることなど、望んでいない。

どんな意味でも、デートにはしたくなかった。そう、デートではない、断じて。ドレスで迷ったのは……つねに見た目に気を配るのが習い性となっているから。それに、彼がふり向いたときお腹にパンチを食らったように感じたのは……実業家然とした姿に、驚いたから。

今夜はお礼として、借りを返すために、ミスター筋肉と退屈な数時間を過ごすつもりしかなかった。彼の車ではやりのレストランに連れていかれ、浮わついた料理を食べ、彼の自分語り――経験上、男の話といったら、自分の仕事のことか、最新のおもちゃや過去のおもちゃのことにかぎられ、そこから離れることはめったにない――をあくびを噛み殺しながら聞き、車で送ってもらって、誘惑の手を払いのけつつおやすみを言い、安堵のため息をつきながら十時前に家に入る。

どれもこれも過去に何百回と経験してきたことばかり。ニコールにとってデートといえば、そういうものだった。

父を笑わせてくれる男性、魅力的で粋な笑顔の男性とひと晩を過ごす――そんなことはまったく予定になかった。

しかも、見られただけで、息ができなくなるような相手と。

いまのニコールには異性の立ち入る余地など、まったくなかった。重病の父親を抱えている。その父は目に見えて衰えていき、日ごと新たななにかを失っていく。そのたびに胸が痛んだ。

表向き穏やかさを保ちながら、ゆっくりと、けれど確実に死に向かっていく父に仕えることには、生きたまま焼かれるような苦痛がある。

生活のすべてが父の病気を中心にめぐっており、ニコールはその生活を沈没させまいと日々奮闘していた。

男に割く時間、恋愛にうつつを抜かす時間など、どこにもなかった。いまは父の世話と仕事だけが使って許される時間だった。

サムにも早々にそのことを伝えなければいけない。あの目つきからして、むずかしい仕事になりそうだ。ふたりのあいだに先がないことを納得させなければ。

サムが立ちあがった。父の前で腰をかがめ、一瞬その手を握った。父の手が震えていることには気づかないふりをしている。

「お目にかかれてよかった、ピアス大使。またお話しするのを楽しみにしています」

父の頬にふたたび赤みが差した。喜んでいる。

「こ、こ、こちら、こそ、た、たのしかった」父は疲れていた。わずかな体力がついえてしまうと、言葉がスムーズに出なくなる。ニコールは静かにキッチンまで行き、父に夕食を食べさせてベッドに入れるよう、マニュエラに手で合図をした。

マニュエラはエプロンで手を拭きながら、満面の笑みでやってきた。

サムはマニュエラが父に話しかけるのを待った。そして、マニュエラに会釈して「失礼します」と声をかけると、ニコールの肘に手をかけて、玄関へと導いた。

ふたりならんで玄関前の階段をおり、私道を歩きはじめた。彼は歩幅をせばめてくれた。まったくこちらを見ていないのに、動きを合わせられるらしい。彼は前方の通りに目を走らせた。こちらを見ていないけれど、とても美しいと同時にきわめて非実用的なサンダルをはいているニコールが転びそうになったら、きっとつかまえてくれる。そんな印象を受けた。通りの向こうで、リビングの窓にかかったカーテンが開き、キモイ男ともっとキモイ男が顔をのぞかせた。ニコールは身震いしそうになるのをこらえた。

六〇年代のはじめ、祖父母がこの家を買ったころ、この界隈にはアッパーミドルクラスの人たちが住んでいて、ケネディの時代に子どもを育てるにはもってこいの環境だった。安全で秩序があって活気があった。母からよくマルベリー・ストリートでの日々を聞かされたものだ。みな家族ぐるみのつきあいで、しょっちゅう行き来していたという。

だが、成人したメレディス・ローレンがニコラス・ピアスといっしょになり、三十五年にわたって海外生活を送っているあいだに、この界隈になにかが起きた。人口統計のせいか経済のせいか、はたまた何者かに魔法をかけられたのか、ニコールにはわからない。いずれにしても、この界隈全体が途方に暮れた希望のない人びとの受け皿となり、空隙に落ちこむ前の最後の踊り場になっている。

かつては母の親友が住んでいたお向かいにある大きな家は、住み手が二十回変わったあげくにいまでは家主不在の荒れはてた下宿屋となり、悲しい人たちの住処(すみか)となっている。わずかな稼ぎしかないシングルマザーたちや、年に何度となく仕事を失っている離婚した中年男たち、それに身をひそめるように生きている不法移民たちだ。

そして、最悪なのが、吹き溜まりクラブと化しているらしいことだ。怒りを抱えてバランスを崩した若者たちが寄り集まって、世間に唾を吐きかける場所となっており、なかでも、ともにドレッドヘアにして大量のピアスをつけている白人と黒人の若者はひどかった。ズボンを膝までおろしてはき、つねにドラッグか酒に酔っていた。

ニコールはそのふたりに目をつけられていた。

ふたりは犬が人間には聞き取れない信号を察知するように、ニコールが外にいるときにかぎって、姿を現わした。体を硬直させて口笛を吹き、いかがわしい言葉を吐き散らした。それにたいしてニコールにできることといったら、大急ぎで愛車に乗りこんで、ロックをかけ、さっさと走り去ることだけだった。この前など、恐ろしいことに、金髪のほうがいつの間にか近づいてきて、助手席側の窓をノックした。車に乗りこんだばかりのニコールは、急いでロックをかけて車を発進させた。心臓がばくばくいっていた。

前代未聞のできごと……控えめに言っても、不快なできごとだった。

そして今日も、そのふたりがそろってそこにいた。なんという間の悪さだろう。ニコールが玄関のドアを閉めるのが秘密の信号になっていて、キモイ男ともっとキモイ男をポーチに呼び寄せてしまうようだ。

サムはニコールが身をこわばらせたのを察知して、その視線をたどると、肘をつかむ手に力を入れた。

ふたりの若者は耳をつんざくような大声で猫の鳴きまねをし、口笛を吹いた。ニコールは転ばないように気をつけながら、精いっぱい歩を速めた。経験上わかっているとおり、ふたりを見て存在を認めたら、かえってつけあがらせる。

堂々としたサムに導かれるまま通りを歩いた。彼の車は最新型のダークブルーのBMWだった。彼はニコールを助手席に坐らせてから、運転席側にまわった。乗りこむ前に一瞬、ポーチでにやにやしながら口笛を吹いているキモイ男ふたりをルーフ越しに見た。

ポーチのふたりには、実業家らしいみなりの男に見えているはずだ。だが、実態は違い、サムはふたりを見たとたん、本来の姿である兵士へと変異した。目をみはる変化であり、隣にいたニコールには、ただでさえ大きい男が、エネルギーを帯びてさらに大きくなるのが感じられた。

サムは特殊部隊の兵士として、海軍のSEALに籍を置き、たくさんの勲章を授与されてきた。男としてのスケールの違いでキモイ男ともっとキモイ男を楽々と圧倒したのだ。

ニコールから見えるのは、運転席側の窓の向こうにあるサムの胴体だけだが、キモイふたり組にはほかにも見えていたのだろう。首を締めあげられたように、猫の鳴きまねや口笛がぴたっとやんだ。

男というのは、なんにつけ、動物的なものだ。群れるという習性を持つため、群れを率いるすぐれたオスがいると、敏感にそれを感じ取り、必要とあらば道を譲る。ほんのひとにらみしただけで、キモイ男たちはなかば本能的に目を伏せて降伏し、つぎの瞬間には不服そうに背を向けてなかに入り、玄関のドアを乱暴に閉めた。百万年かけても、ニコールにはできない芸当だ。銃があっても無理だろう。サムはそれを表情だけでやってのけた。

サムが運転席に乗りこんできた。顎の筋肉がぴくついている。シートに坐るやいなや、ロックをかけた。

「まさに男の世界だわ」ニコールはため息をついた。「目つきひとつであの人たちを制圧するなんて、わたしにはとうてい真似できないもの」

「だろうな」サムは玄関前に視線を投げてから、ニコールのほうを見た。ニコールの前に手を伸ばすと、シートベルトを引きだして留めた。彼の肩が広いせいで、こちらを向かれると、運転席側の明かりが遮断された。「あれが連中のいつもの手口か？　犬でも呼びつけるみたいに、ポーチから叫んだり、口笛を吹いたりしてたが」

「そうなの」ニコールはふたたびため息をついた。こわばっていた筋肉がゆるみはじめた。サム・レストンが運転する大きくて安全でロックされた車内にいたら、怖がることなどできない。「行動パターンが限られているんでしょうね」

サムは深刻な黒い瞳をこちらに向けた。「増長してるってことはないのか？　以前より図々しくなったとか？　いや、ああいう連中は概してそういうものなんだ。境界を探って、相手が引きさがるまで押してくる。きみにはやつらを拳銃で追っぱらうつもりがない。もし、そのつもりがあるんなら、とうにそうしてるからだ。すると、連中は前に出る。一歩、また一歩と」

増長してるだろうか？　ふたりはひと月前に越してきた。ひょっとすると、引っ越してきたわけではないのかもしれない。どこからともなくふいに現われたのだ。最初の週は表に面した窓からニコールをただ見ていた。やがてポーチに出てくるようになった。気持ちが悪かったけれど、やり過ごせた。角を曲がるころには、ふたりのことなど忘れていた。二週めになると、無作法な身ぶり手ぶりとともに、口笛と猫の鳴きまねがはじまった。そうなると、会社に着くまで頭から嫌悪感をふり払うことができなくなった。この前、キモイ男が車の窓をノックしたときは、ほんとうに恐ろしかった。

「そうね——増長しているかもしれない」ニコールは静かな声で言った。たしかにそうだった。そして、頭の奥に灰色の雲のように垂れこめているそこはかとない不安を言葉にした。「この前、車を出そうとしたとき、片方の男に窓をノックされたわ。もし車が発進できなかったら、やっかいなことになっていたかもしれない」

サムがうなずいた。「おれが心配していたのはそういうことだ。きみの対処いかんによっては相手を増長させずにすむ。もっといいのは、おれが対処することだが……」

サムは語尾をぼかした。

ニコールはほっとして目を閉じた。ええ、お願い。ニコールがいかれたドレッド頭たちの問題を、日焼けした大きくて頼りがいのありそうな男の手に委ねたい。サムにならまちがいなく、あっけにとられるほどたやすく処理できる。ニコールが想像する以上にたやすいだろう。目つきひとつで文字どおり凍りつかせたのだから。

サムに任せたい。その誘惑があまりに強かったので、手をぎゅっと握りしめないと現実に戻ってこられなかった。

大いなる誘惑だった。けれど——サム・レストンのことはよく知らない。どんな意味でもパートナーではなかった。自分の代理としてキモイ男たちを追い払ってもらったとしても、それきりつきあいは途絶える。連中がそれに気づいたら、いやがらせに拍車がかかるだろう。

「いいえ」ニコールは重い口を開いた。「自分で対処したほうがいいように思うわ。少なくとも、努力はしてみないと」

サムはうなずいたものの、まだエンジンをかけなかった。大きな手でハンドルを握ったままこちらを見ている。

「だったら、こうしよう」サムはニコールを通りこして、ポーチの窓から外をのぞいている悪そうなふたつの顔に視線を向けると、鋭くクラクションを鳴らした。顔が引っこみ、薄よごれたベージュのカーテンが所定の位置におさまった。「兄弟のマイクが警官をしてる。頼めば、パトカーで何度か来てもらえる。きみの家に立ち寄って、声をかけてもらおう。そうすれば、きみには警察がついていることがあいつらにわかる」

「そうしてもらえると、ほんとうに助かります。ありがとう」安堵感が声に出ないように心がけた。願ってもない解決方法だ。それならサム・レストンと直接結びつけられないし、ふたり組もニコールに近寄るのを控える。「すばらしいわ。ほんとうにありがとう」

「名前はマイク・キーラー。明日には立ち寄ってくれる。きみの番号はおれのほうから伝えておく」

「完璧だわ。わたし——」ニコールは言葉を切った。「いまキーラーと言わなかった？　兄弟なんでしょう？」

「ああ、そうだ。事実上」サムが詳しいことを語らないだけに、興味をそそられた。

「そう。その方に何度か立ち寄っていただけたら、すごく助かる。あのふたりは気持ちが悪いだけで、たいして知恵はまわらないと思うけれど——」

「愚かさと凶暴さは対立しない」サムが口元に厳しさを漂わせた。「この世界にはきわめて愚かであると同時に、きわめて凶暴なウジ虫が——人間が——ごまんといる」

「わたしは子どものころ、世界各地を点々としてきた」ニコールは言った。「そのことは骨身に滲みているわ」

そして彼にほほ笑みかけた。サムはいまだ厳しい表情のまま、こちらを向いていた。いかつい顔つきの人だけれど、実際はとても親切だ。ニコールの体面を保ちつつ、やっかいな問題に解決の道筋をつけてくれた。

いよいよエンジンをかけるかと思った矢先、サムが身をのりだしてきてキスした。ごく軽いキス。なのに、なぜかニコールは息苦しくなった。小さく息をつき、口を開いた――言葉が出てこない。

もちろん、抗議することはできる。図々しいわ、すっと近づいて……勝手にキスするなんて。けれど、自分の気持ちはわかっていた。怒ったふりをしても、真面目に取りあってはもらえない。嘘だからだ。軽いキスはけっして不快ではなかった。居心地が悪いし、落ち着かないけれど、不快ではない。

つかの間、なにかに接触したような感覚だった。それはとてつもないパワーを秘めたもので、近づきすぎると発火しそうななにかだった。彼から轟々と音をたててエネルギーが放出されているようだ。

ニコールが反応するより先に、サムがエンジンをかけて、車を出した。前方を凝視しているけれど、こちらの動きをいちいち感じ取っているのがわかる。一般に言われるように、兵士の状況認識能力は研ぎすまされている。

「きみがはじめて視界に入ったときから、ずっとああしたかった」彼は野太い声で、当然のことのように淡々と言った。ちらっとニコールを見たけれど、してやったりとばかりににやついてはいなかった。むしろ、軍事目標のことでも語っているように、真剣そのものだった。

「想像していたより、ずっとよかった」

ニコールはぎゅっと締めつけられた胸から、息を吐きだした。受け答えしようにも、まったく言葉が出てこなかった。

**ニューヨーク**
**六月二十八日**

彼は長身にしてブロンド、瞳はブルーだった。とても色が白いので、日に焼けるとそばかすができやすい。遠いむかし、アクレで彼の先祖を犯した十字軍の兵士のせいで、西洋の臆病な遺伝子を引き継いでいる。その臆病さは何世紀にもわたるアラブの兵士たちによって浄化されたものの、肌や髪や瞳の色には痕跡をとどめた。

気に病んではいない。それはアラーの贈り物であり、異教徒に対する彼独自の武器として、神の意志(インシャラー)をかなえるためにあるのだから。そのために生まれてきた。穢(けが)れた者たちにまぎれこむため、復讐を果たすために生まれてきたのだ。

ムハンマド・ワヘド、別名ポール・プレストンには、完璧な隠れ蓑(みの)がある。マンハッタンの株式仲買人のひとりとして、ウォールストリートの金融工場であくせく働く数万人の労働者のなかにまぎれこんでいるのだ。しかも本物の隠れ蓑だった。スタンフォードで経済学を学び、この五年のあいだに先物取引で一千万ドル稼いで、景気後退後も儲けを出している数少ないトレーダーのひとりとなった。

儲けの大半は〝大義〟に使われる。パレスチナ解放、そしてユダヤ人撲滅のために。その活動資金を稼ぐのに、けだものの腹、マンハッタンほど適した場所があるだろうか？

ハマスの同胞たちはこのために努力してきた。ムハンマドがこうした環境に溶けこめるように二十年にわたって訓練をほどこし、計画の立案と、必要な資材の調達に三年かけ、国家安全保障局（NSA）といたるところにいるスパイのセンサーを回避してきた。

ムハンマドはこれから五日後に起こる数時間のために、全人生をかけてきた。決行は七月三日。アメリカを引き倒すとしたら、この日をおいてない。翌七月四日の独立記念日にマンハッタンは荒野となり、アメリカは屈服する。

計画は完璧だった。隠し船倉に乗せて運ばれてくる四十人の殉教者。セシウム137の入った容器が五、六個。これは殉教者に均等に配分される。四十人の戦士は殉教のため、放射性セシウムが仕込まれた爆発物ベルトを身につけ、七月三日の同時刻にマンハッタン全域で爆発を起こす。

ムハンマドはマンハッタンに詳しく、どこが金融上の神経にあたるかを正確につかんでいた。四十人の殉教者はアメリカおよび世界経済の神経中枢に配置される。銀行や証券会社、投資信託銀行。証券取引委員会と、ニューヨークの連邦準備銀行にも。

殉教者たちはかならずしもオフィスまで侵入する必要はないが、ムハンマドは偽名を使って標的地のCEOや取締役や頭取すべてと約束を取りつけていた。だが、たとえビルの心臓部まで入りこめなくても、ロビーで自爆さえできれば、ビル全体が居住不能になる。そのビルに勤める何万という人間は、放射能に汚染されたロビーを通って逃げ、二度と戻ってこない。ふたたびビルに入ることができるのは、危険物処理班の面々だけとなり、翌日にはマンハッタンじゅうから人が消える。経済活動を支えていた書類やコンピュータのすべても消えてなくなる。いっさい使えなくなるのだ。

完璧だ。

九月十一日にはじまった計画の仕上げとして、マンハッタン島全体を三十年にわたって人の住めない放射能砂漠に変えようとしている。欧米諸国によって彼の祖国が砂漠に変えられたように。

これで西洋資本主義の息の根が止まる。

欧米諸国をひざまずかせることは、十歳のときに組織に拾われて以来のムハンマドの夢だ。

彼らに拾われたとき、ムハンマドは家のない孤児として難民キャンプにいた。貧乏人から残飯をもらい、ボロをまとって、ブロンドに青い瞳、白い肌をしているために、つまはじきにされていた。

組織はそんな彼を迎え入れ、家族と目的を与えた。彼は矢として、みだらで堕落した欧米諸国の心臓部にまっすぐ放たれることになった。ハマスは教師を手配し、西洋の言語である英語はもちろんのこと、その生活様式にいたるまで彼に教えこんだ。

ムハンマドがその誘惑のとりこになるのではと、彼らが恐れているのをたまに感じたけれど、その心配はなかった。まったくだ。異教徒たちのあいだには、どんな名誉も結束も見いだせない。ムハンマドの心と魂は変わることなく、命が尽きるまでハマスとその仲間たちに捧げられる。

彼ら――ムハンマドとその指導者たち――は闘った。ムハンマドは戦士に、シャヒードに、殉教者になりたかった。それこそが純粋な人生だ。イスラム世界をつぶそうとする国々に復讐するためわが身を捧げるのだから、想像しうるかぎり、もっとも崇高な死に方だった。

だが、ムハンマドの髪や目の色、外見は、むざむざ死なせるには惜しいと考えられた。結果、ムハンマドは訓練キャンプにいる若者たちが高貴な死を遂げるため送りだされていくのを羨(うらや)みながら、自身は夜となく昼となく送りこまれてくる指導者とともに過ごし、敵の懐(ふところ)にやすやすと潜りこむ能力を徹底的に身につけていった。

英語、フランス語、文学、音楽、数学、化学。欧米のおぞましいポップカルチャーまで学ばされた。そこには破廉恥(はれんち)な映画や音楽、ふしだらな女たちや卑劣な男たちが詰まっていた。

ムハンマドの頭は彼らの一員と認められるのに必要なむなしい知識でいっぱいになった。勉学にも適していることがわかり、そのことには、自分の外見同様、ひそかな恥辱を覚えた。若きムハンマドは同胞と同じでありたい、そのひとりとして動き、生きたいと一途に願っていたからだ。だが、アラーは特別な任務のためにおまえを選ばれたのだと、彼らからこんこんと言って聞かされた。

家のない少年として難民キャンプにいるところを拾われたのも、嫌悪や疑いの目で人から見られるのも、アラーの名のもとに敵を絶滅させるという目的に供されるためだと。だからムハンマドは必死に学び、欧米の流儀に詳しくなった。そしてポール・プレストンという新しい人物が生みだされた。

細長いガザ地区の一方は地中海に面している。彼をひそかにイタリアに送りだすのはたやすかった。そして新しい米国のパスポートとともにローマで浮上し、ビジネスクラスのチケットでカリフォルニアに飛んだ。

そして経済学を学ぶためスタンフォードに送られた。彼は抜きんでていた。敵の表層を学び、腐った黒い魂を理解すること。それが彼の闘い方だった。

彼はアメリカ人の父とイギリス人の母を持つポール・プレストンとなった。経済学部を最優等で卒業したときには、今後社会の中枢をになうであろう者たちの輪のなかにいた。

そしてマンハッタンで仕事についた。百万ドルの軍資金とともに、命令どおり証券会社に入った。ハマスの支持者には潤沢な資金があり、気前よく捨て金を出してくれたのだ。

だが、ムハンマドは大悪魔である米国の流儀でも如才ないところをみせた。百万ドルの元金はまもなく五百万ドルとなり、一千万ドルとなった。金の管理人としてひじょうに優秀で慎重だという、揺るぎない評判を得た。

ハマスは彼の社会経済的な地位に見あった住居として、アッパーイーストサイドのアパートメントを買いあげた。ムハンマド——いまはポール——はメトロポリタン歌劇場のシーズン入場券を持ち、冬はコロラド州のベールで、夏はマーサズビニヤード島で過ごした。

彼がそうした日々を送るあいだ、同胞たちは着々と準備を進め、パズルのすべてのピースがしかるべき場所におさまった。必要な資材は買うなり盗むなりされ、殉教者が集められた。放射性物質の調達には時間をかけた。

そしてついに、待ちに待ったその時が来た。ムハンマドがこのまま大義の役に立てないのかもしれないとあきらめかけたとき、突如として指令が舞いこんだ。アパートメントの郵便ポストに暗号化されたＤＶＤが届いたのだ。内容を頭に入れたあとの廃棄方法を記した文書が添えられていた。

あのときの胸の高鳴り！　同胞たちが誇らしく、ずきんを巻いた同胞のひとりがＤＶＤを通じて明らかにした計画に感動した。まさに天才的だった。

男四十人を人間爆弾にするとは！

これまで長年学んで努力してきたことがついに報われる。ハマスの同胞たちは人間短剣の突きたてどころの選定において、ムハンマドの助けを求めていた。名前と場所――金融業界の内部にいる人間だからこそわかる名前と場所を。

そう、ムハンマドにならそれがわかる。短剣の切っ先をどこに突き入れたらいいか、正確にわかっている。壊滅させるべき場所はどこか――経済活動の脈打つ心臓部に局部攻撃をしかけるのだ。

金融地区全体が死滅し、不毛の地に帰す。マンハッタンはからっぽになる。

完璧だ。欧米諸国はひざまずき、マホメットの意志に服従する。

すべては申し分なく整っていた。それがいまになってこんなことになるとは。ムハンマドは受け取ったばかりメールの解読結果を打ちだした用紙を見て、眉をひそめた。

トラブル発生。

殉教者を運んでくるマリクレール号の乗組員からのメールで、マルセイユ港湾局の職員に殉教者たちが乗りこんだ隠し船倉を見られたことを伝えてきていた。その職員は自爆用のシャヒード・ベルトと、誰の目にも有害物質だと明らかな容器を目にし、それが意味するところに気づいた。幸運にも直後に始末できたものの、ひとりでコンピュータのあるオフィスにいる時間が五分あった。

ログを調べてみると、職員がオフィスに戻ってから死ぬまでのあいだに、文書が添付されたメールが一通、pearce@wordsmith.comというアドレス宛に送られていた。

添付された文書を念入りに調べてみた結果、港の拡張に関する技術的な内容しか書かれていないのがわかったものの、念のためにそのメールと受信者は消さなければならない。

ネットで検索をかけたところ、メールが送られた先がサンディエゴにある翻訳会社だった。オーナーの名前はニコール・ピアス。

早急に手を打たなければならない。マリクレール号はすでに出航している。ニューヨークの港の百六十キロ手前でエンジンを切り、殉教者たちは夜のうちに四艘（そう）の快速ボートに乗り換えてニュージャージーに上陸する。そこからマンハッタンまではバスで移動する。マリクレール号はほんのいっとき申し訳程度に寄港するだけで、爆弾が爆発するころにはパナマに向かっているので、誰からも疑われる心配はない。

一分の隙もない計画のなかに、予測できない危険因子がひとつまぎれこんだ。ニコール・ピアス。

二十年越しの準備が実を結びつつあるというのに、それが失敗に終わるなど、考えられない。それも欧米人の女ひとりのために。

失敗するわけにはいかない。ムハンマドには考えがあった。

アメリカのやわな心臓部にあたるアメリカ金融界の最上層に無情な男たちがいるのがわかったとき、ムハンマドはおおいに驚いたものだ。この神秘の世界では土地と同じように金が厳重に守られており、必要とあらば、経済のために戦争も起こす。封建領主同様、金融の王たちは戦士たちに問題の解決にあたらせるのだ。富をもたらす取引を台無しにしようとする内部告発者や、隠し資産を国税庁に通報しようとする元妻、飛行機を墜落させてやらなければならないライバル会社のトップ……こうした問題を処理するには戦士がいる。そして金の達人たちは戦士たちの調達方法を知っている。

夜遅くに何度か、豪勢な料理のあとに、ポールことムハンマドもたしなむようになった高価なコニャックやブランデーを飲みながら、ある男の話が出たことがあった。誰も経歴を知らないその男は、複数の名前を持ち、合衆国軍によって冷酷で優秀な殺人者に鍛えあげられたという。どんな名前であろうとかまわない。重要なのはその男になにができるかだ。なんなりと。

その男は所定の報酬さえ支払えば、どんなことでもしてくれる。しかも潤沢な人的資源を持ち、高度に訓練された男たちを率いているという。どんな任務だろうと、その男になら処理できる。

大規模な金融取引の世界は、危機にあってはなりふりかまわず富を守り、そのための用心棒を——陰ですばやく動く抜け目のない男を——抱えている。ムハンマドはその男のコードネームしか知らなかった。アウトロー。それ以外に知っているのは、携帯電話で連絡が取れることだけだった。

番号は知らないが、番号を知っている人物は知っている。

ムハンマドは電話を手に取り、世界屈指の有力者のひとりと会う約束を取りつけるため、長い道をたどりはじめた。

屈辱的な過程だけれど、プライドなど二の次だ。

ほどなく不名誉な世界は消し去られ、欧米の廃墟のなかからイスラム共同体（ウンマ）が立ちのぼるのだから。

## 4

### サンディエゴ

意外なことに、サム・レストンはサンディエゴでトップテンに入る高級レストランのどれにも予約を入れていなかった。レストランガイドに載っている店でもなければ、ローレン・スピッツが最近記事にした店でもなかった。ローレンはいまもっとも人気のあるサンディエゴの食のカリスマで、その言葉は神の言葉以上に重んじられている。

男の思考パターンというのは、単純明快にできている。ニコールは長年、男という生き物とつきあってきて、その事実を学んだ。

サム・レストンは、ニコールが彼のことを地位の低い雇い人で、無職とたいして変わらないと思っていたことを、よく承知しているはずだ。ところが実際は優良企業のオーナーであり、その稼ぎたるやニコールの十倍から二十倍はあるだろう。

ふつうの男なら、自分にたいするニコールの認識がどれほど見当違いで、どれほど自分がうまくやっているか、そしてどんなに力があるかを見せつけようとするだろう。ねちねち責めて、自分のことを見くびっていた彼女に多少の罪悪感を覚えさせようとする。

それを実現するもっとも安易な手段がディナーに金をかけることで、そのためにはレストランが高級で料理に値が張るほど効果がある。

ところが、サム・レストンという男には奥行きがあるらしい。

彼に軽くキスされてから、ニコールは黙っていた。なにを言っていいかわからなかったので、サムのおかげでキモイふたり組から逃れられそうだというなりゆきを、感謝とともに噛みしめていた。

沈黙のうちに車は南に向かい、街の郊外まで来た。このあたりははじめてだった。ニコールがきょろきょろしていると、サムが車の速度を落としだした。高級レストラン街でないことだけは確かだ。

とはいえ多国籍な雰囲気で活気のある地域だった。ヒスパニック系が多いけれど、アジア系の店もかなりある。サムはスペイン料理、メキシコ料理、ベトナム料理、タイ料理のレストランを通りすぎ、ついに一軒の店の駐車場に入った。庭の中央に横広がりの背の低い建物が立っている。大きな掲示板に〈バラディ〉とあり、それだけではもの足りないとでもいうように、掲示板の半分を使って美しいヒマラヤスギの絵が描いてあった。

ニコールは嬉しさに笑い声をたてて、込みあった駐車場に車を停めるサムを見た。「びっくりしたわ、レバノン料理ね！　わたしがレバノン料理に目がないって、なぜわかったの？」

ニコールのはしゃぎっぷりを見て、サムが険しい口元をゆるめた。「じつはきみのサイトをチェックしたら、一時期ベイルートにいたと書いてあった。レバノンに住んだら、あそこの食べ物に夢中にならずにいられない。おれもその口だ。ここはおれが食べたなかじゃ、ピカ一のレバノン料理を出す。気に入ってもらえるといいんだが」

彼は奇跡の人だ。早くもニコールはリラックスしつつあった。どんな夜になるかわからないけれど、これでおいしい料理と、久しぶりの外食は保証された。

ふと、自分にはこんな夜が必要だったという思いが湧いてきた。最後に外食したのはいつだろう――半年前？　いいえ、七カ月前だ。印象に残らない料理を出す、恐ろしく退屈なレストランだった。悪い予感がしたのだけれど、それを無視して、依頼人の誘いを受けたのが運の尽きだった。彼の会話は料理以上に印象に残らなくて味気なかった。父はまだ車椅子に頼りきっていなかったのに、彼はやつれた父を見て、ぎょっとしていた。あまりに悲惨な一夜だったので、以来デートを避けてきた。

時間がないから。お金がないから。

サム・レストンがどんな会話をするかしらないけれど、これで食事は楽しみにできる。

レストランの入り口まで砂利敷きの長い小道になっていた。その小道を歩くあいだ、サムは背中に手を添えてくれた。見た目重視のサンダルをはいてきたので、実際、ありがたかった。彼の手の熱さがジャケットとドレスの生地を通して伝わってきた。

入り口に近づきながら、ニコールは周囲を見まわした。壮麗な建物ではないけれど、手入れが行き届いているようで、感じがよかった。はめ殺しの窓の向こうに、照明の煌めきを受けて楽しそうに食事をする人たちが見える。装飾はシンプルかつ機能的で、ウエイターたちがせわしげに店内を行き来していた。

そして広大な敷地。ニコールが右手に目をやると——

「信じられない。あれはトマトでしょう?」等間隔で幾重にも畝がならび、小さな緑色の球体がなっている。さらに近づいてみると、ふんわりとした小さなベビーレタスや、鮮やかな色のパプリカやズッキーニが植わっていた。

サムがニコールを見おろした。「ここのオーナーは店で使う野菜の大半を栽培してる。それならなにが入っているか、よくわかるからだそうだ。そのうえ、味もいい」

ニコールはほほ笑んだ。「ベイルート郊外の丘陵地帯を思いだすわ。野菜農園がたくさんあって」いつ行っても、頭に布を巻きつけた家族のなかの年寄りが、丁寧に雑草を抜いたり水をやったりしている姿が見られたものだ。地中海の日差しは強い。

「ああ」サムも笑顔になった。「よく丘にのぼって、訓練中の仲間とピクニックしたもんさ。もぎたてのイチジクのうまかったこと」

サムはこのレストランの常連だった。

サムがニコールのためにドアを開けると、浅黒い肌をして長いエプロンをかけたハンサムな男がキッチンから飛びだしてきた。女ならキスするところだが、男どうしなのでサムと背中を叩きあい、それがひとしきりすむと、知性を感じさせる黒い瞳をニコールに向けた。

サムが紹介役をつとめた。「ニコール、この州でもっとも凄腕(すごうで)のシェフ、バシル・ファフリーを紹介させてくれ。バシル、こちらはニコール・ピアス。何年かベイルートにいたことがある」

「はじめまして」ニコールは完璧なアラビア語で言った。ベイルートで何千回と口にしたあいさつの言葉だ。

「当店へようこそ。料理を楽しんでいただけますように」彼の口から美しいアラビア語が水のように流れだした。彼はニコールの手を取って、頭を下げた。

「ありがとう、楽しみにしています。とてもきれいなところですね」ニコールは文の体裁を整えようと、じっくり考えながら応じた。アラビア語はあまり得意ではないので、よく文法をまちがえる。

まちがえずにすんだのか、はたまたバシル・ファフリーが寛大なのか、彼は輝くような笑顔を見せた。

「お美しいうえにアラビア語を話されるとは」つややかな黒い瞳を輝かせながら、つぶやいた。茶目っ気のある目つきでサムを見てから、ニコールに笑いかけた。「こんな流れ者はさっさと捨てて、ぼくと逃げませんか」

　ニコールは笑った。彼は流ちょうな英語で、誘うように言った。こういう男は女にもてる。ニコールは喜怒哀楽のはっきりしたレバノン人気質が大好きだった。自分たちの国が分断されているときでさえ、人間性を失わなかった人たちだ。

　運のよいことに、ニコールがレバノンにいたのは、内戦が終わってつぎの戦いがはじまるまでの安定期だった。父はベイルートのアメリカ大使館で副大使を二年つとめた。ニコールはすでにジュネーブの学校に行っていたが、夏休みはレバノンで過ごした。両親との時間を楽しみ、気まぐれにアラビア語を学びながら、ＣＩＡではないかと疑っていた文化担当官とたわむれた。

　ふたりはバシルの先導で客がにぎやかに食事を楽しむ部屋をつぎつぎに抜け、静かな奥の小部屋に案内された。大きな板ガラスの向こうに緑豊かな農園が広がっていた。

　感じのいい部屋だった。こぢんまりとしていて、ほんのり照明が灯っている。バシルは角のテーブルに進み、ふたりを直角に坐らせた。サムがすかさず壁を背にして坐るのを見て、ニコールはおかしくなった。首をまわさなければ、美しい景色を眺められないほうの席だ。

　バシルは注文を取らずにいなくなり、一分もすると、彼によく似た美しい娘が料理を盛りつけたボウルを続々と運んできた。ずらりとならんだ軽食（メゼ）は、いかにもおいしそうなにおいがした。

顔からして血縁関係らしき青年がバールベク産のシラーのボトルを開け、サムのグラスに少しだけついだ。サムはグラスに口をつけると、気をつけの姿勢で待っていた青年にうなずきかけ、長い指でニコールのグラスを指さした。

「おれの感想は、こちらのレディが味わってからにしよう」

ワインを口にしたニコールは、口のなかに広がる味覚の爆発に目を細めた。「すてき」

サムがうなずいた。「だったらこれにしよう、マルーン、ありがとう」

青年は引きさがり、ニコールは満足げにあたりを見まわした。部屋も景色も料理もワインも、申し分ない。

男も。

まだ料理には手をつけていないけれど、早くもこの段階で、一番いいひとときになっている。そう、少なくともこの一年でもっともいい時間だ。

ここまでのところ、サム・レストンの言動にはひとつも不快な点がなかった。それだけで、いままでのデート相手の上位一割に入る。料理はすばらしいにおいを放ち、ワインは極上だ。今夜の父は有能な看護師の手に委ねられている。ウォールストリートの〝宇宙の支配者〟と契約が結べたので、これで安泰とはいかないまでも、多少は支払い能力が上がる。たぶん。

こんな夜を過ごしていると、両親との幸せな日々や、憂いなどなかった友だちとの夏休みを思いだす。失われてしまった別の人生を。

サムは新鮮なレタスをアースカラーの渦巻き模様が描かれたつやのあるボウルに入ったフムスにつけた。

「いまきみは笑顔だ。その顔がこれを口に入れたときどうなるか、楽しみだよ」レタスを差しだす。それを受け取ろうとして手を伸ばすと、手が軽く触れあった。

小さな電気ショックを受けたようだった。ニコールは動きを止めた。レタスが手のなかで震えている。呆然と彼を見つめた。

そんな。

そんなことが。いけない。

まだ心地よい夜がはじまったばかりなのに。

彼の手に触れたとき、頭のてっぺんから足のつま先まで、突風のように熱が全身を駆け抜けた。まるで扉を開きっぱなしにした炉の前に進みでたようだった。よくあるホットフラッシュ――更年期ではないけれど。

どうしよう。サム・レストンに惹かれている。恐ろしいほどに。グランジビルを抜ける小旅行のあいだはひそんでいたけれど、強力なエンジンの振動のように、心の奥にはずっとその感情があったのだろう。

性的に。性的に激しく反応している。こんなに急速に惹かれたことは、かつてなかった。

これが彼と友だちになれそうだと思ったのなら、喜んでいただろう。たまにいっしょに外出して、女性ホルモンの働きがにぶらない程度にときめくのは悪くない。平日の彼は通路をはさんだ向かいのオフィスにほぼいるのだから、ときには昼食をともにできるかもしれない。いままでは、昼食といっても、ひとりデスクでヨーグルトと市販のサンドイッチを食べるぐらいだった。

いま必要なのは友情で、全身の性感帯を刺激する熱くたぎるような関係ではない。

ニコールは愕然（がくぜん）としながら、手のなかにあるフムスつきのレタスを見ると、その目を窓の外に広がる丹精された庭にやり、それからサム・レストンに戻した。

彼の熱烈なまなざしにひるんだ。

彼はニコールの手が震えているのに気づき、手を差しだしてそれを抑えた。そして彼女の手からレタスを取り、ごつくて大きな手で手を握ると、彼女の手を自分の口に運んだ。熱いサムの吐息が肌にあたる。手にキスされると、全身が粟立（あわ）った。

たぶん彼にはこちらの反応が手に取るようにわかっているのだろう。明晰で熱を帯びた黒い瞳に見つめられ、目のやりどころに困った。

もしサムが無邪気な女を引っかけようとする男のように得意げなら、これほどとまどうことはなかっただろう。心の壁を築いて、食事を楽しみつつ軽い会話を交わし、キスされないように離れておやすみのあいさつをすればいい。

しかし、サムは悦に入ったようには見えなかった。生真面目で厳めしい顔をしていた。異性に強く惹かれることは、この世で一番危険なことだとでもいうように。

そのとおり。いつ爆発してもおかしくない手榴弾のようなものだ。

このままではいけない。つぼみのうちに摘み取ってしまおう。急いで。

「あの、わたし――」ニコールは失望感に目を見ひらいた。恐ろしいことに、言葉が出てこない。喉が締めつけられ、出てくるのは空気ばかりだった。気を取りなおして、もう一度。「話があるの」意志の力のみを頼りに声を落ち着かせ、サムの手から手を引いた。いや、引こうとした。サムは痛みを与えずに、けれどしっかりと手を握っていた。「この際、あなたにははっきりと言っておかなければならないわ、サム。きちんと聞いてもらわなければならない話よ」

サムはこちらを見たまま、うなずいた。「聞こう」ニコールの手を握る手に力が入った。「ただし、話を聞くあいだ、きみに触れていたい」

そうきたか。触れないでほしいというのも、これからしたい話の一部だ。とはいえ……彼に手を握られているのは気持ちがいい。温かい男の手に包まれていると、なんとなく安心感がある。

ニコールはひとつ深呼吸をした。ひと筋縄ではいきそうにないからだ。

いっとき、黙って彼を見た。とても大きくて、力強くて、人生においてもっとも都合の悪いときに、眠っていた自分の性衝動（リビドー）を信じられないほど呼び覚ました男だった。これから彼にしなければならない話を思うと、悲しくて胸が締めつけられるけれど、避けて通ることはできない。正面から向きあうしかないのだ。

病気の父を迎えにタジキスタンの首都ドゥシャンベまで行き、医師たちから父の病状を聞かされたときから、もうそれまでのように暮らせないことはわかっていた。ジュネーブでの気ままな独り暮らしも、友情も、恋愛も、すべておしまいにしなければならない。容赦のない現実として、瞬時にそれを悟った。

それから今日まで、父をのぞくと仕事だけが許される行為で、ほかのことをしたいとも思わなかったのに、なぜかサム・レストンを前に、こんな状況でなければあったかもしれない彼との関係を求めて、心が疼（うず）いた。

けれど、現実は動かない。

「これは……わたしたちのあいだにあるもののことだけど――」空いているほうの手をふたりのあいだでひらひらさせた。「ええ、わたしたちのあいだになにかがあるのを否定するつもりはないわ。けれど、なにがあるとしても、先には進めない。いくら探求したくても、わたしには無理なの」

彼は眉ひとつ動かさず、じっとしていた。呼吸をしていることすらわからない。全神経をニコールに向け、男としての力のすべてをニコールに傾けていた。

さっききちんと聞いてくれと頼んだのは、サムにはおもしろくない話だと思ったからだ。だがサムは、拒絶してもおかしくないのに、まったくそんなそぶりを見せなかった。兵士の特性なのかもしれない——ありのままに見ることが。どれほど不快であろうと、現実から目をそむけていては、命を落とす。

「説明してくれないか」彼の太い声が思いやり深く響いた。怒りも、動揺もない。

「ええ。それにはいまわたしが置かれている状況から話さないと」さあ深呼吸して。つぎは細く長く息を吐くのよ。ヨガのインストラクターから教わったとおりに。「いまから一年と少し前まで、わたしはジュネーブにいたわ。大学もジュネーブで、仕事は国連機関での翻訳だった。仕事は気に入っていたし、友だちがおおぜいいて、よく遊びに出かけたものよ」

つと外に目をやり、失われたものにたいする鋭い痛みに心を開いた。

なんと恵まれていたのだろう。若くて、独身で、お金があった。翻訳という仕事を、同僚を、友人を、そして人生を愛していた。国連は非課税のスイスフランで高給を払ってくれた。ジュネーブは夢の街——きれいで、緑豊かで、安全だった。雄大な山に囲まれ、スキーをするには世界一の場所だった。列車に数時間乗れば、フランス南部やイタリア北部に出ることができた。

すべてが意のままだった。ニコールはため息をこらえた。そうした日々は永遠に去った。

ふたたびサムに目を戻すと、じっとこちらを見ていた。「そうね」きびきびと言った。「わたしのサイトを見たのなら、そんなことはすべてご存知ね。少なくとも、基本的なことは」

「ああ」太い声は静かだった。「きみがジュネーブに住み、国連に勤めていたことは知っている。興味深いな」

心臓がちくりと痛んだ。「ええ、実際、興味深かった。大好きな仕事だったの」ニコールは背筋を伸ばし、胸を張った。楽しい日々だった。それが終わりになった。そういうこと。「でもいまは、優先順位が変わったの。両親とはむかしから仲が良かったから、二〇〇四年に母が交通事故で亡くなったときは、父もわたしも大きな打撃を受けたわ。これで家族はわたしと父のふたりきりになった。わたしが大学を出て仕事についた年、父はタジキスタンの全権大使に任命されて、わたしと同じように、父も新しい暮らしに胸を躍らせていた。だから、あの電話がかかってきたときは、まさか悪い知らせだとは思いもしなかった。いまから一年と少し前の、五月十四日の深夜に、父が病院に運ばれたと電話があったの」

ニコールは口をつぐんだ。電話がかかってきたときのことはよく覚えている。金曜日の夜だった。氷河スキーに出かける準備をしながら、雪やシュナプスや子牛肉のカツレツ（シュニッツェル）のことを考えて、うきうきしていた。その直後に世界が崩壊した。電話をかけてきたのは書記官で、父が集中治療室（ICU）に入ったとの知らせだった。それから一時間後にはジュネーブ空港にいて、四度乗り継がなければならない飛行機の一機めを待っていた。父のもとまで二十四時間の旅だった。

「書記官から、父が――父が意識不明の重体だと聞かされたわ。わたしはすぐに出発して、ドゥシャンベに到着すると、父は意識を取り戻したところだった。発作の原因を取りのぞくためにCATスキャンにかけられて、それで見つかった――」

当時のことがよみがえって、口にするのがつらい。手が震えはじめると、サムが少し強く握ってくれた。

言ってしまおう。

「脳に悪性の腫瘍があったの。大きなものだったら手の施しようがなかったんだけど、それほどでもなかったから、治療できる可能性はある。でも、数えきれないほどたくさんの腫瘍が散らばっていると言われたわ。手術はできない。使えるのは多少の延命が見こめる放射線療法か、化学療法だけ。わたしは父をジュネーブに運ぶつもりで、父が意識を取り戻しかけたときに緊急ヘリを手配しかけたの。ジュネーブでならなんとかなるのがわかっていたから。広い家を借りられるし、医療も進んでいるし、国連の職員は手厚い健康保険に守られていて、それには家族も含まれるから。わたしは各方面に電話をかけて、準備を整えつつあった。そのときよ、父がはっきりと意識を取り戻して、医師から病状を告げられたのは。そしたら――父が言ったの。長いあいだ海外勤務だったから、家に帰りたい、自分の国で――」

喉が詰まって、声が出なくなり、目がちかちかした。一瞬、彼から視線を外し、唾を呑みこんだ。サムはいっさいいらだちを見せていない。ただそこに坐ってニコールを見つめ、手を握ってくれている。身じろぎもせず黙って話に集中している。

一分、二分。ニコールはふたたび声が出せるようになるまで、窓の外をうつろに眺めていた。震えながら息を吸いこみ、彼のほうを見た。

「――死にたいと。父は死ぬために帰国を望んだ」ささやくような声で、ついに言った。涙がひと粒こぼれて、テーブルに落ちた。もう涸れたと思っていた涙だった。

サムが親指で涙の跡をぬぐってくれる。猫の舌のようにざついた指が、頬にやさしく触れた。

「こんなことになってしまって悲しいわ」ニコールは軽く頭を下げた。湿っぽいディナーなど、ちっとも楽しくない。

「なに？」サムが眉をひそめた。「なにを悲しがってるんだ？」

なにもかもが残念で悲しかった。まもなく父を失うことも、失ってしまった過去の人生も、このときめきを追えないことも。

さあ、言わなければならないことがまだ残っている。

「あのとき、そう、父が重病で家に帰りたがっているのがわかったあのときから、わたしの人生は一変した。仕事をやめて、祖母が遺してくれた家に移り住んだわ」歯切れのいい口調を心がけた。「そういうことなの、サム。好むと好まざるとにかかわらず、これがわたしの人生なの。父に残された時間は短くて、うちにはお金がない。父の仕事の後始末をしていてわかったことなのだけれど、父は貯蓄生命保険の全額をローレンス・カーロフが運用していたミューチュアル・ファンドに投資していたの」

サムが顔をしかめたのを見て、ニコールはうなずいた。ウォールストリートの伝説的な人物がしかけた大がかりなネズミ講によって貯蓄を全額失った何千という人たちによる裁判沙汰は、いまだ新聞の見出しを飾っている。

「そうよ、父はとっておいたお金をすべていまいましいカーロフに奪われてしまったの。だから、ほぼ無一文。あの詐欺師が根こそぎ奪っていってしまったから。それに、父は健康上の理由で国務省を早期退職しなければならなかったから、年金も減額されて、公共料金と食費と税金を払ったら、それであらかたなくなるわ。入院費は国務省が払ってくれたけれど、看護費用やハウスキーパーやリハビリや薬のお金は……たいへんな額になって、それが全部わたしの肩にかかっている。運のいいことに、家はローンがないからどうにかなっているけれど、そうでなかったら、いくら父の願いをかなえてあげたくても、暮らしが立ちゆかなかったでしょうね。

こうしてわたしたちはアメリカに戻り、わたしは大学と国連時代のつてを頼ってワードスミス社をはじめたわ。一年近く自宅でがんばってみたんだけど、仕事ができる環境じゃなかった。父にしょっちゅう中断させられるし、依頼人にも会わなければいけないから、中心街にオフィスを構えることにしたの。仕事の中身には自信があるのよ。でも、典型的な零細企業で、着実に成長はしていても、つねに一進一退をくり返している。会社で儲けたお金でどうにか医療費を払っているのが現状よ」

まっすぐサムの目を見た。こうして自分の人生を口に出してみると、痛みや失望感が湧いてくる。けれど、言わずにおくことはできない。

「あなたに哀れんでほしくて、こんな話をしたわけではないから、そんなことはやめてね。わたしは自分のしたいことをしているし、いまこの時点でほかにはやりようがない。それでも、わたしの人生がどんなもので、わたしの抱えている問題をあなたに背負わせる理由がないことを、あなたにわかってもらわなければならない。まったくお金の余裕のない相手とデートするのはつまらないものよ。それに、足りないのはお金だけではないの。わたしの時間はすべて父と仕事に注がれている。そう、それがわたしの人生。父の世話をすることと、働くこと。外出はなし。映画にも芝居にもコンサートにも行かないわ。休暇なんて、もってのほか――ほんの数日でもね。父をひとりにはできないし、そんな余裕もない。父の命があるかぎり状況は変わらず、わたしは父ができるだけ長生きしてくれることを切望している。これでわかったでしょう？　わたしには自由がない……あなたと外出して楽しむことはできないの。いまのわたしには、愉快さや楽しさは無縁なのよ、サム。あらゆる意味で、わたしはお荷物でしかない。こんな話をしたのは――あなたのボディーランゲージからはっきり伝わってくるから。ぶしつけな言い方になるけど、わたしに惹かれているように思うからよ。違ずっと」

サムはうなずいた。目をそらそうともしない。「まさにそのとおりだ。初対面のときから

うかしら？」

ニコールはため息をついた。簡単にはいかない。惹かれているのは、おたがいさまだ。ただこれまでを、恐ろしげな彼を見ると、強く意識してしまうこと、動悸がすること、かすかな震えがあることを、恐怖のせいにしてきたのだけれど。

彼はいまも恐ろしげだけれど、もう恐怖は感じていない。そう、恐怖ではない。

彼はいわゆるハンサムではないものの、すっきりとした精悍な顔立ちをしており、元軍人らしい力強さがあった。そしてあれこれを——大きな体や、大きくてがさついた手、射抜くような黒い瞳、浮ついたところがないこと、太い声を——全体としてみると、とてもそそられるし、体の奥深くが震えた。

彼に話しているあいだは、そのことに集中していてなにも感じなかったけれど、いまになっていっきに感覚がよみがえった。

男としてのサムに反応しているのは、どう考えてもまちがいない。そしていま、文句なしにすてきなレバノン料理のレストランで下腹部と胸に血が押し寄せ、呼吸が速くなっている。彼の膝によじのぼり、その全身を舐めている自分の姿まで目にちらついている。

マッチョは嫌いだった。ニコールの育った第三世界の国々には、Y染色体と股間に小さな

肉片をぶら下げているというだけの理由で、女よりもすぐれていると思いこむ愚かな男たちがたくさんいた。そんな男たちの気取りやセックスを誇っているらしき態度、ぎらついた視線には、免疫ができている。

けれど、サム・レストンは本物だった。彼は男であることを誇示するのでなく……ただ男としてそこにいる。それは手や脚があるのと同じだった。たんに筋力の問題ではない。彼からは男としての気概が力として放たれており、それとむせ返るような男性ホルモンとがあいまって、ニコールの心を高鳴らせている。

まだ握られたままの手から電気が伝わってくるようで、熱が腕を這いのぼった。彼のにおいまでがおいしそうだった。コロンではない。清潔な男の肌と、まばゆいほど白いシャツの糊。かすかな石けんのにおい。アルマーニの香水でもボスの香水でもないけれど、女をよろめかせるにおいがする。彼は力とセックスをまとっていた。

官能の塊。

これほど欲情したことがあっただろうか。それも、ただレストランにいて、手を握っているだけで。それ以上のことはなにも起きていないのに、胸が締めつけられて、息がしにくい。熱病にでもかかったように、全身が熱かった。

こんな感覚ははじめてだし、それに……不快ではない。試すことすらできずにあきらめなければならないのが、悲しかった。

ひとつため息をついて、手を引くと、放してくれた。自家製のパンをフムスにつけ、うっとりしながら噛みしめた。おいしい。

ニコールは少しずつ時間をかけて人生の困難に立ち向かうすべを身につけ、ごくささやかな喜びにも感謝することを覚えた。今夜はすばらしくセクシーな男とともにおいしい料理をいただく機会だった。物思いは脇に置いて、楽しまなければならない。父の病気がわかってからこんな機会は一度もなく、つぎにいつめぐってくるかも、わからなかった。

「なんておいしいの」嬉しくて天を仰ぎそうになる。それを我慢して、タブーラをすくってちぎった揚げパンに載せた。

サムが重々しくうなずいた。「そうだろ。バシルとその母親は驚異の料理人なんだ」ファッタの入った素焼きのボウルを押してよこす。「それで終わりか?」

ニコールは食べ物を口に運んでいた手を止めた。もう帰らなければならないの? 悲しみが胸を刺した。こんなに早く? 恋愛している暇はないと告げたら、とたんに彼は立ち去りたがっている。

失望感を隠して尋ねた。「終わりって、食事のこと?」

「いや。きみの話のことだ。言いたいことはそれでおしまいか?」

おしまいとは言えない。サンディエゴに住んでまだ一年と少し。会社と父のあいだの往復で、友だちをつくる時間がなかった。気ままな独身暮らしに終止符を打たれて以来、これほど腹を割って話をしたのははじめてだ。

まだ父が日々刻々と死に向かっていくのを見るのがどれほどつらいか話していない。必死に父をつかまえておこうとしていること、それなのに、父が手からすべり落ちていくように感じることも。

父の介護と、日に十四時間の仕事で、へとへとに疲れていることも話していない。張りつめた神経をゆるめてくれる友人がいないことで、ときに深い孤独感に陥ることも。あるいは経済的に不安で、父の安楽な最期を支えきれるかどうか心配になることも。けれど、サムはもう聞きたがっていない。ここまでの話ですでにじゅうぶん惨めだからだ。

「ええ。だいたいは」

サムが黒い瞳を向けてきた。片手をニコールの頬にやった。長い人さし指で頬を撫でおろされると、うなじの産毛が逆立った。

「こんなにやわらかな肌には触れたことがない」指はさらに下に移動し、顎を撫でて、首筋の血管に触れた。どきどきしているのがわかるはずだ。

首筋を上下に撫でられると、息が苦しくなった。首筋が嘘発見器となって、彼にはこちらの反応が読めてしまう。

サムのほうは動じるふうもなく、ただこちらを見て、触れている。「わたしの話を少しは聞いてくれたの？」

彼が口元に厳しさをたたえた。「ああ、すべて聞かせてもらった。つまり、こういうことだろう？　きみは病気の父親の介護をしながら、つくったばかりの会社が破産せずに軌道に乗るよう奮闘中だと？」

「重病の父親よ」口にするたび胸が痛む。「でも、ええ、そういうことね。そして、つまり男性とつきあっている時間もエネルギーもないってことよ」そう言うと、どうにか彼の手から顔を離して、三角にちぎったピタパンにムハマラをつけて口に運んだ。ぴりっと刺激的で、おいしい。極上の味わい。かすかに後悔の味がする。けれど、後悔の苦さにはもう慣れている。

めそめそするな、と自分を叱咤した。

「ごめんなさい」ニコールはしばしテーブルの木肌を眺めてから、あらためてサムの目を見た。「できるだけ正直にわかりやすく話したつもりなんだけど、サム」

「ああ、わかるよ」サムは口を引き絞った。「そして、きみの正直さは称賛に値する。ただ、おれに理解できないのは、どうしてそういう話を聞いたら、きみにたいするおれの思いがしぼむと思うかだ」

びっくりして、ニコールは目をぱちくりした。「いま言ったとおりよ。わたしにはおつきあいする時間がないの。時間もエネルギーも。最優先は父で、そのつぎが生活費を稼ぐこと。わたしの人生はそれ以外にはなにもない、ありようがないわ。だから……あなたがなにを望んでいるとしても、わたしはそれに応えられない。だからわたしみたいに問題だらけではない人を探して。いまのあなたは率直に言って、わたしが欲しくてたまらないみたいだけれど」

サムは長らく黙っていたが、やがてフォークを手に取った。「もう少し料理を食べたほうがいいな。バシルになにをされるか、わかったもんじゃない」

ニコールは弱々しい笑みを浮かべた。彼の言うとおりだ。おいしい料理なのだから、このまま残すのはもったいなさすぎる。いまこの瞬間を大事にしなければ。湧いてきたため息を胸にとどめた。ため息をついて、なにかが解決する?

自分が置かれた状況を客観的かつ明解に伝えたことで、胸のつかえがおりた。正しいことをしたのだから。みずからの心臓に刃（やいば）を突きたてたように感じたとしても、それはそれ、打撃ならこれまでにもうずいぶんと受けてきた。

もはや食欲はないが、絶品の料理を無駄にしないために、一生懸命食べた。大使の娘として、病気のときですら十七皿からなるディナーに同席し、無理やり食べ物を押しこんできた。その方法なら知っている。

サムが黙っていたので、ニコールもそれにならった。彼も無念さを噛みしめているのかもしれない。しかし、人生とはこうしたもの、タイミングの悪いときにいいことが起きる。それもまた運命なのだろう。

バシルなら、〝定め〟と言うだろう。

美しい庭に太陽が沈みだしたころ、ウエイターが大きな木の持ち手のついた青銅製のコーヒーポットを持ってきた。アラビア語でダラと呼ばれるこのポットを見るたび、アラジンの魔法のランプを思いだす。ウエイターが香り高いコーヒーをついでくれたカップのほうには、持ち手がついていない。ニコールは笑みをたたえて温かなカップを鼻先に運び、うっとりとにおいを嗅いだ。カルダモンとともに淹れられたコーヒーは、濃くて甘くて、ウエイターがテーブルに置いていったひと口サイズのバクラバにぴったりだった。ハチミツの代わりにローズウォーターのシロップが使われているこのレバノン風のバクラバが、ニコールは大好きだった。

室内は煌々と夕日に照らされ、すべてが黄金色に輝いた。サム・レストンの浅黒く日焼けした肌までが青銅色に染まり、その瞬間の彼は、罪深いほどに魅力的だった。そして、手の届かない存在だった。

サムはコーヒーカップを置き、テーブルに組んだ腕をもたせかけて、身をのりだした。ひどく深刻な顔つきだった。強い感情を押しこめているのか、皺の刻まれた口元には陰が差し、小鼻は白く引きつっている。「おれからも話したいことがある」

ニコールはカップを置き、軽く身をのりだした。彼は親身に話を聞いてくれた。こんどは自分が応える番だ。

彼がなにを言ったところで状況は変わらないけれど、聞く耳は持たなければならない。たとえ、それが聞いて嬉しい話ではないとしてもだ。彼の顔にはそう思わせるだけの深刻さがあった。

「よく聞いてもらいたい。おれは自分の過去を人に話したことがない。人には関係のないことだからだ。だが、きみにはいくつかわかっておいてもらったほうがいいことがあるように思う。さっき兄弟のマイクの話をしたろう？　血のつながりがないだけで、おれたちはそのへんの兄弟よりずっと親しい」

ニコールはうなずいた。警察官をしている兄弟のことだ。自宅に立ち寄って、キモイともっとキモイを追い払ってくれることになっている。

「おれにはもうひとり、ハリーという兄弟がいる。ハリーはいま調子を崩している。アフガニスタンでさんざんっぱら撃たれたせいだ。おれの仕事を手伝っていて、調子が戻ったらパートナーになってもらうつもりだが、いまはどうにか立ってるような状態なんだ。これで三人兄弟だ。おれたちの結束が固いのは、子ども時代の一時期を同じ残酷な里親のもとで過ごして、おたがいにかばいあってきたからだ。そうでもしないと、生き残れなかった。以来、兄弟としてたがいを気遣ってきた」

サムは顔を伏せ、握りあわせた手を見つめた。爪を短く切った清潔な手だけれど、酷使されてきたことをうかがわせた。それも激しく。傷とタコだらけだ。ビジネスマンではあるけれど、肉体労働をいとわない男の手。ニコールがこれまでつきあってきた男は、ひとりとして、こんな手をしていなかった。

我慢できずに彼の握りあわせた手の上に手を伸ばした。ためらいつつ、彼の手に手を重ねた。人のぬくもりを感じさせたい。この人も人生の苦さを知っている。

彼の手は温かく、熱と力を放っていた。

サムは重なったふたつの手を見つめたまま、口を開いた。

「おれの母親は、おれをゴミの収集箱に捨てた。それこそゴミのように、ひょいと投げ捨てたんだ」顔を上げてショックに言葉を失ったニコールを見ると、両手で彼女の手をはさみこみ、弱々しくほほ笑んだ。「心配するなよ、ハニー。最後はハッピーエンドだ。だろ？　おれはいまここにいるんだから」

「ええ、そうね」ニコールは小声で言った。そう、彼はここにいる。しかも、大きくて、力強くて、いままで出会った男どもとは異質な存在感を放っている。ニコールは彼から〝ハニー〟と呼ばれたときに感じた鋭い衝撃を抑えこもうとした。そこまでよ、と自分をいさめた。どうにもならないのだから。心を揺さぶられたところで、誰のためにもならない。とりわけ、自分のためには。

「たまたまある人が見ていて、おれを救いだしてくれた。すぐに病院に運ばれ、保育器に入れられた。生後ひと月前後で、見るからに体重が足りなかった。信じがたいだろ？」

「ほんとね」ニコールは彼を見やった。背が高く、引き締まった筋肉でがっちりとしている。栄養不良の赤ん坊の面影などどこにもない。たしかに、この悲しい物語にはハッピーエンドが待っている。

「この女――おれの母親は――飲んだくれの売春婦で、そのあたりでは知られた顔だった。おれには父親の見当がつかない。彼女にもわからなかったんだと思う。彼女は警察に捕まり、裁判にかけられた。殺人未遂で有罪になり、懲役十年くらった。結局、七年で仮釈放になって、おれを探して施設まで来た。やりなおして罪滅ぼしをしたいと、くだらない戯言をならべたてた」サムは天を仰いだ。「お人好しのソーシャルワーカーはそれを真に受けて、おれを母親に渡した。当時のおれは八歳、母親と名乗る女にこのときはじめて会った」

「ひどい」ニコールは声を詰まらせた。ハッピーエンドだとしても、そこにたどり着くまでは茨の道だったようだ。

「ああ」彼はぎゅっとニコールの手を握った。「彼女はダーリーン・レストンといった。母親とは思えない……何年かいっしょに住まなければならなかっただけの女だ。生活保護費は酒代に消え、ドラッグにも手を出していた。おれにわかるのは、国から送られてきた小切手で彼女が食べ物やミルクや衣類を買わなかったことだ。おれの耳がひどい感染症にかかったときも、治療をしなかった。そのせいで鼓膜がもろくなり、海軍に入るのも苦労して、そのあと迫撃砲で鼓膜がいかれた。片耳の聴力がほぼなくなったんで、除隊命令が出て、海軍を去った。その後聴力は手術で多少戻ったが、もう水には潜れない」首を振った。「水に潜れないSEALなんて、いないよな」

一瞬、ニコールの脳裏をまだ幼く、痩せて弱々しいサムの姿がよぎった。その少年は、彼の食べ物になるはずの金を酒代にして、必要な治療すら受けさせてくれない女の餌食（えじき）になっていた。

「彼女のまわりには、当然のように男が群がっていた」サムの声は小さく冷静だった。「だいたいはドラッグでハイになっていて、そんな状態が何日も続いた。連中はおれのことなど気にも留めなかったが、目をつけられたときは、したたか殴られた。子ども時代の大半は栄養不良で、体が弱かった」唇を引き絞った。「ようは、ウジ虫連中がいじめたくなるようなガキだったんだ。連中はおれを殴ることで、自分が強くなったと錯覚する。だが、十二歳になったころ、遅蒔（おそま）きながらある教師が異常に気づいた。そこで、州政府はおれを母親から引き離して、里親家庭にやった」

「よかった」ニコールはまばたきをして、涙を押しとどめた。いま自分の前にいる成功したたくましい男性は、虐待されていた小さな少年から遠く隔たっているし、彼は涙など求めていない。それでも心が痛んだ。

「ところが、どっこい、里親家庭も似たり寄ったりだった。旦那のヒューとその妻は、支給額が増えるからという理由で、養子になりにくい年長の子どもを受け入れてた。女がおれたちに与えたのは水で薄めた缶詰のスープと、大量買いしてきたクラッカー。で、かっとすると頭を殴り、旦那の機嫌が悪くなると、部屋に閉じこもった。旦那が狭い場所で暴れまわるからさ。そうなったが最後、つまらないことが引き金になる。ベッドがぐちゃぐちゃだとか、テーブルにクラッカーの食べクズが落ちてるとか。目つきが気に入らないということもあった。そんなとき、おれたちはだんまりを決めこんだ。なにかと気に入らないことの多い男だったが、なかでも本人が言うところの〝口うるさい〟女や子どもを毛嫌いしていたからだ。体の大きい、意地の悪い男で、おれたちにこぶしを振るうのを無類の喜びにしていた」

ニコールは胸に大きな石が載せられたようで、息が苦しかった。そして涙との闘いに負けた。ふたたび彼が手を伸ばしてきて、頰の涙をぬぐってくれた。

なんと恐ろしい生活だろう。さっきまで死にゆく父に涙していたニコールが、いまは愛を知らず、顧みられることなく暴力にさらされていた子どもを思って泣いていた。見ると、サムは平然としている。ニコールは言った。「いいことが起きたと言って。お願いだから、そんな里親家庭から救いだされて、別の家に送られたって」

サムはかぶりを振った。「いいや。軍に志願できる年齢になるまで、その家にいた。だが、悪いことばかりじゃなかった。隣に親切な年配女性が住んでいた。ミセス・コリーといって、変わり者だったが、やさしい人でね。ヒューのおやじを怖がっていたが、おやじがいないとおれを家に招き入れて、腹いっぱい食わせてくれた。おかげで一年で身長が二十センチ伸びて、体重が二十キロ増えた。おれはその二十キロが丸ごと筋肉になるように努力したんで、おやじはおれにこぶしを振るう前に、手を止めて考えるようになった」

「よかった」ニコールは心から言った。深刻なダメージを受けることなく、サム・レストンは他人から殴られないですむ大人になった。

「十二のとき、またいいことがあった。まずハリー・ボルトが来て、その三カ月後にはマイク・キーラーがやってきたんだ。ハリーは母親の恋人だったヤク中男から、まだ小さい妹と母親を守ろうとした。こんな言葉を使ってなんだが、その男は腐れ外道だった」

ニコールはうなずき、空いているほうの手で謝罪をしりぞけた。幼い少女を傷つける男にはぴったりの言葉だ。

「その腐れ外道はハリーの妹と母親を殴り殺した。怒りくるったハリーは、そいつを病院送りにしたが、ハリーのほうも両脚を折られていた。それで、ヒュー家に送られた。松葉杖をついてハリーが入ってきたとき、ヒューのおやじがにやりとしたのを見て、おれにはやつの胸の内が手に取るようにわかった。おれはもはや八つ当たりできる相手ではなくなってた。おやじはけ口を必要としているところへ、ハリーが脚を引きずりながら、新たな生け贄として現れたってわけだ。で、その夜おれはヒューのおやじにナイフを突きつけて、新しく来たやつに触れたら、その見苦しい皮膚をずたずたにしてやる、まっ先にやるのは金玉だと言ってやった。本気だったし、それはやつにも伝わった。そのころにはおれもヒューに負けないだけの上背があった。体重はずっと軽かったが、いざってときは人間、筋肉じゃない、胆力だ。ハリーの脚はよくなり、ミセス・コリーからうんと食わされて、その年が終わるころには、おれと同じくらいの体格になってた。おれたちの結束は強かった。そうこうするうちに、こんどはマイクが来た。やつにとっては八つめの里親家庭だ。おれたち三人は一致団結して、たがいにかばいあい、家を出ていい年齢になると、さっさとヒュー家を出た。おれは海軍、ハリーは陸軍、マイクは海兵隊に進んだ」

ニコールは口をはさみかけたが、まだ彼の話は終わっていなかった。サムに手を取られてキスされた。冷たい皮膚に唇が温かい。彼の話のせいで、骨の髄まで冷えきっていた。

「おれがこんな話をしたのは、きみに理解してもらいたいことがあるからだ。おれたち三人は、どんなときもたがいに面倒をみることで無事に生き延びてきた。三人とも、人から顧みられず、気遣ってもらえないのがどういうことか、いやってほど知ってる。逆に、誰かが気遣ってくれて、正しいことをしてくれるありがたさも、よくわかってる。だから三人そろって、顧みられることなく放置されている子どもや妻や両親や友人がどうなっているか、日々、その結果に向きあう仕事をしてる」

ふいにサムの顔つきが鋭くなり、高い頬骨のあたりの皮膚が張りつめた。サムはひたとニコールを見た。

「だから、ニコール、きみがお父さんのことを深く愛しているからといって、おれがきみへの興味を失わないとしても、許してもらわなければならない。きみはお父さんを安らかに逝かせるために大切なものを犠牲にし、お父さんが望む場所で不足なく暮らせるように気を配っている。なみの苦労じゃないし、正しいことだ。そんなきみをおれは偉いと思う。おれはひと目きみを見たときから夢中になったが、まいったことに、その美しい顔の背後に隠されているものを知ったいまは、さらにその気持ちが強くなった」

ニコールはサムに手を取られた。あ然とした。彼はその手をテーブルの下の股間に導いて、ペニスに押しつけたのだ。大きくて、かちかちになったペニスに。ニコールが触れるとペニスが脈打ち、さらに大きく硬くなるのがわかった。

その感触にニコールの下半身が反応した。本能的に二度立てつづけに内側が締めつけられたのだ。

動くことも考えることもできない。

「これがおれの答えだ」サムの声がかすれている。話すことさえ苦しそうで、息が荒くなっている。奥歯を噛みしめ、鼻孔がひくついていた。「はじめて見た瞬間から、きみが欲しかった。潜伏調査の最中だったんで、どうすることもできなかったが、昼となく夜となく、そのことばかり考えてた。わかってくれ、ニコール、息をするのもやっとのほど、おれはきみを求めてる。考えることすらできない。おれといっしょにうちに来てくれないか。頼むから、来ると言ってくれ」

彼の大きな手に包まれているので、ペニスに触れた手を引くことはできなかった。どうかしている。こんなことは、いままでに経験したことがない。

部屋から酸素がなくなったようだ。

だめよ、行けないと返事をしなければ。行けない、と。こんなふうにして、彼についていってはいけない。常軌を逸している。こんなことは一度もなかった。

人並みに恋人はいたけれど、えり好みは激しかった。何度かデートを重ねて、気になる点があったり、どんな形にしろその先に進むことに疑問を覚えたときは、ノーと言ってきた。ニコールの外見に惹かれてデートに誘う男は多いとはいえ、くだらない男もまた多い。だから思春期のころから、何度ノーと言ったかわからない。いまサムにノーを突きつける理由は山ほどある。ただし、それには頭を働かさなければならないのに、それがいまは、手や胸や股間と同じように、波となって押し寄せた欲望で熱くとろけてしまっている。

ノーよ、当然。それ以外にはありえないでしょう？　だが口を開くと、思いとは裏腹な言葉が飛びだした。

なぜかこう言っていたのだ。「いいわ」

# 5

よし！

急に立ちあがったせいで、坐っていた椅子が倒れたが、サムにはその音もろくに聞こえなかった。ポケットに手を突っこみ、百ドル紙幣を取りだして、テーブルに投げた。これでじゅうぶん足りるはずだが、たとえ足りなくとも、バシルならサムがあとで払うことをわかってくれる。サムは彼女の手をつかんだ。

ニコールは自分の返事にショックを受けて、大きな青い瞳に動揺の色を浮かべている。なまめかしい唇がOの字形になっていた。

だが、それを気遣っている余裕はない。自分のベッドに彼女を連れこむこと以外は、いっさい考えられない。いや、ベッドでなくたっていい。ドアだろうと壁だろうと床だろうとカウチだろうと、かまっていられない。どこだっていい。

重要なのはなるべく早く彼女のなかに入り、できるだけ長くそこにとどまることだ。いまの感じからすると、半年はかかるだろう。

セックス経験のない童貞に戻ったようだ。興奮しすぎて、大急ぎで車に向かうあいだ手足の感覚がなかった。ニコールが砂利に足を取られたとき、腰に腕をまわしていてよかった。サムは急いで彼女を抱き寄せた。自分がいっしょにいるかぎり彼女は転ばずにすむが、なかば引きずるようにしていたことに気づいて、恥ずかしくなった。

「すまない」小声で謝り、歩をゆるめた。ゆっくり歩くということを知らず、A地点からB地点までをすばやく移動することが習い性となっている。それがもはや信念といってよく、手に入れたい目標が与えられると、つい速度が上がってしまう。

ひょっとすると、走ってたんじゃないか？　いまとなってはわからない。意識がぶっ飛んでいるので、股間からの情報しか受けつけられず、ペニスは求めるものを声高に叫んでいる。サムは歩幅までせばめて速度を落とそうとした。ああ、じれったい。

体の制御がきかないとどういうことになるか、あとでじっくり検討しなければならない。考えられない事態だった。もっとも厳しい学校であった幼少時代を通じて、制御することの大切さを学んできた。その後、海軍とSEALでそのための技術を教わり、機械並みの正確さが身につくまで磨きをかけた。

そして、つねにわが身を監督しつづけた。どんな状況だろうと、まわりになにがあって、自分がどこに位置するかに注意を払い、岩のように堅固だった。じつは狙撃兵の経験もある。狙撃兵というのは自分の息遣いはもちろん、心臓の鼓動まで意のままにでき、手が震えることなどあってはならないものだ。

ところがいまの自分は外界そっちのけで、隣にいるきれいな女のことしか目に入らず、頭は靄(もや)がかかったようになっている。視界がせばまり、戦闘に駆りだされた新兵のように手が震えていた。

車まで三メートルになると、リモコンキーを取りだして、ドアのロックを解除した。助手席にニコールを投げ入れたいのをこらえて、数秒後には運転席につき、ハンドルをきつく握りしめた。頭に血がのぼりすぎて、息切れしそうだった。

ふとニコールに目をやり、顔を曇らせた。

彼女はまっ青だった。怯えているのだろう、目をみはっている。膝に置いた両手は、強く握りあわせすぎて、関節が白く浮いていた。首筋の血管が脈打っていた。

おれはなにをしてるんだ?

ニコールを怖がらせてしまった。

彼女の目には自分がどう映るだろう? 屈強で、引き締まった体をした大男。険しい口元をして目を細め、攻撃性をむきだしにしている。

サムのような男は戦闘とセックスが密接につながっている。戦場を制し、寝室を制する。それがサムの姿であり、そうなって、長い年月がたつ。

だが、ニコール・ピアスを怖がらせたくない。断じて。これまでデートしたなかでは断トッに上品なレディであり、一番きれいな女でもある。そしてなんたる奇跡か、情け深い人であることもわかった。簡単に手に入る女ではない。めったにいないからこそ、実際、彼女のような女にはいままで出会ったことがなかったのだ。

こういう女はレディとして、やさしく扱わなければならないのに、こともあろうに、こちらは猛りくるっている。そう、自覚はある。自分の車に乗りこみ、法律の許す範囲で自宅のベッドまで突っ走ろうとしている。戦闘モードに入っているからだ。

息遣いが少し荒くなっているのは、酸素を取りこんで大きな目的を達成するため。体がおのずと準備に入っている。大事に備えて――戦闘にしろセックスにしろ、それが苛酷なものになること、準備をしなければいけないことを心得ているからだ。

ニコールは五感でそれを感じ取り、サムには暴力的な側面が強くあること、暴走する欲望が彼女の一身に注がれていることに気づいている。

まともな精神状態なら、こんな男の家には行けない。だが、いま彼女から断わられたら、月に向かって吠えてしまう。

なにか手を打たなければならない。早急に。

まず、緊張を解くこと。ハンドルから手を引きはがし、シートの背に深くもたれて、意識して筋肉をゆるめた。目をつぶり、深く息を吸った。

すべてを開け。

短いあいだとはいえ、狙撃兵時代に多くを学んだ。マイクと違って、狙撃にかかわるメカニズムは好きになれなかった。マイクは子どもを愛(め)でるように、銃を愛でる。サムにとってはただの道具であって、とくに興味をかき立てられなかった。

とはいえ、身体の制御は狙撃訓練の大部分を占める。心拍を遅くする方法や、体を冬眠状態に導く方法を教わった。体の働きを最低限にして、何日間もじっとしたまま、死なない程度に寝返りを打つ。

サムは自分の奥深くに潜りこみ、体の働きを低下させた。さらに深く。エンジンが冷却していくように、短時間に心拍数、呼吸数を減らし、頭のなかまで鎮めた。

もう組み敷いたニコール・ピアスの姿がちらつかない。絶頂感に細められた青い瞳も、自分を迎え入れるべく開かれた長い脚も、受け入れてくれるやわらかな割れ目も。

よし、これでいい。頭をからっぽにして灰色一色で満たし、体に鎮まれと命じた。ＳＥＡＬでこの身体訓練をはじめて聞いたときは、腹を抱えて笑ってしまった。宇宙船からあやしげな電波でも届いたかと思った。サムはなにがなんでもＳＥＡＬに入りたかった。堅固な男たちに揉まれて、誰よりも堅固な男になりたかった。そのために『スター・ウォーズ』のヨーダのようにならなければならないとしたら、噴飯(ふんぱん)ものだった。

だが、その技術は当時も有効だったし、いまも有効に機能している。

膝に置かれたニコールの手は震えておらず、顔には血色が戻った。オオカミと遭遇したかのような、ショックに満ちた表情は消えている。

ふたりの目が合った。なんときれいな瞳だろう。深く濃いブルーで、あきれるほど長い睫毛に縁取られている。あんなに長い睫毛がついていて、よく目を開けていられるものだ。

「きみが欲しい。なんとしても」ふいに口をついて出た。しまった。彼女を安心させるようなこと、なんなら多少調子のいいことを言いたかったのに。ただ、おべっかを言うのには慣れていない。ふだんから女にたいしても遠慮がなかった。

彼女はおべっかを聞き慣れていそうだが、いまのサムにはどこを探しても見つからない。興奮しすぎて、頭の回路が切れてしまった。「すまない」眉をひそめた。「おれはただ――」

ニコールが小さく吐息をもらした。笑顔ではないけれど、表情が明るくなった。「いいのよ。会計も頼まずに店から引っぱりだされたとき、あなたの思いは伝わってきたから」

サムは歯ぎしりした。「すまない」また謝って、口をつぐんだ。よけいなことは言わないほうがいい。

「いいのよ、わかってるから」彼女は小声だった。ふたりで目を見交わし、無言でおたがいの胸の内を推し量った。サムは呼吸も動きも、自分の身体に関するすべてを制御した。いまはじっとしていることが、彼女への贈り物だ。このあとベッドでも抑制できる印になる。

願わくば。

ニコールは左手を持ちあげた。どうしてこうも、いちいちきれいなのだろう？　石けんのコマーシャルに出てくるような手だ。肌は象牙のように白く、指はほっそりとして長い。中指にいくつかの石を使った凝ったデザインの指輪をはめているが、ありがたいことに薬指は空いていた。

マニキュアはしているものの、爪は短く、白いスクエアトップにもしていないし、黒や紫でもない。黒や紫のマニキュアや、黒い口紅を見ると、うんざりする。あれじゃまるでゾンビだ。

ニコールにはうんざりするところなどひとつもない。

あんまりきれいな手なので、体をこわばらせていないと、つかんでしまいそうになる。彼女の手が中空で動いていた。いまも彼女の顔を見ているけれど、動く手を視界の隅にとらえることはたやすい。ハンドルに置いたサムの手の上に、ゆっくりと彼女の手がかぶさってくる。ひんやりとして、やわらかな手だった。

ふたつの手の際立った違いが官能をそそった。大きくて、傷だらけで、荒れた自分の手。それに引き替え彼女の手は、世界的な芸術家の手になる大理石の彫刻のようだ。

サムは一瞬、あろうことかさらに静かになった。彼女がかすかにほほ笑んだところを見ると、どうやら不安がやわらいだらしい。ニコールから手を握られ、そのささやかな気遣いに股間を直撃された。ニコールは膝に手を戻した。

「そういうことになるの？」小声で尋ねられた。

もちろん！　サムは叫びそうになるのをこらえて、言葉を喉にとどめた。

「できることなら」何年ぶりかで話したように声がかすれた。咳払いをして、口を閉ざした。ここで縁起でもないことを言いたくない。いま口を開いたら、とんでもないことを口走りそうだ。

彼女の視線が股間に向かった。薄手のウールでできた高価なスーツのズボンを突き破りそうになっている。ジーンズと違って、スーツだと形が丸見えになる。

「そうでしょうね」

ペニスが脈打ち、ズボンの生地が動いた。これでは見落としようがない。ペニスみずからが彼女に触れようと、伸びあがっているようだ。

勃起していては差しさわりがあるとき、サムは、鼓動をゆるめることができるのと同じように、興奮を鎮めることができた。世の中には気の滅入ることが無数にある。それを思い浮かべれば、性欲など消えてしまう。

ところが、いまはなにを考えても効き目がなさそうだった。ニコール・ピアスがそばにいて、彼女とセックスすることに意識が向いているかぎり、ペニスを鎮められる考えなど存在しない。ペニスがずきずきして、睾丸がぐっと引きあげられ、いまや遅しと爆発のときを待っている。

なにかを探すように、ニコールが目をのぞきこんできた。暴力に走る兆しを探しているのかもしれない。たしかに暴力的な部分はあるが、女や子どもにそれを向けたことはなかった。女や子どもを傷つけたことは一度としてなく、ありがたいことに、海軍時代もそれを強いられる場面はなかった。かりにあってもできなかっただろう。

それにも増して、ニコールを傷つけるなどありえない。自分の胸を撃ち抜いたほうがまだましだ。いまはただ彼女とベッドに入ったとき、自制心を保てることを祈るばかりだった。

自制心。

自制心とともに生きてきたサムが、それを失うまいと必死になっている。まるで砂を握っているようで、いまにもこぼれ落ちそうだった。

そのとき、ついにニコールの口元に笑みが浮かんだ。「いいわ」小声が聞こえた。

やった! ゲートから出された猟犬の気分だ。

つぎの瞬間、車は道に飛びだした。法律上許される範囲内で、なるべく早く自宅までたどり着きたかった。ジェームズ・ボンドの車のように、空を飛べればいいのに。

ぶっ飛ばすこと二十分、ふたりを乗せた車はウォーターフロント沿いを進んでいた。沈みゆく太陽が海面に赤い花を咲かせる美しい夜だった。

いっしょにいるのがほかの女なら、きれいな夜だね、とでも言っていただろう。これまで自宅なり相手の家なりに連れていった女は数知れない。そのあとセックスをするのだとわかっていても、軽い会話を続けることができた。

それがいまは言葉が出てこない。ただのひと言も。喉が潰れてしまったようだ。

さいわいニコールは苦にしていないようだった。沈黙にも動じないでいてくれるのが、ありがたい。洋々と広がる太平洋を眺めている。まっ赤に燃える太陽の下辺が水平線をほのかに輝かせていた。

「きれいな夜ね」

サムが首を絞められたような音をもらすと、彼女がこちらを見た。

「あなたのお宅はどちら？　これからどこへ行くの？」

答えて当然の、まっとうな質問だった。口すらきけないとわかったら、また彼女を怯えさせてしまう。

サムは自分にカツを入れて、少しだけ自制心を取り戻した。

「コロナドショアズのコンドミニアムだ。一年と少し前に買ってね」意識しないと、運転もあやしい。赤信号、青信号、ブレーキ。運転は得意で、生来の勘のよさがあるが、いまはすべて台無しにしないようアクセルを踏みこまずにいるのが、やっとだった。へたをすると、電柱に突っこんでしまう。「海軍で海に潜ってたから、ここに戻ったときも、海のそばに住みたかった」

嘘ではないが、それは真実の一端にすぎなかった。かつてサムはここから数キロ先の砂浜で、ＳＥＡＬの部隊員たちが苛酷な訓練に打ちこむのを眺めて過ごした。ヒューのおやじのこぶしから遠ざかっていたい一心だった。自分もその仲間になりたい、世界をより安全なものにするための技術を身につけた男たちのひとりになりたいと夢見ていた。数年にわたって、屈強な男たちが日増しに屈強になっていくのを見るうちに、人生の目標を見いだしたのだ。

そして退役したいまも、コロナドショアズに住んでいれば、走って訓練地点まで行ける。新兵たちが凍えるような海に入るのを眺められるし、この国を守ってくれる次世代がつねに現われるのだと確認することができる。

コロナドショアズに入って、大きな集合住宅群の最初の建物を通りすぎながら、ニコールが興味深げにあたりを見まわした。サムの部屋があるのは一番奥の〝ラ・トレ〟だ。「前から探索したかったんだけど、このあたりに来るのは、はじめてよ」

「そうなのか？」サンディエゴの住民には人気のおでかけスポットなのだが。

彼女がうっすらとした笑みを向けた。「まだこちらに来て一年だし、そのあいだ父とワードスミスのことで手いっぱいだったから。サンディエゴの街のなかだって、自宅周辺と、会社の建物がある市街地を中心に少し見てまわっただけなの」

「おれが案内するよ」サムは申し出た。「喜んで案内させてもらう。街のことは、自分の手の甲のようによく知ってる」ただし、あとで。ひと息入れられるようになったら。

ニコールが横目でちらりとこちらを見た。青い瞳に陰が差して悲しそうだった。今夜かぎりのつきあいだと思っている。サムは頭を強打されたように感じた。

冗談じゃない。絶対にそうはさせない。

男とつきあう余裕がないというご大層なお題目のせいか？　あほらしい。彼女の足に自分を植えつけてでも、会いつづけてやる。

「ここだ」サムは鋭くハンドルを切ってコンドミニアムの私道に車を入れると、地下にある駐車場へとくだっていった。車を所定のスペースに入れ、エンジンを切る。

このコンドミニアムには百四十戸入っているため、駐車場は日々二十四時間出入りする人であわただしい。それなのにどうしたことか、そのときは閑散として、エンジンが冷える音しか聞こえなかった。

ふたりはしばらく黙ったまま、見つめあった。ニコールが唾を呑みこんだ。

なにをぼさっとしてるんだ、ボケナス。サムは自分を叱った。

ニコールに触れてしまいそうなので、ハンドルを強く握りしめ、ゆっくりと彼女のほうに体を倒した。ニコールが一瞬、体をこわばらせたあと、膝に手を置いたまま、顔をこちらに向けた。中央のコンソール上で、ふたつの唇が重なった。

彼女をはじめて味わった衝撃は強烈だった。睾丸にまで響いた。最初は軽く唇が触れあい、そのあと頭を傾けて、深く味わった。

なんとまあ、最高級ワインのようだ。鼻が彼女の頰に触れ、近くから嗅ぐと、ますますいいにおいだった。このにおいを罎詰めにして、〝魅惑の女〟という名前で売りだすべきだ。

男たちがこのにおいをまとった女たちを追って崖から転げ落ちるだろう。

口を開いて、彼女の舌を吸った。彼女が息を吸ったのがわかる。まずい。あと一秒でもこうしていたら、助手席のシートを倒してのしかかり、スカートをまくりあげ、下着を破り捨てて、彼女のなかに押し入ってしまう。

昂りすぎて息苦しい。早く自宅に入らなければならない。こちらはかまわないが、たぶんニコールはフロントシートでセックスしているのを人に見られるのをいやがる。

顔を離すと、ニコールがゆっくりと目を開いた。青い瞳が大きなヘッドライトのようだ。目つきがとろんとして、頬が赤らんでいる。サムほどではないにしろ——それは不可能だから——まちがいなく、彼女もその気になっている。

「行こう」ささやき声になった。すべてがガラスのようにもろく、大声を出すと壊れてしまいそうだった。

「ええ」ささやき声が返ってきた。

エレベーターのなかは無言だった。喉が締めつけられて、ニコールにはひと言も発することができなかった。それに、なにを言えばいいの？　ふたりがこれからすることの邪魔をするぐらいなら、黙っていたほうがいい。

隣のサム・レストンはいまにも爆発しそうで、ズボンの股間が大きく突きだしていた。こんなときに、天候や建物やさっきの料理のことを話して、なんになるだろう？

空気までびりびりしている。大きくて黒いなにか、まちがいなくとてつもないもの、そして場合によっては危険なものが、刻一刻と迫ってきているようだった。

こんなことはいままでなかった。ベッドに入る約束をして、男の自宅を訪れようとしているなんて。お高い女（ミズ・クール）はつねに選択肢を失わず、なにも約束をしない。セックスできるものと決めつけていた男たちを、数多く袖にしてきた。どんな約束もせず、少しでもいやだと思ったら断われるよう、その余地を残しておく。

ところがいまは断わるつもりがない。できないのだ。まるでサムに……そう、魔法をかけられたようだ。煌めく網をかけられて、逃げることも引き返すこともできず、ただ前に進むしかなくなっている。弓から放たれた矢のようなもので、肉に刺さったが最後、押し入れることはできても、引き抜くことはできない。

彼の部屋、彼のベッドへと流れゆく濃い官能の奔流（ほんりゅう）に呑まれて、ただ運ばれていく。サム・レストンのベッドのことを考えたとたん、体の奥がぎゅっと締まった。昂っているのが自分でわかり、動くたびに敏感な襞（ひだ）がこすりあわされた。

ニコールにとっては完全な新領土、未踏の国。ほかの惑星にいるようなもので、想像すら及ばない。

なにも言えなかった。話せば声に動揺が出る。かろうじて自分を抑え、息遣いは乱れていないものの、あとベッドまで何分かしかないことに気づくと、それももはや不可能だった。サム・レストンの姿がちらついて、頭がかっと熱くなった。自分にのしかかる広い裸の肩。射抜くような黒い瞳。からみついてくる長い脚。ふたたび子宮が疼き、下腹部の筋肉が収縮した。

信じられない！　同じ車に乗り、隣を歩いているだけなのに、達しそうになるなんて！　動悸がして、脚から力が抜けた。

どうかしている。セックスにはあまり思い入れがない。自由気ままに過ごせたジュネーブ時代も、お金がたっぷりあって、外交官や銀行家だらけの街だったのに、デートの回数は多くなかった。男と寝てまわるなど、もってのほかだった。

そしてそうそうなことでは喜ばず、すぐに退屈する。つねに冷静で、自制心が強い。それなのに、どうしたのだろう？　なぜかこの荒々しい元兵士に深く揺さぶられて、いつもの自分を見失っている。神経がびりびりするほど昂り、バッグを小刻みに叩いてしまいそうになっている。

ニコールはふと顔を上げ、すぐに目をそむけた。彼が見ていた。黒い瞳で注視している。女ならみなデートの相手に注目していてもらいたいものだけれど、この雰囲気は初デートのそれではない。兵士であったサムは、与えられた任務のようにニコールに集中していた。閉ざされた空間のなかで、沈黙がずっしりと重い。エレベーター内の静けさがまるで目に見えない霧となって、ふたりの周囲をくねくねと動きまわっているようだ。

そのせいで息ができなくなり、ついでに常識まで奪われた。だからだろう、サム・レストンに飛びつきたくなっているのは。それほどニコールらしくない願望も珍しいけれど、たしかにそんな気分だった。

サムにはいままでに感じたことのない引力がある。彼のような人とデートするのも、はじめてだった。これまでの交際相手は都会的でスマートな男たちだった。サムのように大柄でたくましい男はおらず、ニコールが得意とする男女の駆け引きに通じていない男もいなかった。サムはどんな意味でも欲望を隠さない。駆け引きとは無縁の人だ。彼の欲望が巨大な爪ヤスリとなってニコールの表層を削り取り、内側にあるものがむきだしにされてしまったようだった。

もう一度、ちらりと彼を見て、またもや急いで目をそむけた。まだこちらを凝視している。口を引き結び、目が線のように細くなっていた。

心臓が跳びはね、息をすることも忘れそうだった。

ニコールはひたすらエレベーターのドアを見つめた。もう一度サムを見たら、ふらっと身を寄せるか、手を伸ばして触れてしまいそうだった。彼は自制心がきかなくなっているようだし、それはこちらも同じだった。音をたててドアが開いた。サムから背中に触れられると、膝から崩れ落ちそうになった。

明るく広々とした空間が目の前にあった。磨きこまれた硬材の床が左右に延び、その両端は床から天井まではめ殺しのガラス張りで、夕日に赤く照り映えていた。コンドミニアムは湾から海側に突きだすようにして建っている。

サムに肘をつかまれて、右側にいざなわれ、通路の奥まで進んだ。

心臓がどきどきしていた。つぎのステップに進みたいかどうか、ウイスキーを飲んだり音楽を聴いたりしながら、ゆっくりと考えることはできない。彼の自宅に入ったら、その足でベッドに直行することになるのは、明らかだった。

性的なエネルギーが目に見えるオーラのように彼を包んでいた。歩きながらふと目が合ったとき、ニコールは目をそらした。

完全に燃えあがり、体の部分部分が敏感になっている。たった一度キスを受けて、大きな手に肘をつかまれているだけなのに、たいへんな興奮ぶりだった。

聞こえるのは自分のヒールが硬材の床を叩く音と、早鐘を打つ心臓の音だけだった。サムは黒くて大きな霊のように、音もなく動いていた。

左手にあるドアの前で立ち止まった。海に面した側だ。

サムはスロットにカードキーを通し、ドア脇のパネルに手を置いた。パネルが緑色に輝き、スライドしてキーパッドが現われた。彼が精密機器特有の小さな音をたてながら五桁の暗証番号を打ちこむと、ドアがスライドして開いた。

正面は明るいカエデ材の広板を張った廊下で、その向こうにゆったりとしたリビングスペースがある。ガラス張りのその先がバルコニーで、遠景は濃い紫色の海だった。

ニコールは急に動けなくなって、戸口で立ちつくした。サムは隣で待っていた。彼を見あげた。進むことも引き返すこともできず、困惑していた。膝が笑っている。突如、パニックに襲われて、いまのすべてが生々しくて恐ろしいものに感じられたのだ。

なぜかサムはわかってくれた。激しい欲望にズボンのなかのものをハンマーのように大きくしているのに、ニコールを押しやろうとも、膝をつかんで歩かせようともしない。動かずにそこにいる。

「ようこそ」太く小さな声で言うと、迎え入れるように腕を広げた。それきり、黙って待っている。彼の言いたいことは明らかだった。家に入るかどうかは、ニコールが自分で決めなければならない。

体が震えた。目に見えない境界を破って別の人生に入るように感じながら、敷居をまたいだ。

家のなかはいいにおいがした。清潔な布地のにおい。磨き剤のレモンのにおい。そして開いた窓からそよそよと海風が吹きこみ、白いコットンのカーテンが揺れていた。

背後から、シュッと金属のドアが閉まる音がして、ロックがかかった。

入ってしまった。

あれが待っている。

そうよ。

つぎの瞬間、背中をドアに押しつけられ、サム・レストンの全体重がのしかかってきて、激しく唇を奪われた。車内でのためらいがちなキスとは違う。まるでニコールを呑みこみながら、その体に自分の形を刻印しようとしているようだ。深く激しいキスは、永遠に続くかと思われた。

ああ、なんて味だろう！　女を骨抜きにする味わい、清々しい山の空気に男性ホルモンをたっぷり注入したような味わいだ。そして彼はむさぼるように、あらゆる角度から迫ってきた。ニコールのほうも、そうでなければ足りなかった。

バッグが、そしてジャケットも落ちた。

これで心ゆくまで彼に抱きつけるけれど、ほんとうにしたいことを考えたら、抱きつくなんていう表現では足りなかった。彼のなかに潜りこんで、硬く引き締まった、その魅惑的な肉体の隅々まで、体全体を使って触れたかった。彼の首に腕をまわし、背中をそらした。胸の筋肉が盛りあがっている。あいだに彼のジャケットとシャツ、ニコールのドレスとブラジャーがあるのに、こすりつけられる硬く縄状になった筋肉を感じる。驚いたことに、ニコールは純粋に快楽を求めて、自分から体をすりつけていた。燃えあがった炎を消せるのは、この人しかいない。

熱くそそり立った大きなペニスがお腹にあたり、その脈動を肌身に感じた。お尻を締めて腰を突きだすと、口のなかで彼がうめいた。サムがかがんでお尻の下に腕をまわし、やわらかな股間にペニスを押しつけてくる。それを包みこむように腰を動かすと、ペニスがぴくりと反応して、ニコールの全身の筋肉が収縮した。

サムがうめき声をもらしながら、さらにのしかかってきた。唇と腰をこすりつけてくる。ふたりを隔てるものなど、考えられない。ふたり同時に同じ結論に至ったようだった。ニコールは伸びあがって、広い肩からジャケットを脱がせた。震える指でタイをほどき、それが床に落ちるのを待たずにシャツのボタンに手をかけた。丸いプラスチックのボタンを穴から外し、ズボンから裾を引きだす。サムがこちらのお尻に腕をまわして体を抱えあげているので、シャツを脱がせることはできない。肩からシャツが落ちて、カールした胸毛と筋肉が触れる程度にはだけた。いまだはさまったままのドレスとブラジャーがうとましい。やわらかな肌に彼の硬さを感じ、その力強さと熱を取り入れたかった。

サムがざらついた手でドレスの裾を持ちあげ、シルクでできた高価な藤色のパンティに手をかけた。ニコールは一度床に足をおろされてから、香水のコマーシャルかなにかのように、脱がされるものと思っていた。

つぎの瞬間、なにかが起きた。あっという間のできごとだったので、頭が動きについていけなかった。布地が破れる音に、ジッパーの音が続き、荒々しい指で股間を開かれた。ああ

——なかに彼のものがある。ありえないほど硬く、熱いものが、誰も入ったことのない奥まで達していた。

ふたりの動きが止まった。サムに挿入されたまま、それを受け入れようともがいた。少しだけ腰を動かすと、なかのものがぐっと伸びた。敏感な部分に彼のごわついたヘアがあたるほど、深くつながっていた。

入ってくる感覚でいっぱいになっている。なかに埋められたペニス、お尻を抱えあげる二本のたくましい腕。その腕にウエストまでたくしあげられたスカートがかかり、硬く広い胸によって壁に押しつけられている……。

ドスン！ サムが側壁に頭を打ちつけた。

「コンドーム」その息は猛りたつ牡牛のように荒く、頬の筋肉が引きつっている。サムはもう一度うめくと、体をこわばらせて、腰を引きはじめた。

だめ！

「ピル」ニコールがあえぎながらひと言もらすと、サムが武者震いした。

「ああ」サムが息をついた。「このままやれる」確かめるようにゆっくりと動かして、うめいた。「革の手袋のようだ」

ニコールには吐息で応えることしかできなかった。熱い。下半身全体が熱を帯びているのに、サムは動いていない。彼の心づもりがわかる。時間をかけて大きさに慣れさせているのだ。それもそのはず、彼の持ち物はこれまで遭遇したどの男性より大きかった。けれど、サムにしてみたら、ただ待つだけでなく、使わなければならない。どうしたらいいの？　合図をしてみようか？　ニコールはしぐさで伝えることにした。

頭をわずかに傾け、彼の頬に鼻をつけた。おいしそうなにおいがする。きれいにヒゲをあたってあるけれど、顔をすりつけると、わずかに伸びはじめたヒゲがちくちくする。ためらいつつ舐めてみた。どんな味がするか、さっきからずっと知りたかったのだ。

おいしい。

サムは舌の感触に身震いしたものの、息を荒らげながら、なおも動かない。ニコールが少し体を揺すってやると、なかのものがぴくりと跳ねた。言葉が出なかった。

ピルを服用して半年ほどになる。ストレスのせいで何度か生理が飛んだので、医師から勧められたのだ。性交渉のあったころは使っていなかったから、コンドームなしのペニスを受け入れるのは、これがはじめてだ……すごい。生々しくて、耐えがたいほどの一体感。

ニコールは口を開いて、顎を噛んだ。鋭い刺激がサムをいきりたたせた。

大きな体をぶるっと震わせて、腰を振りはじめた。強く深く突けるのは、ニコールがすっかり濡れているからこそ。ここまでの時間がすべて前戯になっている。

サムは全体重をかけてきて、唇を重ねたまま、激しく腰を振った。はじめてのセックスにありがちな恋人のようすをうかがいながらの遠慮がちな交わりではない。そう、自分を抑えることができなくなった男の、全身全霊をかけた動き……すてき。ニコールの思いが通じたのだろう。サムはさらに勢いづき、摩擦で煙が出ないのが不思議なほど速度を上げた。

すごい。興奮がどんどん積みあげられていく。わずか数分のうちに、ニコールは金縛りにあったようになり、水平線に浮かんだ雷のように絶頂が近づいてきていた。息を詰め、目を閉じて、重く激しく突かれている箇所に意識を集中した。そして深々と突かれた瞬間……全身が痙攣し子宮が収縮した。ペニスを締めあげ、できるだけ密着したくて、腕と脚に力を込めた。呼吸がわりの低いあえぎ声が、鋭く突かれるたび喉に詰まった。腰の動きはさらに速く激しくなり、なかのものがぐっとふくらんで、ついに爆発した。

ああ！　敏感になった内部に精液が勢いよく放たれる。そのはじめてにして衝撃的な感覚に、ニコールのオルガスムは引き延ばされた。官能的なリズムを刻んで膣が収縮し、彼のものがそれに合わせて精を放つ。あまりの快感に気絶しそうだった。

マラソンのあとのようだった。頭が倒れて、壁にぶつかった。もうまっすぐに保っておけない。広い肩にしがみついていられず、腕がだらりと垂れた。脚は彼の腰に巻きつけたままだけれど、小刻みに震えていた。

股間全体が濡れて、つながっている部分から立ちのぼる原始的なセックスのにおいが鼻をついた。

ニコールは息をついた。言葉にならなかった。

「ああ」サムがうめいた。「だいじょうぶだ。しっかりつかまってろよ、ハニー」

どういうこと……？　サムが腰にまわした手に力を入れ、壁から体を引き離した。つながったまま、家のなかを歩きはじめた。動くと、精を放ったのが嘘のように硬いままのものにひどく敏感になった内壁をこすられた。

サムはニコールの体重をものともせず、キスをしながら寝室に入った。外にはまだ薄明かりが残っており、ニコールがうっすらと目を開くと、空間の広さと簡素な雰囲気が伝わってきた。ふたたび彼にキスされ、外の世界が消えてなくなった。

彼がなにをどうしたのかわからないけれど、ベッドにおろされたときは、ふたりとも全裸だった。いまだつながったまま、サムは全体重をかけてきた。硬い筋肉の感触が心地よく、乳房に胸毛があたっている。毛だらけのたくましい脚に脚を大きく開かれ、彼のものがさらに深く入ってきた。

サムはニコールの耳に鼻をすりつけ、顔じゅうにキスの雨を降らせて、その合間にささやきかけた。

「せっかちなことをして、ほんとうにすまない。今回はこんなだけれど、おれにも心得（ムーブ）があることを知っておいてもらいたい」

ニコールはろくに聞いていなかった。ふたりが触れあっている部分、つながっている部分に集中していた。それでも、動き（ムーブ）と聞くと、膣が締まった。ペニスがぐんと伸びた。

「そのひとつがわたしのなかにあるのね」小声でもらした。

サムが低く小気味よい笑い声を響かせた。「ああ、そうだな」

サムが動かないでいてくれるおかげでひと息つき、彼の肩の丸みに触れた。肌が張りつめて、熱を帯びている。熱した鋼鉄のようだ。厚くがさついた箇所に触れて、ニコールは眉をひそめた。傷。丸い傷跡。

ぱっと目を開くと、すぐそこに彼がいた。底知れない黒い瞳でじっとこちらを見ている。もう笑みはなかった。

「これはわたしが想像しているとおりのもの？」

サムがそっけなくうなずいた。

「ほかにもあるの？」

「腰の下のほうに。かろうじて急所を外れた。右の二頭筋にも。こっちは軽傷だったが、死ぬほど痛かった」

彼から聞いた箇所を指でなぞった。腰の下のほうにある傷は大きくて、傷口が醜く盛りあがっている。眉をひそめると、サムがキスしてくれた。

「雑な手術だわ」

サムが首を振って、顎を軽く噛んだ。「戦場で処置したせいだ。おれたちははるか彼方の地獄にいて、病院までは一週間の距離があった。整形外科手術を受けたらどうかと海軍から打診があったが、はっきり言って、死ぬまで針を見たくない」

ニコールは彼の脇腹を撫でた。この人が送ってきたのは、人が羨むような人生ではない。それこそ語りつくせないほど何度も危険に身を投じてきたのだろう。あと数センチ右か左にずれていたら、失血死していた。そうしたらこうして彼に会うこともなく、ニコールが自分の官能の深さに気づくこともなかった。

頭を少し持ちあげて、そっと彼にキスした。まだ傷口が癒えていない人にするようなキスだ。すぐさまサムが主導権を奪った。彼は口を開くと、腰の動きに合わせて舌を突きだした。サムの動きはどんどん速くなった。ニコールは彼の腕に手をかけ、必死に肩をつかんだ。サムが口を離して荒い息をつき、髪に顔をうずめてくる。ニコールは目をつぶって、背を弓なりにした。

サムの気持ちがわかる。いまはとてもキスなんてしていられない。

サムが膝を持ちあげて、信じられないほど奥まで入れてきた。なにかに触れている……叫び声と同時に、膣がぎゅっと締まり、体が激しく震えた。汗が流れ、目から涙が流れる。くるおしいほどの絶頂感に、しばらく虚空をさまよい、サムがうめき声とともに精を放ちはじめたとき、ようやくわれに返った。熱い液体が長い時間をかけて体内に注ぎこまれた。

これで動きがずっとスムーズになった。ふたりの体液で信じられないほど濡れている。時間の感覚がなくなり、没我の境地に入った。

喜びの波に乗って漂っていると、ようやく彼の動きが止まった。ニコールのというより、彼の汗で、全身が濡れている。彼の肩を押したとき、ふたりの胸が張りあわされたようになっているのに気づいた。股間はぐっしょり濡れ、太腿にまで垂れている。敏感になったなかはひりひりして、いまだ硬いままのペニスの形がありありとわかる。筋肉から力が抜けてしまったらしく、動くことができない。

そして気分は……すばらしかった。彼の重い体が乗っていなければ、漂ってしまいそうだ。苦しげなため息とともにもう一度肩を押すと、彼が腕で体を起こして、笑いかけてきた。彼の黒い髪がひと房、額にかかっていたので、手を伸ばして、後ろに撫でつけた。

「腹が減ってないか?」彼に尋ねられて、いいえと答えようとした。さっき食事をしたばかりだもの、すいてないと。と、そのとき大きな音をたててお腹が鳴った。

「すいてるみたいね、どうやら」びっくりしてしまう。あれほど食べたのに、お腹に相談してみたところ、ぺこぺこだった。

サムが鼻にキスをして、ペニスを抜きだした。ゆっくりとしたその動きに、またもや欲情した。もしそのとき欲情していなければ、ベッドの傍らに彼が裸で立っているのを見たとき、そうなっていただろう。

サムは大男だけれど、引き締まっていて、スタイルがよかった。優雅で力強い。それに……ああ……大きい!

ここへきてようやく、彼の体つきを確認することができた。驚いたことに、二度いったあとだというのに、まだ勃起している。ふたりの体液で濡れたペニスは、血管が巻きついていて、濃いなめし革の色をしている。ぐっとそそり立ち、臍まで届きそうだった。

サムが手を伸ばして、一瞬、ニコールの足首をつかんだ。「テラスに食べるものを運ぶよ。第二ラウンドに備えて燃料を補給しよう」

彼女の表情を見て、とっさに笑いそうになった。もうおしまいのつもりだったのだろうが、サムのほうはそうはいかない。まだ無理だ。かつてないほど、精力にあふれていた。

ああ、彼女のあの寝姿……十七世紀の絵画のようだ。彼女の色味を見ただけで、死んだ男もよみがえるというもの。漆黒の髪。陶器のような肌。まっ赤な唇は、キスのせいで少し腫れている。サクランボ色の乳首。股間のやわらかな黒い毛は雲のようだ。

そして全身がふたりの汗でつやめいている。サムの精液と、彼女の愛液と。さっきペニスを抜いてから、彼女はまったく動いていない。まるで幻の恋人と交わっているかのよう――脚を折り曲げて大きく開いているので、ふっくらとした濃いピンク色までのぞいている。腕はいまだ左右に投げだしたまま、キスの最中のように目を半分閉じている。できることなら、もう一度その上に戻り、なかに入れたい。その思いの強さに、サムは手を握りしめた。

だが、まずは食べさせなくては。サムのほうは無理することに慣れっこだが、彼女はそうはいかない。

見ていると、ゆっくりと彼女のまぶたが下がり、恐ろしく青い瞳がひと筋しか見えなくなった。呼吸が遅くなり、大きく波打っていた左胸の鼓動が静まってきている。いったいおれはどうなってるんだ？　たとえ見るだけでも、ほかの誰かとセックスするより、彼女のほうがいい。

そんなことを考えた自分が恐ろしくなった。彼女を残してキッチンに移動し、食べるものを物色した。料理はほとんどしないが、ハウスキーパーがたまになにかを置いていってくれるし、果物は常備している。

五分もすると、かき集められたものに満足しつつ、大きなトレイを持ってバルコニーに出た。大きな皿にブドウと奇跡的にカビが生えていなかったスライスしたチーズを盛ってある。冷凍してあった全粒粉のパン半分は、電子レンジで解凍してきた。

ワイングラスふたつに、とてもうまいチリ産のソービニヨン・ブランのワインが一本。彼女ならちゃんと発音できるだろう。サムはトレイを錬鉄とガラスでできた外のテーブルに置き、テラスの明かりをつけるかどうか迷った。外は暗く、たぶん深夜をまわっているだろう。三時間はセックスしていたことになる。ハロゲンライトのひとつにスイッチを入れた。これでなにを食べているかわかるし、海上の船からはこちらが見えない。

サムは暗い海に目をやってから、股間を見やった。いまだ分身はいきりたっている。スタミナには自信があるが、ふだんなら二時間ほどで終わりにする。女性を家に送り届けて、あとはくつろぐ。

ところがニコールが相手だと、およそそんな気にはなれない。想像することすらむずかしいほどだ。

困ったことになったぞ。サムはそんなことを思いながら、彼女をテラスに運ぶため、寝室に戻った。

# 6

**サンディエゴ**
**六月二十九日早朝**

空が白みはじめた。海よりも淡い色には、いまだ夜の暗さが残っている。

ニコールは片方の目を開けて、すぐに閉じた。

目をつぶったまま、いま見た光景を理解しようとする。

大惨事。それがいま見たものだ。

毎朝目を覚ましたとき目にするのは、穏やかでふつうの寝室だった。七つの国を運ばれてきた、フランス製のレースの天蓋がかかった四柱式のベッドがあって、雷文模様の入ったシーツがかかっている。十七世紀の大型衣装ダンスに、十八世紀にイタリアでつくられた戸棚。新鮮な切り花を活けた花瓶に、ポプリの入った陶磁器のボウル。バカラの大きなクリスタルの花瓶には、マルチカラーの砂が入っている。母の手になるきれいな水彩画と、学生時代の友だちがむかし撮った写真の数々。この友だちはいま世界的に有名なファッションフォトグラファーとなっている。

すべてがいつもと同じ場所にある。ニコールの好みどおり、洗練されていて、穏当で、きちんとしている。

それに引き替えこの部屋は戦いのあとのよう。とりわけベッドがひどかった。わが身を見れば全裸だった。片方の脚は、やはり全裸の男の、毛の生えたたくましい脚にはさまれている。この男の血管には、血ではなくてホルモンが流れているにちがいない。

サム・レストンには〝停止〟ボタンがなかった。数時間後にようやく動くのをやめたのも、数えきれないほど絶頂を迎えたニコールが、ついに気絶しそうになったからだ。

ニコールがあえぎながら「時間切れ」とつぶやくと、サムは笑いながらゆっくりとペニスを抜いた。それがまたセクシーだったせいで、彼がいないことがすぐにつらくなったけれど、もういいと言ったのは自分のほうだ。サムはそのあといったんいなくなり、まもなくよく冷えた白ワインの入ったグラスふたつと熟れたブドウを盛った皿を運んできた。

夕食も食べたし、真夜中にテラスで即席のピクニックも楽しんだのに、それでもまだお腹がすいている。休みなしのセックスは、あらゆる意味で食欲を刺激するらしい。

ワインを楽しみながら、隣に坐る彼を惚れ惚れと眺めずにいられなかった。ブドウを食べさせてくれる腕の筋肉。太く大きく勃起したペニス。充血して黒ずみ、ニコールが目をやると、ぴくりと動いた。

　すぐに彼の股間から目をそむけたけれど、胸から顔にかけて赤くなるのがわかった。赤らむことなど、十代で卒業したと思っていた。サム・レストンのそばにいると、血が体じゅうを駆けめぐり、顔が赤らんで、乳首が濃いピンク色に染まってしまう。

　サムはじっくりとこちらを見た。紅潮した乳房の左側は、激しい動悸でわずかに上下している。首筋の血管は脈打ち、陰毛はふたりの体液で濡れていた。

　彼が顔を上げて目と目が合ったとき、全身に低い音が響いた。けれどアクセルをいっぱいに踏んでガソリンを使いきったあとに、からぶかしをするようなものだ。全身に痛みがあり、なかでも性器がひりひりした。それに欲望を感じているとはいえ、ひと晩じゅうベッドのなかで感じつづけてきた興奮の名残(なご)りにすぎない。

　もはやこれまで。これが限界。ついに達したのだ。ひと晩にわたって行為に応じつづける自分に驚いたものの、やはり限界はあった。

　サムが空いた手をニコールの膝にやり、膝頭をつかんで、黒い瞳で射抜くように見つめた。そして耳元に口を寄せた。

「ニコール?」野太い声に耳をくすぐられた。行為の最中、この声にあおられたことを思いだして、胃が縮まった。

　どうしよう。彼はまだつぎを求めている。どこまで強いの?　ニコールはため息をついた。

拒むのは彼にたいして公平じゃない。さっきまで彼にしがみついて、情熱に情熱で応じていた。自分が限界に達したとき、彼がまだだとしても、それは彼の落ち度ではない。

「横になって」サムは小声で命じた。

動悸の鎮まらぬまま、あお向けになった。どうしたらいいの？　がんばればもうひとラウンドぐらいなんとかなるかもしれない。

サムが体を倒してきたときは、顔をしかめそうになった。だが、意に反してサムはのしかかってこなかった。笑みを浮かべて、ワインのグラスをニコールのお腹の上に構え、いい香りのするシャルドネを細い流れにしてゆっくりと垂らした。

火照った体に冷えたワインが心地よい。フルーティな香りに鼻をくすぐられた。

サムは猫がクリームを舐めるように、かがんでお腹のワインをじっくりと舐めた。ニコールが上体を起こそうとすると、大きな手にそっと押された。

顔を上げて、サムがほほ笑んだ。「いいから、ハニー」低く太いささやき声。「じっとしてろ。ただ横たわって、おれからされるがままになってればいいんだ」

よかった。全身から力が抜けて、体を起こしていられない。

サムの口が下へ下へと移動していく。性器をそっと舐められたときは、はじめてひりひりすることに気づいたように、あえぎ声をもらした。

「目を閉じて」遠くから野太い声が聞こえた。

「ええ」ニコールは目を閉じた。ベッドサイドのランプを消す小さな音が聞こえ、まぶたの裏がピンク色から黒に変わった。

サムが性器に顔をすりつけた。鼻をクリトリスに押しあてながら、さっきまでペニスのあった場所に舌を差し入れてくる。ニコールは吐息をもらし、満足げな自分の声を聞いた。開いたフランス窓から小さな潮騒が聞こえてくる。やさしくリズミカルな音。海が呼吸をしているみたい。そしてニコールの下半身も、彼の舌遣いに合わせて小さな音をたてていた。不思議な感覚だった。やんわりと欲望をかき立てられる一方で、眠りが重くのしかかってきて意識が遠のき、喜びの国は暗さを増していく……。

これは、ときに強烈すぎて刃の上に宙づりにされたようなオルガスムとは違う。さざ波に揺られるボートに乗っているように穏やかで、夢見心地の絶頂感だった。揺られ、揺られて……。

それきり記憶が途絶えている。

空は刻一刻と白んできていた。夜明けが近い。

ニコールは全身の筋肉が痛むのを感じながら、しかめ面でゆっくりとベッドを出ると、そろそろとバスルームに向かった。鏡の前を通ったとき、知らない女が映っているのを見て、眉をひそめた。外が白むにつれて、霧のなかからイメージが浮かびあがるように、映っている像がはっきりしてくる。もつれて乱れた黒髪。大きな瞳。腫れぼったい唇。

彼のいる背後のベッドをふり返った。体があまりに大きいので、足がベッドから突きだしている。細長くて土踏まずが高くて、その足までがすてきだった。太い腕の片方で目元をおおい、もう一方はニコールがいたほうに伸ばしている。ぐっすりと眠っていて、呼吸するたびに盛りあがる広い胸だけが、生きている証(あか)しだった。

無理もない……文字どおり、ひと晩じゅう励んでいたのだから。こんなことができる成人男性がどれくらいいるだろう？ 彼は、いちいち数えていられないほど、何度も絶頂を迎えた。そしていまこのとき、昏睡しているほど深い眠りのなかで安らいでいても、なかば勃起したペニスは大きくて血管が浮きだして見えた。

いまサムが目覚めて裸のニコールに気づいたら、たちまちそそり立つことに全財産を賭けてもいい。

ニコールのなにかが彼のスイッチを入れるらしい。そして、逆もまたしかりだった。鏡のなかのニコールはセックスをした直後のようだった。乳房が張り、乳首が硬く赤くなっている。ああ、そして彼のあの姿！ 命を吹きこまれたギリシアの彫刻のような彼を見るうちに、太腿がわななきだした。

急いでここを出なければならない。

バスルームのドアにちらっともの欲しげな目を投げた。シャワーを浴びたい。シャワーを浴びれば人心地ついて、肌に染みついた彼のにおいを洗い流せる。昨夜の彼はあらゆる場所に触れ、内側にも外側にも、ぬぐい去りがたいほどのあとを残した。清潔でないことには慣れていない。誰かのにおいをまとっていることなど、いままでなかった。

鏡のなかの自分を見つめた。見たことのない顔。大きな目。せばまった瞳孔。

そして、あることに気づいた。股間が濡れて、太腿にまで垂れている。一瞬、予定がくるって生理が来たのだと思った。ピルを服用しているにもかかわらず、ホルモンバランスが崩れて早く生理になったのかと。ひと晩じゅう激しく交わっていたせいで、混乱をきたしたのかもしれない。

下を向いて血を確認しようとしたら、てらてらした液体だった。

精液だ。

体内に小さな湖ができていたのだ。行為がよみがえり、膝が震えた。苦しげに息をすると、静まりかえった部屋にその音が響いた。起こしたかもしれないと急いでサムのほうを見たが、彼は明かりを消したように眠っていた。

サムが目を覚まして、自分がまだいることに気づいたら……昨夜あんなセックスをした彼とあらためて顔を合わせるなんて……耐えられない。

彼に惹かれていないからではなく、惹かれすぎているからだ。昨晩のニコール・ピアス——セックスに耽(ふけ)り、サム・レストンとその官能的で男らしい体に没頭していた女——は、どこかへ追いやらなければならない。そんな異常な女は、いますぐ消さなければ。

消すと言えば……。

あわてて周囲を見まわした。ドレスは床で皺になり、そのうえにブラジャーが載っていた。ジャケットは椅子の背にかかっている。大きな抽斗ダンスの隣で横倒しになっているのはサンダルの片方。もう一方は……どこなの？　裸足で逃げだすなど、考えるのもおぞましい。だが、室内を二度見まわしても、見あたらなかった。調べるとしたら、あと一カ所だけ。かがんでみると、案の定、ベッドの下にあった。サムの、大きくてとても低いベッドの下に。たっぷり一分はかかったものの、どうにか取りだすことができた。

とても外に出られるような恰好ではないけれど、心のなかで大きな声が執拗に訴えている。いますぐ出なさい！　彼が起きる前に！　サムになんと言ったらいいか、わからないからだ。すぐに立ち去らなければ。

そっとバスルームに入った。淡い朝の光を取りこむために、ドアは開けたままにしておいた。白いタイル張りのバスルームの明かりをつけたら、まぶしくてサムが目を覚ますかもしれない。

顔に冷水をかけ、急いで股間を洗い――タオルのけばがひりつくほど敏感になっている――髪にさっと櫛を通す。ニコールが身支度に用いた時間は、それだけだった。一分もかけずにブラジャーをつけて、ドレスを着た。

サンダルのストラップを手に持って、忍び足で玄関に向かった。藤色のシルクの布地が落ちている。パンティだ。あの美しかったラ・ペルラのパンティが引きちぎられていた。引きちぎられたことが嬉しかったのを思いだす。あのときは自分の股間とサムの硬いペニスとのあいだにはさまる、耐えがたい邪魔ものに感じていた。

一瞬目をつぶり、急いでここを出るのよと強く心に言い聞かせながら、目を開いた。犯行現場から逃げだす犯罪者さながらだった。

ドア――おずおずと目をやった。昨日ここへ入るときは、ペンタゴンの隠し部屋に入るようだった。掌紋（しょうもん）とキーパッドと五桁の暗証番号で、厳重に守られていた。番号はまったく覚えていない。欲望に焦がれていたからだ。

出るのに暗証番号がいると、困ったことになる。

寝室に戻ってサムに番号を尋ねることを考えたら、集中力が高まった。目を細くして、つくづくドアを観察した。ドアは両側から使うもの。入るだけでなく、出なければならない。セキュリティパネルはなかった。それを言えば、ドアのハンドルもなかった。声高に秘密を明かしてくれることを願いながら、ドアを凝視した。

開くためのリモコンでもあるの？　寝室に引き返して、サムのズボンのポケットを探らなければならないのだろうか。だが、それは最後の手段だ。

そっけないドアの隣の壁にボタンがひとつあった。こわごわ指を近づけ、しばしためらったのち、勇気を奮い起こして押してみた。警報装置とか、爆弾とか、恐ろしいものにつながっていませんように。

カチッと歯切れのいい音とともにロックが解除し、ドアが横にスライドした。

助かった！

ニコールがつま先だって敷居をまたぐと、背後で静かにドアが閉まった。

脱獄でもしたように、息が荒くなっている。あまりに動悸が激しくて、しんとした通路に音が響かないのが不思議なほどだった。

ばかげているのはわかっている——けれど危険な場所から逃げだすようにパニックを起こしていた。

昨夜、つややかな硬材の床にヒールが鳴り響いたのを思いだし、裸足でエレベーターまで行って、ボタンを押した。エレベーターが到着したことを告げる小さな音に顔をしかめた。ほかに音がないせいで、大きく聞こえる。

エレベーターに乗っているあいだは、小ぶりのハンドバッグを身を守る盾かなにかのように握りしめ、エレベーターのドアをひたすら見つめていた。

ドアが開くと、ガラス張りのだだっ広いロビーに出た。空は濃いパールグレーへと変わり、砂浜まで十五メートルと離れていない。砂に打ち寄せる小さな波がレースのようだ。

「お客さま？」

ニコールは跳びあがった。かろうじて悲鳴をあげずにすんだ。

「お客さま、どうかされましたか?」さっきより刺々しい、軽いヒスパニックなまりの英語だった。

制服を着た警備員が、磨きこまれた円形カウンターの奥からしかめ面でこちらを見ていた。ひとけのない通路を映しだすたくさんのモニターが背後にある。

うろたえて自分を見おろしてしまいそうになったけれど、そこをぐっとこらえた。相手からどう見えているか、よくわかっている。だらしのない恰好をしたいかがわしい女が、放埒(ほうらつ)な行為に耽ったあげく、居住者の部屋のひとつから、足音を忍ばせて裸足で出てきた。

あまりの誤解。ほんとうのニコールは上品なレディの典型なのに。熱烈なセックスの最中ですら、お行儀のよさを忘れない。躾(しつけ)として礼儀正しさを叩きこまれてきた。ニコールの自慢は、なみの観察眼の持ち主になら、こちらが腹のなかでなにを感じ考えているか、見抜かれないことだ。

ところがいまは、額に〝やりまくりました〟と刻みこまれているにちがいない。

ここは厚顔無恥を通すしかない。背筋を伸ばし、大使の娘らしい慇懃(いんぎん)な笑みを浮かべて、まっすぐに前を見た。

「おはよう」しれっと言った。「タクシーを呼んでいただけるかしら」

「承知しました、マダム」警備員はニコールを見たまま、電話のキーパッドを押した。ひとつ百五十キロはあるだろう石のプランターのひとつを持ち逃げされてはたいへんとでも、思っているらしい。

「ありがとう」ニコールはすました口調で言うと、ロビーの入り口付近まで移動し、オークでできたつややかで細長いベンチのひとつに腰をおろした。ゆっくりとサンダルをはき、二階分の高さのある窓から砂浜を見つめた。雲ひとつない淡い青空が広がり、海は薄いグレイだった。サンディエゴらしい好天に恵まれそうだ。

頭をからっぽにして海を眺めていると、警備員が声を張った。「タクシーがまいりました、マダム」

顔をめぐらせた。円形の私道をタクシーがこちらに近づいてくる。警備員にうなずきかけてから、車に乗りこんだ。運転手に自宅の住所を伝え、走りだした車の窓からぼんやりと外を見た。

サンディエゴのこのあたりは美しい。けれど、いまは白い砂浜も、青々とした緑も、さざ波の上でまたたいている日の光も、砂浜を走るランナーの姿も、ろくに目に入らなかった。考えられるのは、自分の上にいたサム・レストンのこと。間近からニコールを凝視しながら腰を振っていた。そして、ひと晩のあいだ、一度として父のことを思いださなかったという事実だ。

## ニューヨーク

「ポール・プレストンです。十時の約束でモールド氏にお目にかかりにまいりました」
ああ、ついにここまで来た。これが砦(とりで)を守る最後の秘書だった。秘書はちらっと目を上げて小さくほほ笑み、白いかぶせものをした大きくて美しい歯を少しだけ見せると、グロスを塗った唇を固く閉ざした。ムハンマドの経験によると、仕える男の地位と秘書の愛想のよさは反比例する。

すでに三人の秘書にまわされ、〝聖なる存在〟に近づくにつれて、向けられる笑顔がよそよそしくなってきた。そして最後となるこの秘書は、スケジュールを統轄(とうかつ)しているため多大な力を持っており、本人もそれを承知している。

ムハンマドは一刻でも早く投資家として君臨するリチャード・モールドのもとへたどり着こうと、なりふりかまわず今回の約束を取りつけた。時を逸したら意味がなくなる。とはいえ、足元を見られないように注意した。モールドに弱みを突かれたくなかったからだ。ハイエナが離れていても血のにおいを敏感に察知するように、モールドのような男は、ふつうの人の何倍も敏感に他人の弱みを察知する。そして、事実ムハンマドは必死だった。金のためではない。地獄の沙汰も金しだいの世界――生きるも死ぬも金のため、金のためなら人も殺す世界――に住んではいても、ムハンマドにとって金など取るに足らない。

とりわけいま、難民キャンプの子、ムハンマド・ワヘドが人類史の流れを変えようとしているこのときは。ムハンマドの行為はこれから千年——あるいはもっと長く——人びとに語り継がれるだろう。

だからこそ、秘書の冷静なまなざしを前にして、じれずにいるのがむずかしかった。秘書はボタンを押すと、静かな声で告げた。「ポール・プレストン氏がおみえになりました。十時のお約束です」

この額にうっすらと浮かんだ汗に、彼女は気づいているだろうか？　ムハンマドがいまにも駆けだしそうになっていることには？

気づいているかもしれない。そして、それでいいのかもしれない。平然としすぎていれば、それもまた目に留まる。リチャード・モールドは帝国を統べ(す)、そのための手段は選ばない。彼は、彼の帝国における指導者(カリフ)であり、暴君(スルタン)なのだ。そのモールドに頼みごとをしようとする者は、脂汗を浮かべて震えていなければならない。

インターコムから低く太いつぶやきが聞こえた。落ち着いた声の、はっきりとした命令口調。そして、デスクの脇にあるマホガニーと真鍮でできた大きなドアが、小さな音をたててするすると壁のなかにしまわれた。

秘書がムハンマドを見て、淡々と告げた。「十時十五分までです、お客さま」

つまり十時十五分になったら警備員が呼ばれる。

そして、成果を上げられるかどうかそれまでに決まる。ここまで来たらアラーの御手に身を委ねるしかない。

ムハンマドはドアをくぐり抜けた。

この数年間、金と権力に恵まれた人びとのオフィスを数多く訪ねてきた。なかには英国貴族趣味のオフィスもあった。板張りの壁に重厚な革張りの肘掛け椅子、クリスタルのデカンター。マンハッタンの超高層ビルの四十階にあるにもかかわらず、三百年前から代々引き継がれてきたかのようだった。

逆に、二十一世紀に飛んだかのようなオフィスもあった。

しかしそのすべてが、ひとつの例外もなく、特有の雰囲気を放っていた。わたしを見ろ、と。わたしの業績を見ろ。わたしの権力を見ろ。わたしの邪魔をしたら、叩きつぶしてやる。

このオフィスには前に一度、モールドが大がかりなヘッジファンドの運用を引き継いだときに来ていた。当時はベルサイユ宮殿のようだったが、いまは全体が黒の大理石とルーサイト（透明で強度のあるアクリル樹脂）で統一されている。

なんでも、ここの改装には三百万ドルかかったとか。

そして部屋のあるじは、そこ、透明な脚のついた三メートル以上ある黒檀のデスクの奥にいた。磨き抜かれた卓面はがらんとして、なにも置いてない。これぞ〝宇宙の支配者〟にふさわしい。

モールドはおざなりに立ちあがっただけで、手を差しだささなかった。「プレストン」とくに歓迎しているふうのない声だった。「どういった用件かね？」

これはまちがいなく誘導尋問だ。モールドの得になる話があってこそ、ムハンマドはここにいることを許される。ムハンマドのほうで頼みごとをしたいだけなら、モールドはデスクの下にあるにちがいない赤いボタンを押し、ムハンマドをすぐさまつまみださせる。

まるで目に見えない空調機に吸い取られたかのように、たちまち不安が消えた。

ムハンマドの脳裏に未来の光景が広がった。

モールドのオフィスがあるビルは最重要拠点のひとつだった。殉死する同胞たちが街に散らばりしだい、まっ先に放射能で汚染させることになっている。そのとき同胞たちは、きれいに散髪して、ウォールストリートの制服――アルマーニやボスやジルサンダーのスーツ――に身を包み、警備員から精査されても偽物だと見破られることのない身分証明書を持参している。そしてムハンマドの指示により、同胞のひとりはロビーに残り、もうひとりはここ、五十五階までのぼってきて、気取った秘書のデスクの正面で自爆する。モールドは即死。彼の会社や、彼が守ってきたすべてはふいになり、今後数十年にわたって触れることができなくなる。

そんな未来図が見えたとたん、ムハンマドの心は鎮まった。モールドはウォールストリートで一介のトレーダーからヘッジファンドマネージャーに成りあがった者の典型で、居丈高な雰囲気を漂わせている。短気で有名な男だ。なにかというと人をどなりつけ、彼の邪魔をする部下を脅しつける。

ムハンマドは穏やかにモールドを見た。この男もまもなく処刑される。

わずか数日の命。

さっと周囲を見まわし、椅子のひとつに腰をおろした。「坐るがいい」とモールドから声がかかったのと同時だった。

人気デザイナーの手がけたその椅子は紙製で、以前に読んだ記事によると、一脚一万ドルだとか。それだけあったら、難民キャンプ暮らしの百人が一年間食べられる。

この一点をもってしても、リチャード・モールドは死に値する。こいつらみな。

ムハンマドは折り目が崩れないようにズボンを軽く持ちあげて、脚を組んだ。

沈黙。

モールドがいらだっている。日焼けした顔が引きつり、目が細くなった。「で、プレストン、用件は？」冷淡な声。

ムハンマドはひと呼吸おいて、答えた。「あなたが興味をもたれそうな情報をお持ちしました。その情報と引き替えに、ある名前と電話番号を教えていただきたい」

モールドが濃い灰色の眉を寄せた。「どんな情報で、なんの名だ？」

ムハンマドはズボンの折り山をつまみ、上等なリネンの質感を味わった。一分、二分と沈黙を続ける。これぞ西洋流の力の誇示のしかた。よく身につけたものだ。こちらを見つめるモールドの顔が、さらに引きつった。

そこでようやく、ムハンマドは小さなため息をついた。「あなたが投資しておられる超有名企業に関する情報です。つい先日、四半期決算額が過去最高、売上高が二倍になったと発表がありました。その発表を受けて、すでに株価は二倍の値をつけている。しかし、その発表は嘘だった。ＣＥＯは二百億ドル近い損失を隠しており、これから四日以内にＦＢＩに逮捕される見こみです。いまその会社の株式をから売りすれば、わずか四日で数百万ドル稼げる」

モールドはいっさい表情を変えなかったものの、目まぐるしく思考をめぐらせていることは、まちがいなかった。およそ二年になる不景気をへて、先週いくつかの企業が業績好調を発表しており、ムハンマドが指摘した企業はそのどれでもありうる。これだと思った企業が違っていれば、多大な損失をこうむる。そして、当たりを引きあてれば、一瞬にして数百万ドルが転がりこんでくるうえに、奇跡を起こす男という評判はさらに高まる。モールドのような人物にとって、その魅力たるやあらがいがたいものがあるはずだ。モールドとその同類はこの種の挑戦を生きる糧(かて)にしている。

きつく閉じていた口が開き、言葉が出てきた。「企業名と引き替えに、なにが欲しい？」

よし！

「やはり情報が」ムハンマドはつぶやいた。「わたしたちが望むものは、みな同じ」

モールドは不必要なことは口にしない。黙ってこちらを見ていた。

ムハンマドは少し前のめりになり、声をひそめた。「先日、小耳にはさんだのですが、金融業界の人びとが使っている男がいるとか……便利に使える男が。やっかいな問題があったときは、金を払って解決できると。その男の、問題ごとを片付けてくれる男の名前と接触方法を知りたい」

沈黙。まったき静けさ。

超高層階なので下界の音が届かず、外にいる秘書の仕事のひとつは雑音や邪魔を排除することだった。まったく音がしない。空調機すら静かなものだった。

長いあいだモールドはムハンマドの目を見ていた。そして、厚い紙束を取りだすと、クロスのボールペンのノックを押してペンを走らせた。厚地の紙の上をペン先が動く音が、昼前の静かな室内に大きく響いた。モールドは紙を二度折って、デスクにすべらせてよこした。

ムハンマドの番だった。ペンを取りだし、〈ウォールストリートジャーナル〉から破り取った紙片に企業名を書いた。

国内第二の規模をほこる大手企業の名前。長いトンネルを抜けて、記録的な収益を発表したばかりだ。ムハンマドの知るかぎり、その数字に嘘はない。モールドはから売りをすることで、大損害をこうむる。

だがそれに、どんな意味があるというのか？　四日後にはモールドも彼の会社も、ウォールストリートの全企業も、みな消えてなくなる。

ムハンマドは紙片をきちっと半分に折り、モールドの広いデスクのなかばまで押しだすと、モールドがよこした紙を開くことなくポケットにしまった。

ブリーフケースを手にして立ちあがった。握手を求めるようなへまはしない。おたがいの視線が一瞬交わった。ムハンマドは深々と一礼して、部屋を出た。後頭部にモールドの視線が突き刺さるようだ。ポケットのなかで紙片がカサコソいっている。そこには男の名が、ムハンマドの問題を解決して、世界の倒壊に手を貸してくれる男の名が記されている。

## ジョージア

その名はショーン・マキナニーといった。身分を偽って動くことが多いため、たくさんの偽名があるが、ショーン・マキナニーは生まれたときつけられた名前だ。

そして別の名で死ぬことになるだろう。

退役後、新たな仕事にのりだしたとき、ショーンはなんというカバーネームにしようか、時間をかけて熟考した。短くて歯切れのいい名前がいい。シェールとかマドンナとか。ただし見目麗しい女ではなく、死を連想させるような名前でなければならない。

ホワイトスネイクというバンドの「アウトロー」という曲を聴いて、ぴんときた。これだ。それまでに使った偽名はあまたあれど、新しい仕事に〝アウトロー〟はしっくりきた。陳腐ではあるものの、雇い主たちにも気に入ってもらえた。そんな名前の男を使う自分をかっこいいならず者のように感じるらしい。

自営業になってからは恵まれた人生を送っている。申し分ない。

潜りこんだ先は小さなグループで、銀行家、CEO、ヘッジファンドマネージャー、投資家、投資管理者など、危険な男を気取りつつコンピュータの画面を始終にらみつけている連中ばかりだった。

〝自分で殺した獲物は自分で食らえ〟だの、〝狙いを決めたら爆薬を積め〟だの、〝毒を食らわば皿までも〟だの、威勢のいい警句をどれほど聞かされたかわからない。

金融界の連中は自分たちのことを命知らずの無法者だと思いたがるが、彼らが命知らずでいられるのは、金という後ろ盾があってのことだ。その後ろ盾が崩れそうになれば、腰砕けになって本性が丸だしになる。本人たちが夢想するような群れを率いるボスではなく、ただの青白い腰抜けという本性が。

ただし、容赦がないという意味では、アウトローも彼らに一目置いていた。いったん手に入れた金を守るためなら、代理となる戦闘員を雇って、敵を叩きのめす。

こうしてアウトローの退役後の人生は幕を開けた。不名誉除隊処分——砂漠の武器庫で錆びていく武器を売り払った罪で軍から放りだされた——を受けたせいで、体裁のよい仕事にはつけなかった。もとよりそんな仕事にはつきたくもなかったが。

軍隊時代の悪友と、金融界に身を置くその兄という珍妙なコネのおかげで、新しい仕事をはじめるお膳立てが整った。

初仕事は拍子抜けするほど簡単だった。ある内部告発者によって不正行為の証拠となる文書が証券取引委員会に送られようとしていた。送られれば千五百万ドルがふいになる。その会社のＣＥＯは、自社から五ブロック先にある超高層ビルの豪華な一室にアウトローを呼びつけた。その男は金融の世界では神のひとりなのだろうが、現実世界においてはとんでもない食わせ者だった。

ＣＥＯはみずからの名を偽って、遠回しに希望を述べたが、内部告発者を消してもらいたがっているのは見えみえだった。アウトローが携帯用のケースに入ったバレットＭ95を見せると、目を輝かせた。

しょせんこの世はまやかしだらけ。

アウトローはそのＣＥＯの正体を完全に把握していた。国内第十位の規模を誇る企業のＣＥＯ、ルイス・マンロー。自宅の住所のみならず、マンローが愛人を住まわせているレキシントンのアパートメントの住所も知っていた。マンローが週に消費するコカインの量も、そのためにいくら払っているかも、子どもたちが通っている私立の学校も、妻が毎週エルメスにつぎこんでいる金額も、さらには脱税額まで知っていた。

そして見せた銃もまやかしだった。五〇口径の弾丸を使ったら、警察からうんざりするほど目をつけられる。アウトローはこの銃にラウフォスMk211を用いている。これは焼夷剤を内包する徹甲弾で、狙撃銃に使うと命中精度が高い。基地の武器庫から三千箱を盗んできてあった。

これは戦闘用の弾丸なので、いっぺんにふたり消したいのでなければ、民間人を撃つにはもったいない。死体の頭部に大きな赤い旗のようなものが広がったら命中した印。ときにはそれが必要なこともあるが、そんなことはめったにない。

そして結局は路上強盗で片付いた。内部告発者は、友人たちと夕食をしたあと、歩いて帰宅途中に強盗に遭い、手持ちの現金すべてとクレジットカード、それに結婚指輪と腕時計まで奪われた。そして警察は抵抗した内部告発者が肋骨にナイフを刺されたのだろうと思料した。

殺人課の刑事は路地裏に転がる死体を見おろし、ひと突きで心臓を貫いた路上強盗の運のよさに首を振った。

運なものか。アウトローはその動きを訓練で数千回、実戦で生身の人間を相手に数百回と試してきた。

もし狙撃銃で内部告発者を殺していたら、警察は被害者の身辺を徹底的に探って、マンローを罪に陥(おとしい)れる証拠を見つけ、マンローがアルバ島にあるアウトローの口座に送った数十万ドルは無駄金になっていただろう。

だが実際は、警察は指紋のないナイフの入手先を突き止められないまま二週間が過ぎ、そうこうするうちに、内部告発者殺しは迷宮入りになった。

アウトローはこの一件で名を上げた。金融業界に籍を置くものたちが金で解決できない問題が生じたときの、駆けこみ先となったのだ。婚姻前契約をしていない妻と離婚するのも、そんな問題のひとつだった。

アウトローはこの五年間で二十を超える仕事を受け、いずれも完璧にこなした。地勢と標的の調査。迅速な接近と逃走。多彩な手口。そして、知恵においてアウトローにまさる標的はいなかった。元兵士たちを集めて、チームまでつくった。みな米国政府(アンクルサム)にすべてを捧げてきた優秀な男たちで、大金を欲しがっていた。

金融業界の男たちにも学ぶ点はあった。たとえば株を買い占めて、大きく儲ける手法だ。彼らからは経費を別にして、一件五十万ドルの報酬を受け取っている。

最初の仕事のあと、携帯電話の番号を記したカードをマンローに渡すと、狙いどおりマンローからその番号が広まった。マンローが住んでいるのは、なにがあろうと勝つことを当然とみなす男たちの世界であり、その住人たちは、ある仕事をやり遂げるだけの技術がないときは、それを代行する人間をあっさりと金で買う。

その日、電話があったとき、アウトローは自宅で広大な敷地を眺めていた。自宅はジョージア州にあって、ハブ空港のハーツフィールドまで一時間とかからない。敷地内には、お抱えの元兵士たちのための屋内外の射撃訓練場や耐久訓練コースがあり、それでいて、外の視線は完璧にシャットアウトできた。周囲には野ウサギにも反応するほど高性能のセンサーを張りめぐらせ、二メートルごとに監視カメラが設置されていた。

ようは、みずからの王国を手に入れたのだ。

大きな屋敷を建て、考えうるかぎり最高に贅沢な設備を整えた。携帯電話に出たときは、防弾ガラスをはめこんだ窓辺に立ってジャックダニエルをちびちびやっていた。依頼人とのやりとり専用に使っている仕事用の携帯だった。

いいだろう、また金儲けの時間が来た。

「アウトローと呼ばれているのは、あなたですか？」電話から聞こえてきたのは、太くない小声で、アメリカ人らしい話し方だった。

「いかにも」相手に名前は尋ねなかった。尋ねたところで嘘をつく。仕事に必要とあらば、自分で調べればいい。そうでないときは、銀行に金さえ振りこまれれば、名前などどうでもよかった。「ご要望は？」

「これはまた、ずいぶんと単刀直入なんだな。気に入った」

「真正直な人間だと言われてるんで、嘘偽りなく言わせてもらおう。動くのは、報酬が振りこまれたのを確認してからだ」

「話は聞いてるよ、ミスター・アウトロー……あなたのスタイルについて。口座を確認してくれ。報酬を送金しておいた。多めに。そちらの確認がすんだら、十分以内に相手の情報を送る」

十分とかからなかった。一分もせずに銀行口座にログインすると、たしかに、正規の料金に十万ドル加えて六十万ドルが振りこまれていた。

アウトローの依頼人は生きるも死ぬも金のためという連中ばかりだ。ボーナスがついているということは、とりわけ重要な仕事であることを示している。

十分後、携帯電話が鳴った。メールだった。

ニコール・ピアス。翻訳会社、ワードスミス。カリフォルニア州サンディエゴ、モリソン・ビルディング。

ニコール・ピアスは六月二十八日、マルセイユからのメールに添付される形でデータを受け取った。ハードディスクと、できればフラッシュドライブを奪い、バックアップデータがないかどうかを確認のうえ、コンピュータとニコール・ピアスを排除せよ。スケジュール厳守。この仕事は七月二日までに遂行のこと。

承知した。

女からハードディスクを奪い、その女を消す。たいした手間じゃない。ワードスミスのウェブサイトをチェックした。三十分もすると、会社の業務内容をつかみ、ニコール・ピアスの顔もじっくり観察しおわっていた。

やれやれ。たいそうな美女じゃないか。部下のダルトンは始終もよおしている。この任務につけてやったら、ダルトンのことだ、このピアスとかいう女をしばらく楽しむだろう。そして、いい仕事をまわしてくれたとありがたがる。

公的データにあたると、彼女がニコラス・ピアスという名の男と同居しているのがわかった。夫ではなく父親だ。

アウトローは検索履歴を消し、立ちあがって伸びをした。狭いながらも自分の領土を眺めつつ、バーボンを飲み干した。

アウトローはいまの生活が気に入っていた。金と力に恵まれた暮らし。その感触、重みに痺(しび)れていた。たしかな技術を使って、やわな男たちから大金を巻きあげるのは、いい気分だ。

窓辺に立ち、ハーツフィールド空港から飛行機が一機、また一機と飛びたっていくのを眺めた。パイロットや外科医同様、アウトローもある部門における優秀な技術者だ。

最新式の器機を備えたジムでしっかり動いて、体をほぐしておかなければならない。そのあと水とともに軽い昼食をとる。もう酒は飲まない。任務にあたるべき時間が来たからには、無事完了するまで、集中しなければならない。

アウトローはいつでも乗れるように自前の飛行機を持っていた。パイロットに午後三時の予約を入れ、それまでに標的となる人物をもうひと調べすることにした。

コンピュータ上に映しだされた美しい顔を眺めた。

これだけの美女はめったにいない。それがいま、金の亡者の犠牲にされようとしている。悪く思うなよ、ハニー。どうしてこんなことになったか知らないが、あんたはまずいところに足を踏み入れてしまったようだ。

# 7

サンディエゴ
六月二十九日

サムは歯ぎしりしながら電話を置いた。もう何度めになるかわからない。最初にかけた電話に彼女は出なかった。そして十三回めも、十四回めも、やはり出なかった。狂気というのは、こんどこそ違う結果になるのではないかと期待して、何度となく同じ行為をくり返すことをいう。

おれの頭はおかしいのか？

その答えは神のみぞ知る。ただ、まともでない自覚はある。行為後、いつになく心地よい目覚めを迎えたというのに、眠っているあいだにニコールがこっそり出ていったのがわかってから、かりかりしっぱなしだ。

ニコールはひと言もなく、書き置きすら残さずに、いなくなった。

気絶していたにちがいない。どんなに物静かだろうと、着替えをする音で目を覚ますはずだった。戦場で眠っているとき、半キロ先の斜面を岩が転がり落ちる音で目覚めたことがある。敵が野営地までたどり着いたとき、そこにあったのは残り火と待ち伏せ攻撃だった。しかも当然のことながら、玄関のドアが開くたびにメールが送られてくるように設定してある。寝ていて、それにも気づかなかった。

これまでで最高の夜を過ごしたあとの朝は、なにからなにまで調子っぱずれだった。最初はどこかに彼女がいるのではないかと、寝ぼけまなこで部屋から部屋へと探してまわった。バルコニーにも出てみた。バスルームものぞいた。キッチンでコーヒーを飲んでいるかもしれない……。

家のなかを二巡してようやく、彼女の服がないことに気づいて、愕然とした。ついでにニコールも消えていた。

それに気づいたときは、思わず胸をさすってしまった。がつんと一発殴られたように、胸が痛んだのだ。

そして彼女に電話をかけた。かけた先は自宅――ムスコの相手に忙しくて携帯の番号を聞いていなかった自分のうかつさに腹を立てながら。とはいえ、なかば公的なデータベースにアクセスすると、すぐに調べがついた。

携帯電話にかけたら、携帯会社の録音音声でメッセージを残すように言われたので、そのとおりにした。何度も何度も。

自宅にかけたときから、いやな予感がしたのだ。〝ピアスです。いま電話に出られませんので、メッセージを入れてください。手が空きしだい、こちらから折り返しお電話します〟ビジネスにおける鉄則一――録音されたメッセージを信じるな。すぐに応答があったためしがない。それでも、サムはそれを真に受け、長くてとりとめのないメッセージを残した。〝おれのもとへ戻ってこい〟というのがその趣旨だった。シャワーを浴びにいくときも、彼女からの電話に出そこなうのが怖くて、子機を近くまで持っていった。

当然ながら、手が空きしだい彼女が電話をくれると思ったからだ。まだかかってこないのは……バスルームかどこかに行っているからだろう。いや、父親の世話をしているのかもしれない。

だから、念入りにタイミングを見計らって、五分後にまた電話をかけた。いくらなんでも、電話を切った直後にまたかけたら、さすがに……しつこいかもしれない。

仕事場に向かう車中で十回めに電話をかけたとき、彼女が電話に出ないのは忙しいからではないかもしれないと気づいた。

おれと話をしたくないからだ。

嘘だろ。

おれを避けている。

携帯の電源まで切って。

彼女の自宅にかけた電話はすべて家からだった。そのたびに〝こちらはピアスの自宅です……〟という音声を聞かされた。

サムは携帯電話を見つめ、小刻みに指で叩いた。

送らなければいけない見積書があった。相手はとてつもなく愚鈍だけれどひじょうに裕福な依頼人で、今後何年かいい金蔓（づる）になるのはまちがいなかった。

セキュリティ機器のカタログにも目を通さなければならない。

返事をしなければならないメールがある。

来年の予算を検討しなければならない。

会計士への電話も忘れてはいけない。

もう一度指で小刻みに携帯を叩いて、重いため息をついた。

こんちくしょうめ。

サムはマイクに電話をかけた。

「やあ」マイクの淡々とした低い声を聞いたら、少し落ち着いた。つねに冷静なマイクだけれど、こと女にかけてはとくに冷静だ。熱烈なセックスのあとに女が逃げだしたからといって、汗みずくになったり、パニックを起こしたりする男じゃない。そしてマイクは熱烈なセックスが得意だった。

いいや、おれだって汗みずくになってパニックを起こしてるわけじゃないぞ。

「やあ」声がかすれたので、咳払いをした。「じつは頼みたいことがあってさ」

「さっさと言え（シュート）」マイクはこんな言い回しを好む。狙撃手による皮肉な表現。

「ある女性の家を訪ねてもらいたいんだ。ＳＷＡＴの制服を着て、パトカーで急行してくれないか。物々しく装備を固めてってくれ」マイクにならたやすい相談だ。特別あつらえの防護衣を身につけると、樽のような胸が巨大な壁になる。マイクに盾突きたいと思う人間などいない。完全防備で武器を携帯しているとなったら、なおさらだ。

それがサムの狙いだった。マイクにあのクズふたりを震えあがらせてもらうのだ。あのふたり組がニコールを見ようとポーチに出てきて、冷やかしたり口笛を吹いたりしだしたときは、身の毛がよだった。彼女を見るふたりの目つきに、胸がむかむかした。弱者を食いものにする連中の典型的ないやがらせ行為だからだ。用心深く周囲をめぐり、徐々に近づく。車に乗りこんだあとでクズのひとりが車に触れた、とニコールが言っていた。つぎの段階になると、彼女自身に触れる。そしてつぎはつかみかかってきて、彼女が暗くなって帰ってきたときレイプに及ぶ。

やるならおれの屍（しかばね）を踏みこえてからにしろ。

サムにしてみると、この世界のありようには幻想の余地などない。強者が弱者を食いものにし、程度の差はあれ、女と子どもはすべて弱者だった。暴力によって支配される女と子どもをたくさん見てきた。そして弱いとみなされ、守ってくれる人がない者は、早々に暴力を呼び寄せることを知った。動かしがたい事実だ。だからこそ、物心ついてからずっと、弱者の側に立って、その盾になろうとしてきた。ハリーとマイクの三人で、止められないものを止めようとしてきた。だが、せいぜい遅らせることができるだけだった。

ニコールは祭壇に捧げられた子羊同然だ。

彼女の祖母の時代ならいざ知らず、いまや日に日に荒れていく界隈のど真ん中にあの家はある。あの衰退ぶりからして、あのあたりに住んでいる男どもはひとり残らず失業中にちがいない。働き口のない、恨みをかこった男たちは、その多くが酒やドラッグに酔い、日がな一日暇にまかせて夢想に耽る。女性に適した住環境とは言いがたい。

とりわけ、ニコールのような女性には。

抜群の美貌の持ち主なうえに、同居しているのはハウスキーパーと病身の父親。そうとも。彼女はポーチにいたあのクズふたり組のような男にとっては――そしておそらく荒れた地域に住むほかの男たちにとっても――食べごろのおいしそうな獲物にしか見えない。

だが、そうはさせない。まずはマイクに何日か立ち寄ってもらって、ニコールには目を光らせてくれる警官の友だちがいるのを知らしめる。そのあと、サムとニコールのあいだがどうなろうとも、サムのほうからあのふたり組に話をする。場合によっては、連中に自腹で治療費を払わせることになるかもしれない。

まずはマイクに話をつけなければ。「マルベリー・ストリート三四六に行ってくれ。そこに住んでいるのは――」

「ニコール・ピアス」マイクが言った。ただ、携帯を介してではなかった。マイクは携帯を上着のポケットにしまって、サムの仕事部屋の入り口に立っていた。その背後には、マイクよりうんと長身のハリーがいた。「ああ、承知してる」

ふたりが部屋に入ってきた。サムが腰かけているソファの向かいにある肘掛け椅子にそれぞれ腰かけ、前かがみになった。こうなると、ボルトカッターとクレーンでもなければ、ふたりを椅子から排除できないだろう。

まいったな、二重の呪いだ。これまで三人それぞれが、そのときどきの状況に応じて呪いを受ける側にまわってきた。

三人のうちのひとりが窮地に立たされると、残るふたりが結託して襲いかかる。こんどはサムが襲いかかられる番らしい。サムはこれからはじまることを想像しつつ、ソファに深く腰かけた。愉快には過ごせそうにない。

ふたりを見た。頼りになる兄弟にして、愛する男、命を投げだしても惜しくない相手、そして消えてもらいたい相手だった。煙のようにふっと消えてくれたら、どんなにいいか。

けれど呪いの部分は後回しでいい。先に片付けておかなければならない話がある。

マイクを見すえた。

「ああ、ニコール・ピアスだ」彼女の名前を口にするだけで胸がずきずきする。それをふたりに知られるぐらいなら、死んだほうがましだ。「通りの向かいの三二一番地に下宿屋があって、薄ぎたないふたり組がいる。片方は白人、片方は黒人で、例によって例のごとく、ドレッドヘアに腰ばきのズボン。そのふたりがニコ――いや、ミズ・ピアスに目をつけて、いやがらせをしてるんで、彼女の自宅まで行って、警察権力を見せつけてやってくれ。家に立ち寄って、彼女が守られていること、警察に見守られていること、何者だろうと、彼女にちょっかいを出すとひどい目に遭うことを知らしめてもらいたい。それと、あのクズどもに誤解がないように、彼女の自宅へは二日連続で行ってくれ。まちがいなくこちらのメッセージが伝わるように」

マイクはうなずいた。「承知した」

ハリーは浮かない顔で頬杖をつき、黙ってこちらを見ていた。もう何カ月も眠っていないような顔をしている。ハリーは帰国してから、とくにビールに悲しみをまぎらわせようとしているときなど、二重の呪いの受け手になることが多かった。

サムとマイクはそんなハリーにリハビリを勧め、ハリーから断わられると、マイクが知りあいを雇い入れた。レスラーのような体格のビョルンは、ハリーにやる気があろうとなかろうとおかまいなしに、びしびしと鍛えた。おかげでハリーの動きも多少スムーズになり、もう老人のようによぼよぼしていない。ハリーは始終、療法士のビョルンを悪く言ってナチス呼ばわりしているが、実際はノルウェーからの移民だ。ハリーはあらゆる手を使って逃げようとし、ビョルンがマッサージオイル入りの大きな鞄を持って訪ねてきても、拷問道具が入っていると言って、玄関を開けようとしなかった。それにたいしてサムはビョルンにハリーのアパートメントの合い鍵を渡し、みなが無視するうちに、ハリーの文句もやがてやんだ。

そしてサムは無理やりハリーを仕事に誘い、それがハリーには薬となって、いくらか体重も増えた。ただ、目の下に大きなくまがあるところを見ると、まだよく眠れないらしい。

ハリーは混乱の申し子のような男だった。そのハリーがマイクと組んだということは、そのハリー以上にサムが混乱のただ中にいるとみなされたということだ。

当たらずといえど、遠からずか。

ハリーは黄色がかった茶色の瞳をサムにすえた。「おまえが午前中、五分おきに電話していたのと同じニコール・ピアスなのか？」

サムは歯ぎしりした。

「でもって、十五分おきに呼び鈴を鳴らしているオフィスにいるのも、彼女なんだな？」

サムはソファのなかで背中を丸めた。

彼女はまだ出社してきていない。それがサムを苦しめていた。悪い想像が頭のなかで手榴弾のように爆発して、部屋にじっとしていることすらむずかしかった。

なぜニコール・ピアスが職場に出てこないのか、よい解釈はひとつもない。考えつくかぎりの理由が悪いものだった。なかでも最悪なのは、自分のせいで彼女が傷ついた可能性だ。自宅のベッドで横になっているかもしれないし——考えたくもないが——病院で治療してもらっているかもしれない。治療が必要になるほど傷つけているはずがないので、ありえないと自分に言い聞かせてはみたものの、壊れたオルゴールのようにその思いが頭のなかをめぐり、ずっとさいなまれている。

昨夜一貫して彼女にやさしく接したかというと、そうはいかなかった。しかも、記憶があやふやな部分がある。

記憶力には自信があった。生まれつきの能力を訓練によって磨いてきた。地図は一度見れば頭に入るし、一度会った人はどんなに時間がたっても顔を覚えているし、一度通った道は絶対に忘れない。

それなのに昨夜のこととなると、まるで脳の一部がショートしたかのように、熱気と電気でくるまれて漠然としている。延々と彼女を貫きつづけたのは覚えているけれど、そのとき手がなにをしていたかは記憶にない。彼女を押さえつけていたのか？　サムはどこもかしこも頑丈にできていて、腕の力も強い。その力で彼女を傷つけてしまったのか？

女を力ずくでどうこうしたことは一度もないけれど、それを言ったら、こんなに興奮したことも一度もなかった。彼女を傷つけたのか？　それが心配で、じっとしていられなかった。

彼女を傷つけていないとしたら、つぎに可能性のある悪夢は……彼女をうんざりさせたことだ。それ以外に避けられる理由がない。記憶が飛んでいるわずかな時間に乱暴なことはしていないかもしれないが、セックスぐるいもしくはセックス依存症だと思われたのかもしれない。インターネットを使えばそんな話はいくらも出てくる。回復のための十二ステッププログラムとかなんとか。

〝ハーイ、サムです。いつも立ちっぱなしです〟とか。

ニコールがセックス依存症を疑ったとしても、おかしくはない。夜のあいだ、一度もおとなしくならなかったからだ。少しもだ。ニコールという電源につながってでもいるように、彼女が近くにいるかぎり勃起してしまう。

どちらもろくなもんではないが、DV男よりはセックス依存症のほうが、多少ましかもしれない。

「もしそうなら」ハリーが静かな声で続けた。「もし同じ女なら、おまえはおれがそうじゃないかとつねづね思っていたとおりの大ばか者だぞ。なぜなら、相手のご婦人はおまえの電話に出ようとしてないからだ。電話が鳴っても、呼び鈴が鳴っても。でもって、出ようとしないのは、おまえが五分おきに電話をしてることが理由かもしれないんだぞ」肩をすくめ、〝おれの話に難癖つけるなよ〟とばかりに両手を開いてみせた。

マイクは一瞬鋭い目つきをハリーに向け、ふたたびサムに戻した。「つまり……おれの任務は向かいのいけてる女を守ること。おまえと口をききたがっていない女をだ。どうやら、一度やったぐらいじゃおさまらない女……」

その続きはマイクの喉に詰まって出てこなかった。サムがマイクの首に腕をかけて、壁に押しつけたからだ。そんなつもりも、意思もないのに、体が勝手に動いていた。マイクの口からあけすけな言葉が飛びだしたとたん、飛びかかっていた。自分が動いていることすら気づかずに、マイクに襲いかかっていた。壁に頭が当たって、跳ね返るほどのいきおいで。あらかじめ決めてやったことではない。気がついたら、マイクの喉に腕をかけて、思いきり壁に叩きつけていた。マイクの顔が赤くなったこと、きついパンチを受けてもなにも感じないことは、うっすらとわかった。ハリーが叫びながら、腕を引っぱっている……。

しだいに音が大きくなり、混乱したサムの頭にようやく達した。少しずつわれに戻った。マイクのパンチや、ハリーの手を感じた。

それでも、声とともにわずかながらの正気が戻っていなければ、そのまま続けていただろう。サムはここへ至ってようやく、自分が兄弟を絞め殺そうという、忌むべき行為に走っていることに気づいた。

腕をおろして、後ろに下がった。

「おい、おまえ」マイクがかすれ声で苦しそうに言った。腰を折って膝に手をつき、ぜえぜえと音をたてて息を吸っている。

「サム……」ハリーはうめくと、サムを一度揺さぶってから、手を放した。三人とも子ども時代に乱暴な男たちを身近に見て育った。ハリーは本能的に、サムが怒りを脱して多少の正気を取り戻したのを察知した。

まいった。

サムの両手は震えていた。おれはなにをやってるんだ？　相手はマイク、兄弟だぞ。それなのに殺したくなった。

ただ、ニコールのことをそのへんの尻軽女のように言われるのは我慢がならなかった。なかでも、女をとっかえひっかえしているマイクには。マイクにとっては、どんな女も〝一夜かぎりの恋人〟だった。サムだってそうだ。今回が例外なだけで。

ところがそんな相手にかぎって、自分のほうが一夜かぎりでぽいされてしまった。

サムとマイクはどちらも荒い息をしながら、にらみあっていた。マイクにはサムに謝るべきことがある。それはサムも同じだった。やはり謝るしかない。

問題はどちらが先に謝るか。どちらも険悪な雰囲気を放ったまま、目をそらそうとしない。分裂の危機にある政党員どうしのようなものだ。この沈黙を先に破るなど、冗談じゃない。

上等なウイスキーのにおいが漂ってきた。

「たいがいにしとけ」ハリーがウイスキーグラスをふたりの手に押しつけた。「さあ、ふたりともぐっと飲れよ。アルコールが熱くなった頭を少しは冷やしてくれる」

マイクが緊張をゆるめて息をついた。「まだ朝の十時だぞ」大酒飲みではあるけれど、マイクなりの決まりがあり、つねづね昼過ぎまでアルコールは口にしないと公言している。

「ニューヨークは午後さ」ハリーが言うと、マイクはうなずき、どっしりしたクリスタルグラスを握った。

サムは息をついた。もう一度。ハリーが酒瓶を傾け、いきおいよくつぐのを見て、眉をひそめた。「ゆっくりつげよ。ひと瓶二百ドルもするんだぞ」

「そうか?」ハリーが元気づいた。「だったら、うちに持って帰るかな。おまえらにはもったいない」

ふたりはグラスを傾け、満足そうなため息をついた。酒瓶のウイスキーの量に比して、緊張感も減った。

沈黙。マイクとハリーがサムを見た。ふたりのまなざしには、責めたりなじったりするようすはなく、ひどいことをしたサムにしてみたら、かえっていたたまれなかった。自分の兄弟に襲いかかったのだ。いじめられても文句は言えない立場だった。だが、ふたりはそうはしない。屈強な男がふたり、黙ってそこに立ち、サムが気を揉むにまかせている。

サムは肩の力を抜き、すばやく息を吸った。さっさと片付けてしまおう。「悪かった」マイクに向かって小声で言った。「どうかしてた」

マイクはこちらを見たまま、小さくうなずいた。「大切な女なんだな」

そうきたか。たしかにニコールは大切な女だ。だが、それを口にする前に唇を噛んだ。口にしたくなかった。言えば……決定的になってしまう。生々しい現実になって、怖くなる。自分でもわけのわからないやみくもな思いが明確になってしまう。

「ともかく、彼女が向かいに住むクズたちに痛めつけられるのを見たくない。それだけは言える」

マイクは黙りこんだ。ハリーも押し黙った。ふたりともさんざんな目に遭った女たちをたくさん見てきた。痛めつけられた女たちがどんなふうだか知っている。ニコールが青痣だらけで、目が腫れ、骨を折られたところなど、誰も見たくはない。

「そうだな」ハリーがぼそっとつぶやいた。殴り殺された母親と妹のことを考えているのだろう。ハリーはマイクを見た。「おまえの力で彼女を守ってやってくれ」

マイクが小さくうなずいた。ハリーはマイクを見た。「何度か立ち寄って、連中に見せつけてやるさ。連中が突っかかってる相手が誰だか、思い知らせてやろう」

合衆国の法執行機関、それが答えだ。

マイクはグラスを置いた。「で、おまえから彼女に伝えたいことはあるか?」

頼むから電話に出てくれ。おれを閉めだすな。話をしよう。今夜また会いたい。明日も、そのつぎも、そのつぎの夜も会いたい。きみを手放すなど、考えられない。

内心そんなことを思いつつ、サムはむっつり黙っていた。口がからからで喉が締まり、しゃべろうと思っても、言葉が出てこなかった。

首を振ると、マイクが立ち去った。おかしな目つきでサムをちらっと見て、ハリーもいなくなった。追及せずにいなくなるとは、奇跡のようだ。

ひとりきりになった。必死に働いて手に入れた広くて贅沢なオフィスにぽつんと取り残された。ざっと思いつくだけでも、急いで仕上げなければならない報告書が三通に、新たな仕事の依頼にたいする返事が五通ある。ひとりで問題に向きあわなければならない。

すべてが後手にまわっている。自慰に耽っていないで、すぐに仕事に取りかからなければならない。

サムは顔をしかめた。

下半身のことは考えるな。

遅すぎた。

むくっとペニスが起きあがった。昨夜あんなにセックスしただろう?

まいったな。彼女のことを思いだすだけで、その気になってしまう。組み敷いた彼女の顔。ベッドの上で腰を突きだすたびに上下していた。自分を見つめていた大きなコバルト色の瞳。あんな色の瞳は見たことがない。輝くような、濃い青色だった。

掛け値なしに、ニコール・ピアスはこれまで抱いたなかで一番の美女だった。あれほどの女とは知りあったことすらない。だが、ふたりでベッドをともにした時間のなかには、なにかがあった。なにか……絆(きずな)のようなものが。激しかったのは事実で、あれほどの経験はしたことがない。だが、それだけではなかった。どう呼んでいいかわからないもの、はじめて感じるものが、そこにあった。頭に銃を突きつけられて、言葉にしろと言われたら、愛情と呼んでもいいかもしれない。

ウサギのようにつがって夜を過ごしておいて、頭がおかしいと思われるかもしれないが。どんなに交わっても、まだ足りない。足りるということが、別の次元の概念のようだ。

彼女に会いたくてたまらない。彼女のにおいが嗅ぎたい。最初は清々しく清潔なにおいがした。あとになって、セックスのにおいになったけれど。それでも、ふたりの体液が交わると、うっとりするほどいいにおいだった。彼女の笑顔が恋しい。あの聡明さ。こちらが言うことをすべて理解してくれた。はじめてのデートにありがちな、話の通じていない気まずさがまったくなかった。これまではそんなとき、よく本に書いてあるとおり男と女では違うのだろうと自分を納得させてきた。

サムのなかのY染色体が、X染色体のみの女には通じないなにかを言わせるのだと。逆もまたしかり。これまで数えきれないほど、理解するのはもちろん、関心を持つことすらできない事柄について延々と続く〝本日の話題〟に、困惑しながら耳を傾けてきた。

ニコールだとまったくそんなことがなかった。食事中も欲望にかられていたけれど、それでも、会話を楽しめた。サムが愛する国レバノンを理解していた。父親にたいする深い愛情も、うなずけるものだった。

ベッドに入ってからも相性はぴったりで、こちらのリズムにやすやすと合わせてくれた。いっさいとまどうことなく、激しいセックスに没頭していたため、ときに意識が飛んでいるけれど、同時に楽しんでもいたし、それに……さらに思いを探ろうとして、サムはふとわれに返った。

いつになく内省的になっていた。ようは——彼女に会いたくて、彼女が欲しくて、このまま手放すつもりはてんからないということだった。

なにか悪いことをしたのなら、謝ろう。

彼女が気が進まないのなら、その気になるように言葉を尽くす。

彼女をあきらめることだけは、選択肢のうちに入っていない。

電話をつかみ、彼女の自宅の番号を押した。

〝ピアスです……〟

ニコールはキッチン脇にあって、ホームオフィスに改装した狭い食料貯蔵室にいた。画面上の文字を見つめながら、電話が鳴るのを聞いていた。またかかってきた。留守番電話に応答させるように、ハウスキーパーには厳命してある。そのときマニュエラから投げかけられた不審そうな目つきからして、借金相手からの督促(とくそく)電話だと考えているのは明らかだった。たしかに大金持ちではないけれど。

留守番電話が小さな音をたて、自宅にいないことを告げて、また小さな音をたてた。野太い声が聞こえてきた。「ニコール、電話に出てくれ――」

留守番電話の電源を切り、プラグを抜いた。朝早いうちは、お願い口調だったサムのメッセージも、いまや遠慮をかなぐり捨てて、頭ごなしになっている。

明日。明日になったら出社して、彼のオフィスを訪ね、大人どうしとして話をしよう。でも、今日はだめ。絶対無理、彼と顔を合わせられない。睡眠不足のまま、これまでよりもっとも激しい体験をしたあとだけに、動揺していて、まともな精神状態ではない。

彼の低い声を聞いただけで胃が締めつけられて、太腿が震えてきた。それだけではない。大学時代、寮でニコールと同室だったのは、シアトル出身の愉快で賢くて、セックスに奔放な女子学生だった。キャンパスじゅうを狩り場にして、まともな道具を持っている異性ならそれこそ手当たりしだいだった。その彼女が好みの異性を見つけたとき、そっとニコールに耳打ちしたものだ。「ああ、もう、とろけそう」

その意味がようやくわかった。シャロンが言っていたのは、こういうことだったのか。サムの声を聞いていると、われながら面食らうことに、奥から湿り気が湧きだしてくる。彼がやってきて、ソファに押し倒されるのを待ってでもいるように、体が勝手に準備をはじめてしまう。留守番電話にメッセージが残されるのを聞いているだけなのに！

ニコールは画面をにらみつけた。意味不明の言葉が眼前を漂っている。ルクセンブルクにある銀行の理事会がまとめた報告書だった。目をつぶっていても訳せるほど簡単な翻訳のはずなのに、昨夜の欲望の余韻が強すぎるせいで、手がつけられない。

いらだたしげにため息をついた。明日が締切なのに、まだ半分も終わっていない。通常より、はるかにいい翻訳料を払ってくれるのだから、これからも使ってもらいたければ、明日までに仕上げなければならない。

背筋を伸ばして、仕事に集中しようとした。訳すべき段落に何度となく目を通し、ようやく指を動かしだした。サム・レストンではなく、翻訳のことを考えなければならない。

「ニコール」震え声に集中力をそがれた。ため息をついて、パソコンを離れた。

「いま行くわ、お父さん」返事をした。これが自宅で仕事ができない理由のひとつだった。一日じゅう、何度も何度も父親に声をかけられるのだ。そんなときのためにハウスキーパーがいるし、正規の看護師も日に二度来るのだけれど、ニコールが近くにいるかぎり、父は娘に相手をしてもらいたがる。

気持ちはわかる。マニュエラは料理上手だし、家のなかをぴかぴかに保ち、笑顔を絶やさないけれど、父の扱い方がわかっていない。前に一度、どうしてもと言うので介助を任せたら、父が床に転がってしまった。

一方、日に二度来てくれる看護師は恐ろしく優秀ではあるけれど、笑うということを知らない。少なくとも、ニコールは笑顔を見たことがなかった。

その点、ニコールは父の介護のしかたを心得ていた。一度も転ばせたことなどないし、痛む筋肉がどれで、どうマッサージしたらいいかわかっている。着替えさせるのも手際がいい。しかも、どんなにたいへんなときでも、ほがらかで笑顔を忘れない。

それによって困ることがあるとしたら、自宅にいるかぎり、父が娘を求め、娘だけをそばに置きたがることだ。父の気持ちは痛いほどわかる。その余裕さえあれば、命が尽きつつある最後の数カ月、つきっきりで介護をしてあげたい。

だが残念ながら、その余裕がなかった。腫瘍の専門医から、最新の、恐ろしく高価な治療法を勧められた。完治は望めないものの、進行を食い止められるかもしれないという。そこで治験に申しこみをして、いまは申請が通るのを待っているところだ。

新薬はひと月に千五百ドル近くかかり、治療は三カ月周期で行なわれる。

不況下にあってもワードスミスの業績は好調で、毎週、新しい顧客が増えている。会社は成長を続け、売りあげは右肩上がりだ。だが、支出のほうも毎月、加速度的に増えていた。

車椅子の父はリビングで膝に大きな本を広げていた。ニコールに気づくと、顔を上げてほほ笑んだ。「やあ、ニコール、来たな。暗くなってきたようだから、少しカーテンを開けてくれないか?」

ニコールは笑みを消して立ち止まった。部屋は差しこむ日の光で明るかった。

医者によると、ニコラス・ピアスの脳には、左右とも、〝胡椒(こしょう)をまぶしたように〟腫瘍が散っている。それこそ無数に。そしてそのひとつが視神経を圧迫していた。そのせいでたまに視力が落ち、ときにはびっくりするほど見えなくなる。父はそれを恐怖していた。

ニコールはカーテンを大きく開けてフロアランプをつけると、励ますように父の肩に触れて、膝に明かりがあたるように調整した。

「これでいい、お父さん?」

「ああ、いいよ、ニコール。ありがとう」父が手を伸ばして、ニコールの手に重ねた。「おまえはわたしにはもったいない娘だよ」

父に残された数少ないひとつが声だった。朗々と響く、深みのある声。涙で目がちくちくした。そっと父の肩をつかんで、日本中世史の決定版とされる本の進み具合を尋ねようとしたとき、呼び鈴が鳴った。

眉をひそめながら廊下に出て、玄関に向かった。脇の窓から見ると、家の前にパトカーが停まっていた。

どういうこと? こんどはなに?

ポーチに立っていた男は、向かいの家をじっと見ていた。こちらを向いて、サングラスを外すと、射抜くような青い瞳が現われた。鋭い知性を感じさせる瞳だ。濃紺の制服を着て――なんとまあ――防護衣を身につけ、ベルトには重量にして一トンはありそうなほどの武器を携帯している。そのうちのいくつかは、見たところまるで武器らしくないけれど、太腿に取りつけた大きなサイドホルスターには、大きくて物々しい黒い拳銃がおさまっていた。

ニコールはドアを開けた。

身長はニコールとあまり変わらないけれど、こんなに肩幅の広い男の人ははじめてだった。彼のなにもかもが大きくてたくましく、岩のように頑としていた。

「ニコール・ピアスさんですか？」

「ええ、わたしです。なにかあったんですか、おまわりさん？」

「いえ、マダム、なにも。わたしはサンディエゴ市警察のマイク・キーラーです。あなたと共通の友人であるサム・レストンから依頼を受けてうかがいました。わたしの存在を知らしめてくるようにと」言葉を切り、ひたとニコールを見すえた。目つきが鋭すぎて、頭のなかを歩いてまわられているようだ。

サムの名前が出たとたんに動揺して、そのあと言われたことが、頭に入ってこなかった。巻き戻しボタンを押して警官の言ったことを聞きなおし、必死に頭を働かせた。

そういえば、サムが言っていた――

「ああ！」そうだ、サムが警官をしている友人をよこしてくれると言っていた。サムにとっては兄弟同然の友人で、その人が向かいのキモイ男たちを縮みあがらせてくれると。ただし、ふたりが家にいなければ、なんの効果もないけれど。「ええ、そうでした。ありがとうございます」相手がなにも応じず、黙ってこちらを見ているので、ニコールはもじもじしそうになった。小さいころから、思いがけず人に出会い、それがたとえ気まずい相手であったとしても、それなりに対処できるように訓練してきた。だが、いまはまったく機転がきかない。サム・レストンと聞いただけで取り乱して、マナーが吹っ飛んでしまった。

ドアを押さえたまま、後ろに下がった。「どうぞお入りになって、おまわりさん。それとも、巡査部長とお呼びするべきですか？」生まれたときから外交の世界にいるので、正しい官職を呼ぶことがいかに大切かわかっていた。

「たしかに巡査部長ではありますが、マダム、マイクと呼んでください」

「わかりました、マイク。どうぞリビングにいらしてください」

彼は軽く頭を下げた。「恐れ入ります、マダム。ですがその前に、パトカーに戻って長銃を持ってきます。なるべく時間をかけて――通りの向かいでようすをうかがっている連中にこちらの意図をしっかりと伝えたいので」

「サム――」ああ、彼の名前を口にするのも苦しい。「サムから言われました。あのお向かいの……わたしにちょっかいを出しているふたりも、あなたを見たら怖じ気づくだろうと。わたしはそれを願っています。そして、いまあのふたりが外を見ていることも願っています。でないと、意味がありませんから」

「ご心配なく、見てますよ」マイクの声は揺るぎない。「二階の右から三つめの窓です」

ニコールの視線がくだんの窓に飛んだ。まばたきした。窓にかかった薄よごれたブラインドは閉じられている。そして、たしかに、誰かがブラインドの板を押しさげて、小さな隙間をつくっている。目を凝らさないとわからないほど、わずかな隙間だった。

マイクは回れ右をすると、ゆっくりとパトカーに向かって歩きだした。濃紺の制服に包まれたボディビルダーのような広い背中には、大きく白い文字が描かれている。ＳＷＡＴ。

車まで行ったマイクは、ライフルを取りだした。大きくて物騒な武器は、情け容赦なく仕事をこなしそうだった。車のドアを閉じ、ニコールに背を向けたまま、向かいの家に目をすえた。母親が赤ん坊を抱えるように、大きなライフルを気安げに抱えている。

マイクはやがて向きを変えると、家まで引き返してきて、ニコールについてなかに入った。玄関のドアが閉まるや、ライフルを逆さまにして部屋の隅に立てかけた。「弾(たま)は入ってませんから、マダム。だが、やつらにはそれがわからない」休めの姿勢をとり、信じられないほど広い肩を後ろに引いて、重ねた手を股間に置いた。

ニコールは世界じゅうの大使館で、警備につくおおぜいの海兵隊員が同じ姿勢をとるのを見てきた。マイクが海兵隊にいたことはサムから聞いていたが、たとえ聞いていなくとも、この姿勢ならまちがいようがない。

「海兵隊にいらしたんですか、キーラー巡査部長？　いえ、マイク？」

驚いたようだった。「ええ、マダム。六年ほど」

ニコールはうっすらとほほ笑んだ。大使館を警備する海兵隊員には好意をいだいてきた。

つねに礼儀正しく、生真面目で、あらゆる意味で有能だった。文官にはそうでない人が多い。「コーヒーでも飲んでいかれませんか、巡――マイク？」どう猛なほど鋭い、淡いブルーのまなざしがニコールに向けられた。「はい、マダム、恐れ入ります。しばらくお邪魔して友人だという印象を与えなければなりません。警官の友人がいて、あなたを守っていると思わせるのです」

ニコールはハウスキーパーを呼んだ。笑顔のマニュエラがエプロンで手を拭きながら、ドアのところにやってきた。

「マニュエラ、リビングにコーヒーを準備してもらえる？」

「承知しました」

ふたたびマイクを見た。「では、リビングにいらしてください。じきにコーヒーができますので」

父は車椅子でうつらうつらしていた。マイクが尋ねるような顔つきをしたので、ニコールは笑顔で答えた。「父のことはお気になさらずに。父をわずらわせることはありません。家のなかで物音がしても、目を覚まさないんです」そしていつものように、一定の時間が過ぎると痛みで起きる。いま眠れているのは、痛みが引いているからだ。父には休息がいる。

父の寝顔を眺めた。整った骨格から、皮膚が大きすぎる服のように垂れさがっている。かつてはみごとだった黒髪が抜け、いまはところどころに申し訳程度にしか残っていない。最後に頭部へ照射した放射線のせいだった。

起きているあいだは雄々しく表情をとり繕(つくろ)っているけれど、その寝顔には、父が感じていることが隠しようもなく現われていた。重い疲労と痛みとが。

死につつある。それを思うと、胸がきりきりと痛んだ。

ニコールは客人のほうを見て、椅子を勧めた。マイク・キーラーはしゃちこばったまま、椅子に腰かけた。背筋を伸ばし、手を膝に置いている。ニコールは向かいのソファに腰をおろした。

逃げていてもはじまらない。「それで、あの……サムに言われていらしたんですか?」

「ええ、マダム。あなたがふたり組のクソ――男にいやがらせをされ、過激化しつつあると聞きました。過激化――つまりしだいに強暴化しつつあるということです。その手の行為はしだいに悪質になるものです。最初はじっと見るだけだったはずです。そのうち悪態をついたり、猥褻(わいせつ)な誘いをかけたりするようになる。違いますか?」

ニコールはため息をついた。「ええ、彼らがお向かいに引っ越してきた日からはじまりました。わたしが家を出るたびに、そこにいるようでした」

「あなたを監視しているんでしょう。だが、やがて言葉だけではすまなくなる。身ぶり手ぶりがはじまり、それもしだいに露骨になっていく。やがて、ポーチの階段をおりてきて、つぎは敷地の端まで来ている」

まじまじとマイクを見た。「ええ、そのとおりです。なぜおわかりになるのですか？」サムとの会話を思い返した。「サムからお聞きになったんですね」

「いいえ、マダム。聞くまでもありません。季節がめぐるように、その手のいやがらせは予測がつくものです。連中があなたの車に触れたとサムから聞きました。ほんとうですか？」

そのときのことを思いだして、身震いした。「はい、彼らのうちの片方に。車の窓をノックされただけですけれど——恐ろしくなりました」自分をあざ笑うように、小さな笑い声をたてた。「わたしは貧しい国々にも住んだ経験があります。いつもはそんなに弱虫ではないのですが」

マイクの顔がこわばった。「あなたが弱虫だからではないですよ、マダム。そういうことではない。つぎの段階に入ると、あなたに触れる。そうなったら、もう歯止めがききません。サムにはそれがわかった。だからわたしに頼んだのです。実際、わたしたちはこの手の行為をくり返し見てきました。連中は自分たちより弱いと察知するや、脅しにかかる。だが、その実、臆病なので、警察といざこざを起こすのは避けたがる。今後もお宅に寄らせてもらいましょう。場合によっては、完全装備で腹蔵のないところを言って聞かせてやったほうがいいかもしれない。この際、ちびらせてやりましょう」そこでひとつうなずいた。「きたない言葉を使って、申し訳ない」

ふたりをちびらせてやるというのは、いい考えのように思えた。いや、すばらしい。

そこに坐っている警官は大きくて、四角張っていて、屈強で、外見からして恐ろしげだった。危険きわまりない。ただ、それはニコールにとってではなく、この警官から敵とみなされた人物にとってだ。厚みのある筋肉の動きは、運動選手のようにしなやかだった。SWATに所属し、武器の扱いは慣れたもの。キモイ男ともっとキモイ男はいかにも女を襲いそうな連中だが、ここまで防御を固めた相手には手出しを控える。彼はニコールのためにわが身と警察の資源を惜しみなく提供してくれたのだ。

これでもう心配いらない。

深いところに巣くっていた緊張がほどけるのがわかった。キモイ男たちを恐れていることを、これまで自分でも認めずにきた。毎朝、歩いて玄関を出るのが、どれほど苦痛だったか。ニコールはにっこりした。「なんと言ってお礼を申しあげたらいいか……ほんとうに、ほんとうにありがとうございます、マイク。ほっとしました。いまのところ、警察に通報できるような悪さをされたわけではないし、おおげさに考えすぎているのかと思うこともたびたびだったのですが、おっしゃるとおりです。いつかなにか……乱暴なことを……されるのではないかと、案じていたんだと思います」

「連中はいずれ暴力に訴えるし、それも遠い将来の話ではない。それはまちがいありません。ですが、わたしがよく言って聞かせましょう。あなたにちょっかいを出そうものなら、クソ——面倒なことになると」青い瞳がニコールを見つめていた。「それと、お礼ならわたしにではなく、サムにお願いします。サムに頼まれて来たんですから。彼があなたの身の安全を確保したんです」

心臓がどきりとして、体がかっと熱くなった。どうしよう。知っているの？　サム・レストンとひと晩じゅう夢中で愛しあったことが顔に出てる？　今朝になって、彼を避けていることも？

「あの――」声がかすれた。

「セニョーラ、コーヒーをご用意しました（エル・カフェ・エスタ・リスト）」

ニコールは悠然とふり返った。マニュエラがドアのところで、とびきりおいしいコーヒーのポットとカップが三つ載ったトレイを持って立っていた。マニュエラに幸あれ。父が起きたら、コーヒーを楽しめる。

マニュエラがトレイをコーヒーテーブルに置くと、ニコールは前かがみになって、尋ねるようにマイクを見た。

「砂糖はいりません。ブラックで、マダム」

ニコールはほほ笑んだ。「マニュエラのコーヒーは、死者が目を覚ますほど濃いんですよ、マイク。それでもお砂糖はいらない？　それと、ニコールと呼んでください」

「いりません。コーヒーは濃いにかぎる。コーヒーの苦みはいい。戦場を思いださせてくれます」

小さなカップを手渡すと、マイクの肩の緊張が少しゆるんだ。大きな手のなかで、カップがひときわ小さく見えた。

そうね、でもわたしは海兵隊員ではないから。ニコールは砂糖をスプーン二杯入れてかき混ぜ、彼がいっぺんにコーヒーを飲み干すのを見ていた。

かっと目が見ひらかれた。開いたV字型の襟元から胸毛がのぞいているので、コーヒーの衝撃で胸毛が生えたとまでは言えないけれど、その胸毛が濃くなったのはまちがいない。

「ええ、そうなんです」笑顔になった。「マニュエラはキューバ人で、彼女が淹れるブラックコーヒーは世界的に有名なんですよ」

マニュエラのコーヒーの香りに反応したのかもしれないし、日差しの角度が変わって膝がぬくもったせいかもしれない。いずれにしろ、父が小さく鼻を鳴らして、目を覚ました。顔を上げて、こちらを見た。

「ニコール?」

その声を聞いて、心が沈んだ。弱々しくて震えている。また痛みが迫ってきている。いますぐにではないけれど、まもなく。

コーヒーカップを持って、席を立った。「飲んで、お父さん」父の手にカップを押しつけた。こぼすといけないので、父の手に自分の手を添え、もう一方の手はさりげなく父の肩に置いた。父の握力は一定しない。ときには物が握れないこともあった。「マニュエラ特製のコーヒーだから、飲んで。感じよく頼んだら、キッチンの焼き菓子を持ってきてくれるんじゃないかしら」

父の体が鳥のように骨張っていることに気づきつつ、笑顔をこしらえた。カップを口元に運ぶ父の手は震えている。静かな部屋にゼーゼーと父の息の音が響いた。カップを持ちあげるといったささやかな行為も重労働なのだ。

あんなにハンサムだった父が。父が何者かを知らない人でも、父とすれ違うとふり向いた。王族のような威厳があり、生来が貴族的な人だった。

その父がいまや車椅子から離れられず、しばしば痛みに苦しめられて、自分では飲み食いすることもままならない。

そのときが近づいている。

ニコールの心は打ち砕かれた。

マイクはふたたび立ちあがり、さっきと同じ〝休め〟の姿勢をとっている。父はひと目でマイクの正体を言いあてた。

「海兵隊かね、お若いの？」

ニコールは急いで紹介した。「お父さん、こちらはマイク・キーラー、元海兵隊員よ――さすがね、鋭いわ。いまはサンディエゴ市警察にお勤めで、わたしのお友だちのお友だちなの。マイク、わたしの父、ニコラス・ピアス大使です」そして、ここへ来たほんとうの理由を言わないでという念を込めて、マイクをひとにらみした。防護衣を身につけていようといまいと、ここへ来たのは厄介者を遠ざけるためだと言ったら、素手で絞め殺してやる。いまの父に、自分のことや、自分の身の安全のことで心配をかけるのは、絶対に避けたい。

マイクはかすかにうなずいた。「お目にかかれて光栄です、大使。たまたま近くを通ったので、ニコールにあいさつしたくてうかがいました」

父が震える手で、ふたたびカップを口元に運んだ。ニコールの手が添えられているので、コーヒーを飲むことができる。マニュエラが淹れたコーヒーが父は大好きだった。マニュエラは父のために、どんなものなら飲み食いしていいか、医師たちに話を聞いた。思慮深く思いやりに満ちた主治医は、できるだけ長く本人の希望に沿うようにと言ってくれた。

心やさしき主治医の言いたいことは、よくわかる。なにを飲み食いしようと、大差はないということだ。いずれにせよ、父の命は長くない。それができるうちは、なるべく楽しく過ごさせるように、と。

父が望むものはいつでも、どんなものでも用意し、父が喜んでくれれば、それで幸せだった。だから、マニュエラのコーヒーも、駐仏時代に覚えたカルバドスも、キューバ産の葉巻きも、父が望むままに与えて、父がそうしたものを楽しめることを喜んだ。

震えがひどくなっていた。自然な流れだった。全般にわたってひどくなっているのだから。それも日に日に。ニコールは一瞬、父の顎に手を添えると、まばたきで涙を押し戻し、かがんで頭頂部に口づけをした。日に何度もキスするので、頭頂部がてかてかにならないのが不思議なようだった。

体を起こして、マイク・キーラーを見た。なにを考えているのかわからない、不可解な目つきでじっとこちらを見ていた。

「車までいっしょに来てもらえませんか、ニコール?」マイクが言った。いまだ休めの姿勢から脱していない。

ニコールは目をしばたたいた。「喜んで」

外に出て、パトカーまで行くと、マイクが言った。「わたしを抱擁してもらわなければなりません。ついでに頬にキスのひとつもしてもらいましょうか。やつらにわたしたちが親密だと印象づけたいので」

なるほど。そういうこと。

ニコールは体を近づけて、マイクの肩に手を置いた。肩幅が広すぎて、腕をまわせない。防護衣も肩の筋肉も、硬くてたわみがないことでは、変わりがないように感じた。

ひと晩じゅうしがみついていたのも、こんな男だった。

ニコールはマイクの両頬にキスすると、肩に手を置いたまま、しばらく立っていた。

「明日の朝、もう一度、立ち寄らせてもらいます。連中がちょっかいを出してきたかどうか、そのとき聞かせてください。たとえば、あなたをじろじろ見るとか」その声は厳めしく、顔つきは真剣で、頬に深い皺が刻まれていた。「それと、明日、催涙ガスの缶と警笛を持ってきます。もし連中がなにかしようとしたら、目を潰して、鼓膜を破ってやるといい」

この人は精いっぱいのことをしてくれている。これならキモイ男ともっとキモイ男のいやがらせにも歯止めがかかるはずだ。

ニコールはほほ笑んだ。「心から感謝します、マイク。ほんとうにありがとう」

マイクが口を動かした。「さっき言ったとおり、わたしにではなく、感謝ならサムに。頼んだのはサムです。あいつはあなたのことが心配でならないんです」

ふたたびかっと体が熱くなって、動けなくなった。なにをどう言えばいいの？　口を開いて、そのまま閉じた。まったく言葉が出てこない。サムは見守ってくれているのに、自分は逃げてまわっている。どう対処したらいいかわからないという理由で。

身悶えせずにいるには、多大な努力が必要だった。

マイクは無言で佇んだまま、ニコールを見ていた。

「ええ、そうですね」ついにニコールは言った。ああ、神さま。「あの――わたしが感謝していると、サムに伝えていただけますか？」

「それはできない、マダム。あなたが直接サムに伝えるべきです」軽く頭を下げつつ額に指をあてて敬礼し、パトカーに乗りこんで走り去った。

# 8

アウトローがリンドバーグ飛行場ことサンディエゴ国際空港に降り立ったのは、現地時間の午後四時のことだった。小さな武器庫を携帯していた。

それにしても〝宇宙の支配者〟たちの仕事を請け負うのは、なんと喜ばしいことか！　この時代、彼らが少なからず自信をなくして、その威光が多少陰っているにしてもだ。

もしいまの年収二億四千万ドルを棒に振って、年収一億七千万ドルのCEOになれば、クラブへの入会権は手に入るが、それでなにかが大きく異なるとは思えない。

彼らに課す経費のなかには行きたい場所に自分を運んでくれるプライベートジェットの費用も含まれ、プライベートジェットには詮索（せんさく）されずにすむという利点があった。

身なりは完璧に整えてきた。依頼人とその周辺調査は任務のうち。砂漠での狙撃や、アフリカでジャングルに潜入するよう命じられたときと同じように、偽装（カモフラージュ）によっていまは裕福な支配者たちのひとりに扮している。偽装ならお手のものだ。

人間の目は脳からの視覚情報に左右される。偽装して顔をまだらに塗った狙撃兵は、イメージが分断されてその姿を見ることができない。狙撃兵と周囲の環境が連続体として知覚されて、輪郭線が見えないからだ。山岳地帯だろうと、森林地帯だろうと、砂漠地帯だろうと、優秀な狙撃兵であれば、目に見えない存在になる。

その点は今回も変わらない。いまも迷彩服に匹敵する服装をしている。そう、金持ちどもの迷彩服を。内から外へと向かって、シルク、エジプト綿、カシミア、新品のバージンウールと重ねたのだ。見た目が変わらなければ、仲間になれる。見えるのは八千ドルのスーツで、その下にある傷だらけの強靭（きょうじん）な肉体は見えない。

今回の任務は急を要するので、血色のいい金持ち面になるため一日スパに出かけることはできなかった。時間が切迫している。

ルイ・ヴィトンの小型スーツケースと、そろいのブリーフケースには、レミントンの狙撃用ライフル――使うとしたら、任務遂行にどうしても必要になったときだけだ――と、キンバー1911、弾倉三つ、タクティカルウェア、防護衣、強力なレーザーライト、解錠用のロックピックガン、軍用ナイフ、カラムビットナイフ、酸剤の入った小瓶が入っている。そうしたものすべてを持っていけることに、大きな喜びを感じた。

中身を問いただそうとする人間は、どこにもいない。

これがいわゆる別世界、超（ユーベル）金持ちの世界だ。彼らも彼らなりのしかたで、ホームレス同様、目に見えない存在となる。正体を偽るアウトローは、そのどちらでもある。人はホームレスから目をそむけるものだ。そのホームレスが利口で、小便を垂らしていればなおさらのこと。しかし、人は大金持ちからもやはり目をそむける。まるで大金持ちたちが、一般人にはまぶしすぎる特殊な輝きを放ってでもいるように。

アウトローは大金持ちの態度まで身につけていた。依頼人を徹底的に研究しているので、彼らの習慣も熟知している。高飛車すぎたり、権利を主張しすぎたりするのは、避けなければならない。

アウトローはリムジンのなかで胸を張ると、運転手には一瞥も投げずに車から降りた。タラップの一番上で待つパイロットに小さくうなずきかけて、無言でその脇を通りすぎた。目に見えない存在として、これが期待されるふるまい方だ。

空の旅は快適で、南カリフォルニアまで好天に恵まれた。移動中は、モリソン・ビルの下調べにあてた。グーグルのストリートビューを見たり、サンディエゴ市庁舎やビル管理会社のコンピュータをハッキングして、設計図や関連ファイルを探った。ワードスミス社のオフィスはおよそ五十平米と狭く、毎月の賃料は二千二百ドルだった。ニコール・ピアスはその部屋を二年契約で借りており、賃料の滞納は一度もなかった。

続いて精密偵察衛星（キーホールサテライト）のコンピュータに侵入し、ビルの屋上を調べた。一時間かけて子細に検討した結果、到着したときには、九階にあるワードスミスのオフィスへの侵入脱出計画と、緊急時のバックアップ計画ができあがっていた。

レンタカー屋でレクサスを借り、みずからハンドルを握った。着陸から一時間後には、モリソン・ビルの脇道にレクサスを停めていた。

グーグルのストリートビューは驚くほど精度が高かったものの、画像ではスモークガラスがはまったロビーの窓の奥までは見えなかった。

アウトローは向かいのしゃれたカフェに陣取り、十五分ほどエントランスを観察した。人の流れの満ち引きを見きわめ、人波にまぎれこんでなかに入った。ガラスとマット加工したステンレスからなるロビーは、広々として金がかかっていた。顔には大ぶりのラップアラウンドサングラスをかけ、さらに下を向いて歩いた。壁のあちこちに監視カメラが設置されているが、角度からして、縦横三十メートルほどの床の中間をまっすぐに歩けば、足元しか映らない。アウトローは重役クラスとおぼしきビジネスマンの群れのなかに入りこんだ。セミナーから帰った直後なのか、活気があった。

特殊任務につく兵士の多くがそうであるように、アウトローも大柄ではなかった。身長は人並みだし、体つきもどちらかというと痩せていた。でっぷりと貫禄のあるビジネスマンふたりのあいだにはさまり、ならんで広いロビーを突っ切った。帽子をかぶる習慣がなくなったのが残念でならない。つばの広いフエルトの中折れ帽があれば、完璧に顔を隠せたのだが。

誰もアウトローを気にしていなかった。小型スーツケースを手に空港からやってきたビジネスマンのひとりとして、ビル内で行なわれる会議へ急いで向かっているようにしか見えないからだ。

エレベーターホールの監視カメラは、エレベーターのドアからおよそ二メートルの地点を映すため、全機が同じ角度を向いていた。こんなところに民間人の愚かさが出ている。とくにいけないのが金のある民間人だ。麻薬密売組織のボスやコカインを扱うそれ相応の犯罪者なら、監視カメラをこんなふうには設置しない。ハエ一匹見のがすまいと、角度をたがい違いにして、なるべく広範囲をカバーしようとする。だがそれは失敗が命取りになる世界に住んでいるものたちの発想だった。

その点、裕福な民間人はやわな世界に住んでいる。監視カメラや警備員が存在すれば体裁がいいと思うだけのことで、それ以上は気にしない。アウトローは、警備員がカエデ材と真鍮でできたU字型のデスクの奥にいるのをひと目で確認した。しゃれた髪型をした、細身のハンサムな男で、上品な制服に身を包んでいた。

お飾りとしての警備員。

これなら簡単に片付きそうだ。

誰にも見とがめられることなく、エレベーターで七階まで行った。顔を伏せたまま通路を歩いたが、すれ違ったのは目前に迫っている新規株式公開のことでも考えているらしい重役風情の男ひとりだった。大切なのは気配だった。アウトローにしても、周囲に気配を察することのできる男たちがいて、その必要があれば、〝おれの邪魔をしたら、金玉を切り落とすぞ〟という信号を発することができる。だが、ここでそんな信号を放ってもテレビにラジオの音波を送るようなものだ。そう、この環境で同じ結果を得たいのなら、〝おれは多忙をきわめる重要人物だ。おまえのような虫けらの心配はしていられないから、おれをわずらわせるな〟という信号でなければならない。それなら、気配を消しておける。

まもなく午後の七時だった。事務員や秘書や使い走りの下っ端はここでごっそりいなくなり、残るのは基幹社員と、大仕事に追われる社員。なかには残業しているのを上司に見せつけたい社員もいるだろう。そんな連中にしても、九時にはあらかた退社する。

誰にも会うことなく通路を延々と歩き、どん詰まりにある非常階段に向かった。通路側に監視カメラをつけている会社は少なく、ついていても、大半はスイッチが切れていた。アウトローは歩きながら首を振った。どうかしている。監視カメラを切っておくだと？こいつらは、頭がぶっ壊れているとしか思えない。

吹き抜けになった階段室は広かった。一段飛ばしで九階までのぼり、レーザーライトを取りだして、手のひらに隠した。

九二一号室は中央あたりだった。そして、ひと目で見て取った——監視カメラは設置されていない。つまりミズ・ピアスには、警備を手厚くするだけの費用が捻出（ねんしゅつ）できなかったということだ。すばらしい。

だが、向かいの会社には監視カメラがあった。しかもちゃんと作動していて、通路の半分をカバーしていた。アウトローは監視カメラから遠いほうの壁際を歩き、念のために、通りすぎざまカメラに光をあてた。これならあとで確認されたとき、記憶媒体に傷でもあったように、一瞬映像が途切れるだけですむ。

よし、これで偵察はすんだ。あとは身をひそめて待つだけだ。

屋上までの二十八階分は走ってのぼった。これから二時間ほどじっと坐っていなければならない。多少の運動はかえって気持ちがいい。

階段をのぼりきって踊り場までくると、ノーメックス素材のタクティカルウェアに着替え、必要な装備を整えて、屋上に出るドアの脇にしゃがみこんだ。

時計を見ると、七時二十分だった。九時に侵入したいので、待つのは二時間足らず。九時が最適だった。ビルからほぼひとけがなくなると同時に、夜勤の警備員が巡回にまわってくるほどは遅くない。

待つのは苦にならない。元来が狙撃兵であり、辛抱強さはそのための大切な資質だ。待つことは得意で、ことあらば即座に敵を倒せるよう警戒しつつも、呼吸数や心拍数を減らして休むことができる。

アウトローは壁に頭をもたせかけて、自分の電源を切った。

昼から夕方まで丸まる無駄にしてしまった。恐ろしいことに、仕事は遅々として進んでいない。銀行から頼まれた翻訳の締切に加えて、お抱え翻訳者たちに配らなければならない文書が十件と、目を通して見積もりを出さなければならない文書がいくつかある。丸一日ぼんやりと虚空を見つめてサム・レストンのことを考えていられる余裕など、どこにもない。

それなのに、どれほど集中しようとしても、彼の男らしい面差しが画面のなかに忍びこみ、航空機部品の製造に関する新技術について記したフランス語の文書から立ちのぼってきた。それがルクセンブルクにある銀行の理事会がまとめた報告書のつぎの仕事だった。

彼のイメージがつぎつぎに浮かび、体じゅうの細胞が締めつけられた。上から自分を見おろす真剣な浅黒い顔。彼はふたりのあいだの磁力が線となって見えそうなほど、ニコールだけに集中していた。

そのときのことを思いだすと体が疼くけれど、いまこうしてふり返ってみると、意識になにかが引っかかっていた。昨夜のこと……大切ななにか。なにかつかみどころがなくて、長いあいだ感じていなかったものだ――

ああ、そうか……幸福感だ。

あまりに久しぶりの感覚だったので、わかるのに丸一日かかってしまった。昨夜は心も体も喜び、性的な快感にひたっていた。そんなふうに感じたのには、セックスが大きく関係しているけれど、それだけではなく、サムのなにかが、セックスの相手としてのすばらしさというだけでないなにかが、かかわっていた。

いまニコールは首まで問題につかって、溺れそうになっている。父は着実に死に向かい、仕事中は父のことを忘れようと心がけているけれど、大きな黒い穴はつねにそこにあって、そのまっ暗な底に生活のすべてが引きずりこまれそうだ。朝目を覚ましたとき最初に考えるのも、夜寝るとき最後に考えるのも、そのことだった。

死にゆく父を介護することは、生きたまま焼かれるような苦しみだった。それはまた、経済的な苦しみをもたらした。このままだと、父の命とお金と、どちらが先に尽きるかわからない。

お金がなくとも自分はかまわない。ただ、最期の数カ月、案に反して父に楽をさせてやれないかもしれないと思うと、恐ろしくてたまらない。

自宅を担保にして借金ができないかどうか銀行に尋ねてみたものの、一笑に付された。となると、父に安楽な人生を送らせるための資金は、沈まないよう必死に操業を続けているワードスミスで叩きだすしかなかった。

父の最期が悲惨なものになるかもしれないという恐怖が鋭い釘となって、日々刻々と頭に打ちこまれるようだ。病院の請求書を見るたびに、万力で締めつけられたように、心臓が縮こまった。

昨夜まではずっと。

サムの腕のなかにいるあいだは、こうした憂いごとがきれいにぬぐい去られていた。心配も不安もすべて、身を焼きつくす熱に置き換えられていた。肉欲に溺れていた何時間か、難題の数々をあっさり忘れていた自分を恥じる反面、その喜びに全身でひたっていたのも確かだった。病身の父のことも、お金のことも、ワードスミスを軌道に乗せなければいけないことも――起きているあいだじゅう、重しのように心にのしかかっているこうした問題が、まったく頭に浮かばなかった。

煙のように消えていた――そう、ひたすらオルガスムを重ねているあいだは。

ニコールは画面上で点滅しているカーソルを見た。この一時間で訳したのは一行半だけ。時刻は夜の八時で、翻訳は終わらせなければならない。

どうかしている。

ひとつため息をついてコンピュータを終わらせ、携帯用のハードディスクを外して、父の病室として使っているダイニングに移動した。

夜勤の看護師が雑誌を読むのをやめて、立ちあがった。坐っていて、とニコールは身ぶりで伝えた。

「父のようすは？」小声で尋ね、どれだけの薬が入っているかわからない点滴のスタンドをよけながら、ベッドに近づいた。

「血圧も心拍数も正常ですし、鎮痛剤で落ち着いておられますので、このまま朝までお休みになられると思います」看護師の声は低く、きびきびとして、事務的だった。ニコールにはそれがありがたかった。いまは彼女の有能さと冷静さが必要だ。マニュエラは思いもかけないときに、役にも立たない涙を流す。看護師の静かな落ち着きは、心の安らぎに通じた。

「よかった」ニコールはそっと父の手に手を重ねた。点滴のチューブは、苦労して血管を見つけたもう一方の手につながり、どちらの手の甲も細い血管が破れたせいで黒ずんでいる。点滴できる血管を見つけるのが、信じられないほどむずかしくなってきている。そこには父の命をつないでくれる薬が入っていた。

いまの方法が採れなくなったときはつぎの手を打つ。鎖骨の下を少し切開して点滴用のカテーテルを挿入するのだ。だが、それはそれで血流感染の可能性が出てくる。

父の手はだらりとして冷たかった。どんなに温めようとしても、父は冷たいままだ。体を温めるだけの活力がもうないのだろう。

ニコールは父を見おろした。最後に残った血縁者であり、誰よりも愛している人だった。その父が毎日少しずつ自分から遠ざかっていくのに、どうすることもできない。どんなに泣こうと、親身に看病しようと、病気の進行は止められない。最初のうちは脳腫瘍に関する文献を読みあさり、インターネットのフォーラムに参加して、同病の患者や医師とオンラインで延々とやりとりしたものだ。目がかすんで、しまいには文字が読めなくなるまで、脳腫瘍に関する文書を読みまくった。

それもすべて過去となった。もはやこれといった治療方法は残されておらず、ニコールにできるのは父を心の底から愛すること、そしてあたうるかぎり快適に過ごさせてやることだけだった。

このごろはよく父の手を握ってやる。長く握っていれば若いぬくもりを父に移すことができ、どちらにもそれが嬉しかった。それでしばらく握ってみたけれど、父の手は温まってこなかった。この喜びも奪われてしまった。

「出かけてきます」ニコールは看護師に告げた。「二時間くらいで帰れると思うけれど、ひょっとしたら長引くかもしれないわ」

「わかりました」看護師は雑誌を手に椅子に戻った。父が苦しんでいる兆しがあれば、すぐに対処してくれる。

この人に任せておけばまちがいない。

ニコールはブリーフケースを持ち、玄関を出てそっとドアを閉め、車に向かった。ふと立ち止まり、遅い時間の夜気を吸いこんだ。日中のうだるような暑さは引いたものの、まだ心地よいぬくもりが残っている。一日デスクに向かっていたあとなので、外の空気が清々しく感じた。デスクに向かっていただけで、少しも進まなかったけれど。

九時十五分前――ラッシュアワーはとうに過ぎている。道がすいているから、オフィスまで二十分とかからないだろう。

整理整頓の行き届いた静かなオフィスのことを考えると、それだけで心が鎮まる。あそこなら仕事に専念できて、声をかけられることもない。オフィスに入ると、パブロフの犬よろしく、ほかのいっさいを排除してたちまち仕事に集中できる。

何時間か集中できれば、ふいにした一日分以上の仕事ができる。そう考えたとたん、砂漠で水を求めるように、オフィスのそっけない静けさが恋しくなった。

車に乗りこんで縁石を離れてから、いつもとなにかが違うことに気づいた。キモイ男ふたり組がまたいやがらせにくるのではないかという、かすかな胸騒ぎを感じなかったことだ。

誰も出てこない。ニコールの出入りを監視するために生きていたようなあのふたりが、今夜は沈黙を守っている。

マイクのおかげ。

サムのおかげ。

ああ。

だめよ、今日はそれでなくともサムのことばかり考えていたのだから。明日になったら彼に会って、なにかしらの結論を出さなければいけないけれど、今日は堂々めぐりになっているから、もう考えてはいけない。

サムのことを思うべからず――これが新たな標語だ。

これからの数時間は仕事に捧げなければならない。やるべきことを確認しながら市街地に入った。ほとんど車がいなかったので、予定より早く着いた。地下駐車場の決められた場所に車を入れるころには、片付けるべき仕事を列挙して優先順位をつけ、どの翻訳を誰に頼むかが決まっていた。

いい仕事をして、ワードスミスを繁盛させることは、父を快適に過ごさせることに直結している。そのことを忘れてはいけない。しゃんとなさい。

エレベーターに乗るのは楽しかった。ビルに人が押し寄せる朝と、いっきに出ていく夕方は、ぎっしり人が乗っている。今夜はほかに誰もいない。木材と真鍮でできた大きな立方体の内側には、ブロンズのドアがついている。ぴかぴかに磨かれて、鏡のようだった。

エレベーターがのぼるなか、ニコールは眉をひそめた。就業時間でなくてよかった。出勤するときは隙のない恰好をするように気をつけているけれど、いまは人目がないのがありがたかった。ポニーテールにした髪は乱れ、化粧はしていない。身につけているのはジーンズと白いシャツにヒールのない靴。ドアに映った自分の顔を眺めた。疲れて不安そうな表情。そうよね——実際、疲れていて不安なのだから。

エレベーターが空気音をもらして停まり、ピンという音とともにドアが開いた。通路を進んで、少しずつ仕事へと近づいていく。夜間の清掃員はまだ来ていない。花瓶の花がしおれ、床には重い物を引きずったらしい跡があった。

明日の朝には元どおりぴかぴかになる。この感覚、人に世話してもらえる部分があるということが、ニコールにはありがたかった。

通路のなかほどにあるオフィスの前まで来て、立ち止まった。自分の聖域に早く入りたいのに、強力な磁石に引き寄せられるように、つい反対の左側のドアを見た。

輝く真鍮製の標識に〝ワードスミス〟ではなく〝レストン・セキュリティ〟とあるだけで、自分のオフィスとまったく同じドアだった。

手を伸ばして、なめらかでひんやりとした木の板に触れた。

サムのオフィス。明日の朝になったら、このドアの向こうにサムがいる。

いま呼び鈴を押すと、ドアが開いて……そのあとは？　それからの数分については、まったくの空白だった。なんと言ったらいいのかしら？　謝ればいいの？

ごめんなさい、サム。怖くなってしまって。あなたにどう向きあったらいいか、わからなかったの。

許してもらえるだろうか。

ニコールはとても疲れていた。昨夜から今日のことだけが、原因ではなかった。日々難題と格闘することに疲れていた。そのせいで心のなかの境界が崩れ落ち、素のままのニコールが身を守るすべもなくむきだしになっていた。

頭を垂れて、何分間かドアに手をつけたまま、自分が明日サム・レストンに再会するのを楽しみにしているという事実と折りあいをつけた。彼が喜んで分け与えてくれる熱気と力強さを吸収したい。

明日。明日には人生が様変わりするかもしれない。けれど、今夜は働かなければ。

いくらか気分がよくなった。自分のオフィスのほうを向き、鍵穴に鍵を差しこんでドアを押した。なかに入り、閉まるドアを背中にして明かりのスイッチを手探りする。

突然、何者かにつかまれて、乱暴に壁に叩きつけられた。息が切れ、鋼鉄製の冷たい棒がこめかみに押しつけられた。切れたこめかみから血が頬を伝って、顎からしたたった。

息ができないうえに、暗くてなにも見えない。

耳元に吐息がかかり、悪意に満ちた小声がした。「大声を出したら、頭を吹き飛ばす」

# 9

サムにだって、遅くまでオフィスに残るなど愚の骨頂だとわかっていた。仕事は手につかないし、快適な自宅が待っている。だが、隣にニコールがおらず、話しかけることができないと思うと、胃が締めつけられた。まだ彼女のにおいがするだろうか。シーツには残っているはずだ。そう、あんなにシーツに押しつけていたのだから、においどころか、味わいまで残っているだろう。それなのに彼女なしで帰ったら、行き場のないことを寂しがるムスコを抱えて、リビングをうろつかなければならない。

それにしても、いつかは帰らなければならない。ハリーとマイクの目が光っている。夜中までここにいたら、連れにくるだろう。そして酒場に引っぱりだされ、酒を飲まされて、うちまで運ばれるのがおちだ。

いや、それも一計かもしれない。そう、ばかに徹してみるとか。たとえば酒場で女を引っかけてセックスしたら、頭のなかからニコールを追いだすきっかけになるかもしれない。

いや、やっぱり無理だ。まったくそんな気になれない。

それにしても、えらいことになった。別の女を抱くことを考えても、ペニスがぴくりともしないとは。あえていえば、ぶるっと震えて、金玉が縮みあがったくらいだ。もしペニスに口がきけるなら、ニコールでなければだめだと言うだろうが、向こうはこちらを避けているのだから、悪い冗談としか言いようがない。

昼過ぎになってようやく、彼女の職場や自宅に電話をかけるのをやめた。電話が取り外されていたからだ。携帯も切られたまま、サムは立ち往生していた。

マイクはウジ虫ふたりをびびらせるという任務を終えると、報告に立ち寄ってくれたが、ニコールに関しては頑として口を割らず、サムが彼女のようすを尋ねると、「きれいだ」と答えた。

ああ、そうだな、マイク。ニコール・ピアスがきれいなことくらい、よく知ってるんだ。

ニコールは父親を心から愛している、ともマイクは言った。

それきり口を結んで、サムにやきもきさせた。

いまサムは大きなデスクについていた。大きくてぴかぴかで豪華な成功のシンボルは、やはり成功のシンボルである大きくてぴかぴかで豪華なオフィスによく似合う。そしてサムは、この人生で思いがけずに与えられたものをつくづく考えた。

十八歳の誕生日、サムに法的な拘束力を持つ人物がいなくなったその日から、欲しいものはすべて手に入れてきた。簡単なことではなかったし、とくにＳＥＡＬに入るのには苦労したけれど、本気で願い、努力と知性と根性で手に入るものなら、それはサムのものとなった。これと決めた目標は、かならず達成してきた。

それが今回にかぎってうまくいかず、眼前に失敗を突きつけられている。これまでニコールほど欲しいものはなかったのに、彼女は手をすり抜けてしまい、取り戻すにはどうしたらいいのか、いっこうにわからない。

このまま息絶えてしまいそうだ。黒い穴のなかに沈みこみ、手がかりさえ見つけられない。

サムはとびきり坐り心地のいいデザイナーズチェアに身を沈めた。六千ドルもしたので、買うときは二の足を踏んだが、インテリアコーディネーターはこれでなければだめだと譲らなかった。

情けない。おれは泣き言を言っている。マイクとハリーがいなくてよかった。自己憐憫（れんびん）に陥るなと、根性を叩きなおされていただろう。

だがこれまでなにかを目標にしたときは、それを達成するためにどうしたらいいか、ちゃんとわかっていた。必要なのはつねに努力と意志の力で、それなら確実にあった。

だがニコールとのことは、BUD／Sを終えることや、銃撃戦で生き残ること、会社を興（おこ）すこととは、勝手が違う。謎めいた心を持った女であり、そうなると、サムには道筋が見えなかった。霧のなかで、道を見失ったようなものだ。

なにをするにも迷わずにいられなかった。電話すべきか、しないべきか。朝のあいだじゅう、彼女に電話をかけていたのだから、これは万にひとつの目もない。

電話作戦はうまくいかなかった。

ニコールはなにを求めているのだろう？　どう近づいたらいい？

花を贈ろうか。どんな花？　床屋で順番を待ちながら、バラは終わったという記事を読んだことがある。バラを喜ぶ女などおらず、贈った男の想像力の貧しさを露呈するだけだと。だったら、なにがいいんだ？　頭のなかにあるバラ以外の花を探ってみたけれど、浮かんできたのはヒナギクだけだった。ヒナギクってのは墓地を連想させるんじゃないか？

自分で自分がわからなかった。こんなのはおれじゃない。おれは……ためらっている。ためらうサム・レストン。ためらいなど、柄じゃなかった。サムは行動の人だった。

今夜だけはそうもいかないらしい。サムはため息をついた。彼女の自宅を訪ねたら、さらに遠ざけられるし、重病の父親が寝ていたら、邪魔をすることになる。ニコールの父親のような状態になった人は、はじめて見た。いつ敷居をまたいで死者の世界に入ってもおかしくない。以前のサムにとって死は身近な存在だったが、その死は銃弾の形をして訪れ、損なわれるのは健康な若者の肉体だった。

そうとも。もし、ニコールの父親が寝ていたり、具合が悪くなっていたりしたら、呼び鈴を鳴らすことでニコールの不興をかうだろう。唯一はっきりとしていること、鈍感な頭にもはっきりとわかることは、ニコールが父親を愛していて、なによりも最優先していること、そしてその点は変わらないだろうということだった。

それでますます彼女への敬意が高まるのだから、救いようがない。

どうしたものやら。ひょっとしたら、やっぱりプランAがいいのか？　そう、マイクとハリーといっしょに大酒を食らおうか。

そうだ、それなら——

サムは全神経を張り詰めた。L字型をしたデスクの短いほうにモニターをならべ、そのひとつにはドアの外の通路が映しだされていた。一時間半ほど前にそのモニターの映像が一瞬途切れ、早急に修理しなければと記憶にとどめたところだった。ニコールならフランス語ですぐに（トウー・ド・スュイット）と言うかもしれない。

そのモニターにドアのすぐ前に立つニコールが映っていた。不安げで、やつれていて、まぶしいほどに美しい。細長い手を伸ばして、サムのオフィスのドアに触れている。

それでいいんだ、ハニー。サムは心のなかで言いながら、立ちあがった。さあ、ドアをノックして、おれの腕に飛びこんでこい。また続きをしよう。

ニコールのほうもそうしたがっているのが伝わってきた。けれど、やがて回れ右をして、モニターから消えた。ワードスミスのオフィスに入ったのだ。

こんちくしょうめ。

まあいい、彼女はそこにいる。こうなったら明日まで待っていられない。彼女の美しくも複雑な頭のなかでなにが起きているか知らないが、五分もしないうちに探りだしてやる。

サムはオフィスに鍵をかけ、通路を横切った。

ドア脇の呼び鈴を押そうとして手を止め、身をこわばらせた。

なんだ？

なにを言っているかわからないが、低い男の声が聞こえた。ぬかった！　ありとあらゆるシナリオを検討したつもりだったけれど、彼女に交際相手がいる可能性はちらりとも浮かばなかった。だが、もし彼氏がいるのなら、なぜディナーの誘いを受けたんだ？　さらにはベッドにまで。

頭をめぐらせ、よく聞こえるほうの耳をドアに向けた。やはり男の声がする。まちがいない。サムはセメントで固められたようにその場に佇み、この事実を処理しようとした。ニコールがほかの男といる。

そのとき、甲高い悲鳴が聞こえた。その声を聞いたとたんに、かつて兵士として受けた訓練と実戦経験のいっさいが吹っ飛んだ。それはサムの石頭に、もっと石頭の男たちによってくり返し叩きこまれた絶対の教えだった。すなわち、戦闘状況にあったら、やみくもに突っこんではならない。いまサムがしているようなことを訓練でしたら、大目玉を食らう。

もし頭が使えて、いまのようにニコールが傷つけられるおぞましいイメージでたちまち恐怖でいっぱいになっていなければ、自分のオフィスに戻っていただろう。たっぷりと武器の入った銃器庫からグロック19を出してきて、銃弾が装塡されていることを確かめ、敵を殺さなかった場合に備えて拘束具を準備し、ニコールの位置を知っておくため熱線暗視装置を使い、そこでようやく実際に現場に乗りこむ。

そして何秒かかけて頭のなかにシナリオを描いただろう。これまで何千回とやってきたことなので、仲間なしの単独行動ははじめてにしろ、いともたやすく思い描けたはずだ。

なかから聞こえる男の声はひとつきり。それがどんな男だろうと、戦いを挑んだはずだ。

訓練によれば、こういうときは事を急いではいけない。準備をして、適切な道具をそろえなければいけない。

だが、訓練などくそ食らえだった。怒りにかられた男がわずか一分のあいだに女をどんな目に遭わせられるか、サムほど知っている人間はいない。折れた腕、折れた顎。叩かれすぎてぼろぼろになった肝臓……どれも子ども時代に見てきた。

サムは昨夜、ニコールの体に隅々まで触れた。無駄のない引き締まった体だけれど、護身術の心得がある人ならついている筋肉がついていなかった。ていもなくやられてしまう。

ふたたびニコールが悲鳴をあげた。サムは混じりっけなしの痛烈な恐怖に後押しされて動きだした。一瞬にして解錠して、部屋のなかに飛びこんだ。なんたることか。最悪の悪夢が待っていた。

武装した男がひとり、ニコールの首に腕をまわして、頭に拳銃を突きつけていた。どちらもふり向いた。そのときのニコールの顔は、一生忘れられそうにない。必死に身をよじっていたニコールは、サムを見るや、喜びと希望に顔を輝かせたのだ。銃口を突きつけられていたこめかみから血がしたたっていた。

「サム！」苦しげに叫び、とっさにこちらに来ようとしたものの、彼女を抱えている男がすぐに引き戻した。

「おっと、そこまで」男はニコールの首にかけた腕を引いた。「そこから動くな」サムは男から言われて、立ち止まった。この野郎！ ふたりは壁際に立っていた。あいだにデスクがあるので、飛びかかることはできない。男はキンバー１９１１を抱えている。安全装置は外され、指はトリガーガードにかかっている。銃器の扱いに慣れた男だ。そして、必要とあらば迷わず使うことにも。

「おまえ、何者だ？」男はニコールの首にかけた左腕をさらに引き、肘の内側を喉にあてがった。苦しそうなニコールの息遣いが聞こえる。その腕の使い方に見覚えがあるサムは、男をむやみに刺激しまいとした。あれなら一瞬にして首をへし折ることができる。前腕を持ちあげて、銃を持った手で左に押せば、華奢な首の骨はひとたまりもない。サムもあの方法で首を折ったことがある。相手は息絶えて地面に転がった。

　恐怖で血管がちりちりする。ごまかしのきく半端な物取り強盗ではない。特殊な訓練を受けた工作員（オペレーター）だ。サムは弧を描いて左に移動したが、男とはデスクと来客用の椅子で隔てられていた。

男がニコールを揺さぶる。「何者かと訊いてるんだ。答えないと、このきれいな机に女の脳をぶちまけるぞ」

まいった。頭を撃ったらどうなるか、よくわかっていた。そんな場面を思い浮かべないように、ありったけの自制心をかき集めた。頭のあった部分に赤い靄がかかり、ニコールは床に倒れる。

時間だ。時間を稼がなければならない。サムは両手を挙げた。ほら、武器はないぞ。実際そのとおりなのだから、しゃれにならない。ナイフすら持っていない。「サム・レストンだ」

「そうか、レストン」男はニコールを少しだけ揺すった。「じっとしてろよ、売女」男の黒い瞳が鋭さを増した。「向かいのオフィスにいるのはおまえか?」

男から目を離すことなく、サムはうなずいた。ニコールは訴えかけるようにこちらを見ているが、あえて彼女を見ないようにして、男のささいな動きも見のがすまいと、体じゅうの全細胞を集中させた。いま必要なのは、ほんの一瞬の間、ごくわずかな隙だった。

それにしても優秀な男だ。動くにも警戒を怠らず、必死でもがく女を抱えているのに、平然としている。ニコールを引きずり、弧を描いてドアに向かっていた。

彼女の胸が空気を取りこもうと、苦しげな音をたてている。唇が紫色に変わりつつある。「そのままだと窒息死する」サムは男の目を見て、小声で淡々と言った。「少しゆるめろ」

男は答えようとしなかった。部屋の奥に向かって首を振った。「机の向こうにまわれ。腰掛けて、机に両手をつくんだ」

サムはすぐには動かなかった。ニコールが白目をむきつつある。この際、一か八か体当たりしてみるか？　このまま首を絞められたら、あと数分でニコールは事切れる。いま襲いかかれば、彼女に向いている銃口を自分のほうに向けられるかもしれない。頭さえ狙われなければ、銃弾を受けてもやつの首をへし折るぐらいの時間は生きていられるかも……。

「さっさとしろ！」

だが、頭を狙われるかもしれない。そのときは即死し、ニコールはいいようにされてしまう。こちらに命さえあれば、ニコールには助かるチャンスがある。サムはデスクの奥に移動して、椅子に腰掛けた。

「机の上に両手を出せ。指を広げて、手のひらをつけとけ」

ナイフがないのが悔やまれた。拳銃よりも、むしろナイフのほうが得意だった。軍用ナイフさえあれば、一秒とかけずに目と腎臓を刺してやれる。男はあっという間に死んで転がり、ニコールの頭部に銃弾を撃ちこめという指令は最初のシナプスにすら達しないだろう。

だが、実際は丸腰だった。手と脚は武器になるが、それにはまず男に飛びかからねばならず、この状態だとそれができない。

男はニコールを引きずりつつ、ドアに近づいていた。静かな室内に彼女の苦しげな息遣いが大きく響く。足は引っかかりを求めてばたつき、かかとが男の足首に当たっている。それでも男は眉ひとつ動かさない。サムは男の足元を見た。戦闘靴をはいている。ニコールは男を蹴って痛めつけようとしているけれど、男のほうはそれすら感じていない。

その調子だ、ハニー。彼女は酸欠状態で気絶しそうになりつつも、まだ戦っている。

ふたりがドアにたどり着いた。ニコールを連れて逃走するつもりだろうが、暴れたり叫んだりする女連れでは、遠くまでは行けない。すぐに追いついて……。

サムは頭のなかでとり得る選択肢を検討した。どれもぱっとしない。と、男がニコールの首にまわしていた腕をゆるめた。彼女を抱きかかえるや、九階のオフィスにある大きな板ガラスの窓に向かって投げつけた。

「ハニー、ハニー、頼むから起きててくれ。もう行かないでくれよ、いい子だから。さあ、おれを見て。そうだ、そのきれいな青い瞳を開けてくれ」

ごつい指に頬をつつかれていた。わずらわしい。ただただ眠りたいというのに、なんてしつこいのかしら。頭の奥にあったかすかな記憶が、この間、意識を失ったり取り戻したりをくり返していたのだと告げていた。

あお向けになって、誰かに膝枕をされている。知っている人みたい……。

つぎにつつかれたとき、ぱっと目を開いた。がっしりした顔立ち。引きつった顔の口元には、深い皺が刻まれている。

「サム?」かすれたささやき声しか出なかった。しゃべると喉が痛い。唾を呑むのも苦痛だ。

「ああ」サムの声もしゃがれていた。「ああ、おれだ」

「いったい――」ニコールは首に触れた。ああ、痛みがある。「なにがあったの?」

上にあるサムの顔は厳めしくて、ストレスで小鼻がつままれたようになっている。顔色が悪いのもストレスのせい。十歳は老けて見えた。

「何者かがオフィスできみを待ち伏せしてたんだ、ハニー。やつはきみを傷つけた。おれが入ってきたときには、きみの頭に銃を突きつけてた。最後にはきみを投げて――」サムの口元がひくつく。「きみは九階の窓から投げ落とされかけた」そして目をつぶった。「おれの心臓はあやうく止まりかけた」

ストロボでもたいているように、ニコールの脳裏に数々の場面が閃光を放って花開いた。こめかみに押しつけられていた銃口。首にかかっていたがっちりとした腕。容赦なく締めつけてきて、空気を遮断した。サムはどう猛な顔つきのまま動かず、ただ男をにらんでいた。ネズミを狙う猫のように。

男に抱きあげられ、四肢をばたつかせながら宙を飛んだ。そして、すんでのところでサムに抱きとめられた……。

「どこに――」ニコールは頭に手をやった。こめかみの血は乾いていた。「男はどこへ行ったの？ 捕まえたの？」

「いや」サムが激しく歯ぎしりした。エナメル質がこすりあわされる音が聞こえる。「きみを抱きとめるのがやっとだった。ここの窓はただのガラスで、防弾仕様になってない。九階下まで落ちるとなったら、長い道のりだった。よかったよ、どんな旅になるか、知らずにすんで」

ニコールはサムの腕のなかで身じろぎし、うめき声をもらした。全身が筋肉痛のようになっている。窓からは落ちずにすんだけれど、家具にぶつかったのはまちがいなかった。

「シーッ」サムから抱きしめられた。「じっとしてろ。いま救急隊がこちらに向かってる。警察もだ。あと少しだからな」

ニコールは手探りをして、サムの手を見つけた。「そう、よかった」眠気混じりの声で言った。まぶたが下がってくる。全身がずきずきして、ぐったりと疲れていた。「少しだけ目をつぶらせて」

わずらわしい指に頬をつつかれて目を覚ますと、オフィスのなかは光と人と物音でいっぱいだった。サムに背中を支えてもらって上体を起こした。頭がふらつかないのに気づくまでに、少し間があった。

「マダム？」目の前にぬっと若い顔が現われた。細面で、髪を短く刈りこみ、賢そうな目をしている。その男はサムに視線を投げた。「少し場所を空けてもらえませんか。これじゃ仕事ができませんよ」

サムはいかにも渋々といったようすで、ニコールから離れた。

救命士は彼女の目に光をあて、脈を取った。

「ストレッチャーに固定しなくていいのか？」サムが尋ねている。あまり遠くには行かず、傍らにしゃがんでいた。

救命士が皮肉っぽい目つきでサムを見た。「ぼくが診察をはじめたときには、起きあがってたんですよ。脊髄をやられているとしても、いまさら手遅れです」

サムが目をつぶって、顔をしかめた。「そうだな、考えてなかった」

ニコールは手を伸ばして、サムの手を握った。「いいのよ、サム。ひどい怪我はないわ、ほんとうに」

サムは救命士に言った。「彼女は投げ飛ばされたんだ。奇跡的に窓から落ちずにすんだが、本棚にぶつかったから、内臓に損傷を負っているかもしれない」

奇跡といったらサムのことだ。自分が窓を突き破って九階下まで死に向かってまっ逆さまに落ちる寸前に、つかまえてくれた。それを思うと、体に震えが走った。

救命士が脈をとって目に光をあてているあいだに、ニコールは体の内側に意識を向けた。内臓を傷めているだろうか？

窓に向かういきおいの大半は、サムが体を張ってそいでくれた。ただ肩と背中を本棚にぶつけた衝撃で、体から空気が押しだされた。十歳のときブランコから落ちたときと同じだった。あお向けになってギリシアの抜けるような青空を見つめていたときの、あの恐ろしさは、いまも記憶にある。動くことも、息を吸いこむことも、できなかった。

ほんとうに恐ろしかったけれど、一分もすると立ちあがり、十分後には友だちといっしょにまたブランコに乗っていた。それきりいまのいままで、ブランコから落ちたことなど忘れていた。

今回も思いきり空気を押しだされた。肩には痛みがあるし、皮膚が弱いので、ひどい痣ができるだろう。数日後には、黒と緑を中心にして痣で肩が虹色に染まる。

けれど、それだけのこと。ニコールはひとつ深呼吸した。まったく痛みはなかった。動揺はしている。男がオフィスに押し入り、頭に銃を突きつけられた。心の底から怯えて当然の状況だ。それに疲れているのは、三十六時間、ほぼ眠っていないからだった。それでも、内臓はなんともない。

また男がひとり入ってきて、隣にしゃがみこんだ。見知った顔――警官のマイクだ。

サムがしかめ面になった。「ここでなにしてやがる?」

「言葉は独り歩きするもんだぞ、兄弟。そして警官はジャングルに鳴り響く太鼓の音を拾って歩く。ハリーも来てる」

サムが頭をめぐらせた。マイクの後ろに、苦痛が皺となって刻まれた背の高い男がしゃがんでいた。顔は病的に青白く、大柄なのに痛々しいほど痩せている。病気か怪我でやつれたらしいことが、ニコールにはすぐにわかった。

救命士が立ちあがった。「いいでしょう。生命兆候（バイタルサイン）に問題はありませんが、経過観察のため病院に搬送しますからね、マダム。脳震盪（のうしんとう）を起こしていないのを確認するため、ひと晩泊まってもらいますよ」

「いやです」ニコールは平然と答えた。

ドア付近の人を手招きしていた救命士が、その声を聞いてふり返った。「いや？」はじめて聞く言葉のように、鸚鵡（おうむ）返しにした。

「ええ、いやです。絶対に病院には行きません」ニコールは放射線治療を受ける父のため、二カ月間休みなく病院に通った。病院のドアをくぐってホルマリンとアルコールのにおいを嗅ぐのを想像しただけで、むかむかしてくる。

病院など必要ない。怖くて縮みあがってはいても、たいした怪我はないし、病院にいたところで、気分はよくならない。「自分のことはわかっています。空気が押しだされただけのことです。軽い打撲はあるけれど、内臓はなんともありませんから」

サムの顎の筋肉がぴくりと動いた。それこそ嚙んで含めるように言った。「脳震盪の可能性はある」その一音一音が、赤く熱されたペンチで引っぱりだされるようだった。

「かりに脳震盪だとしても、病院に入ってどうかなるものではないわ」実際は脳震盪でもない。頭は打っていないのだから。痛むのは筋肉で、頭ではない。

「だったら、おれとうちに来い」サムは血の気にはやっているような、頭ごなしの口調で言った。「あやしいと思ったら、すぐに病院に運ぶ。交渉の余地はないぞ」

いつものニコールは猫と同じで、人の指示は受けつけない。ふつうの状況なら、なにはなくとも自尊心ゆえに、サムの誘いを蹴っていただろう。けれど、サムと彼の家に行くのは、いい考えに思えた。自宅に戻れば、夜勤の看護師がいるし、場合によっては父と顔を合わせなければならない。父には痣だらけで怯えている姿を見せたくなかった。

サムの家に行き、その腕のなかで数時間眠る。天国へ誘われているようなものだ。

「わかったわ」小声で言った。「決まりよ」

かかってこいとばかりに脚を広げて身構え、いかにも喧嘩腰にしていたサムが、目をしばたたいた。拍子抜けしたらしい。少し緊張を解き、ニコールから目をそむけることなく、うなずいた。「決まりだ」

「よろしいですか、マダム？　わたしはケリー警部補。いくつか質問があるんだが、答えられますか？」ニコールはマイクの隣にいる男を見た。ケリー警部補は長時間の勤務が明けた直後のようにぐったりしていた。長身で太ってはいるものの、とても健康そうだ。よれよれになったグレーのスーツが、こめかみの白髪によく合っている。

ニコールが首を無理にひねって見ていると、ケリー警部補が自分をまわりこんで来客用の椅子を一脚、運んできた。アンティコ・フィオレンティーノ社の緑色のブロケードを張ったルイ四世時代の椅子で、とびきり美しくて華奢だった。ケリー警部補は自分の重みで亀裂が入るのを恐れるように、そっと腰掛けた。ニコールも二脚組のもう片方に腰掛け、警部と向かいあわせになるよう椅子を動かした。ふたりの膝がくっつきそうだった。

サムも別の椅子をニコールのすぐそばまで引っぱってきて、腰をおろした。

ケリー警部補が前かがみになり、すり切れたノートを手にして、両肘を膝についた。穏やかに尋ねられるまま、ニコールは名前と自宅およびオフィスの住所、それに携帯電話の番号を教えた。

「なにが起きたか、お話しになるつもりはありますか、ミズ・ピアス?」

「ええ、もちろんです」ひとつ深呼吸して、頭のなかを整理した。「今日は、あの、出社しなかったんです。それは、あの、あまり体調がすぐれなくて、自宅で仕事をして……いえ、仕事をしようと」隣にいるサムから実際に振動が伝わってくる。警部補は痣のように見える灰色の瞳をニコールにすえ、注意深くようすをうかがっている。どうかこの人に読心能力がありませんようにと、願わずにいられなかった。今日職場に出てこなかったほんとうの理由を知られたら、この場で頓死(とんし)してしまう。そう、かつて経験のない激しいセックスに動揺したからだなんて。ああ、もう。

ケリー警部補は黙ってうなずいた。手帳になにやら書きこんでから、ニコールを見て、続けて、と目頭で伝えた。いらだちは見せないけれど、先をうながす言葉が宙に浮いて見えるようだった。

ああ、疲れた。ふいに疲れが波となって襲いかかり、体から力が抜けた。自分の膝に目をやると、怖くなった。手が震えている。気づかれまいと、両手を握りしめた。

警部補は気づいた。

サムもだ。

サムが手を伸ばし、握りあわせている両手に大きな手を重ね、震えをおさめてくれる。だが、いまや震えは全身に広がっていた。寒気がして、骨まで冷えきっていた。

「ああ」がちがちいう歯を止めようと、顎に力を入れた。「す、すみません。わたし、どうしてこんなことに」

「アドレナリンが大量放出されたせいだ」と、サムは握っている手に力を込めた。その手がとても温かく感じる。

ケリー警部補がうなずいた。「じゅうぶんに考えられることですね、ミズ・ピアス。恐ろしい体験をされ、それに体が反応してるんでしょう。署でうかがいましょうか。なんなら明日でもいい」

「いえ、いまにしてください。犯人を捕まえてほしいんです。犯人が捕まって、法が許すかぎりの厳罰に処せられることを願っています。不法侵入だけではなく、暴行でも」ケリー警部補はサムを見やった。男ふたりのあいだで、意味深な短い目配せが交わされた。

「なんなんですか?」ニコールは腹を立てた。「捕まらないと考えていらっしゃるの?」怒りで寒気が吹き飛んだ。あの男はニコールの空間を侵犯し、ニコールを脅した。自分を死ぬほど怖い目に遭わしたのだから、逮捕して塀の中にぶちこんでもらいたい。そう、九階の窓から自分を外に投げ落とそうとした。

「ともかく、うちとしては最善を尽くします、マダム」警部補はやんわりと応じると、手帳を見おろした。「それで……今日はご自宅で仕事ができなかった、と。だから夜になって出社したと、そういうことですか?」

「はい、そういうことです」ニコールは平静を取り戻した。あの恐ろしい男を逮捕させたければ、自分の感情を抑えて、できるかぎりの情報を警察に提供しなければならない。

しゃんとなさい、ニコール。姿勢を正して、震えを止めようと気合いを入れた。両手を包んでくれているサムの手は、小さな炉のように温かい。そのぬくもりに意識を集中するうちに、混乱がおさまってきた。

「何時に部屋に入ったか、わかりますか?」警部補は手帳に顔を伏せたまま言った。髪を短く刈りこんでいるので、頭皮が透けて見える。

「いいえ、わかりません――」言いさして、口を閉じた。「ちょっと待ってください。エレベーターを降りたのは、九時五分ちょうどでした。通路の突きあたりにある大きな時計を見たんです。デジタル時計ですから、正確な時刻がわかります。だとすると、オフィスに入ったのは九時六分ぐらいだと思います」サムをちらっと見る。「今夜は鍵を忘れないように気をつけていました」

サムはにこりともせずにうなずいた。

「それで、鍵を使ってドアを開けたんですね？」なにを書いているのか知らないが、警部補はしきりにペンを走らせていた。

「はい。あの、そうです、鍵を使ってドアを開けて――あ！」ニコールが声を上げると、室内にいたほかの男たち――指紋採取係も、救命士も、サムの友人のハリーとマイクも――顔を上げた。「わたし、なんてばかなの？　うっかりしてました。オフィスを出るときは、いつも鍵を二重にかけていくんです。かならずです。ですが、今日は鍵を一度しかまわしませんでした。もうひとつのデッドボルトのほうは――」

「なかに何者かがいて、きみはそこへ飛びこんでしまった。どうかしてる。利口な人間のすることじゃない。殺されていたかもしれないんだぞ」サムは非難がましい顔でつけつけと言った。さらなる悪態を嚙み殺している証拠に、顎の筋肉がぴくついている。たぶん、アホ、ぼけ、カスといった言葉が口のなかで転がっているのだろう。

どうせ利口じゃなかったわよ。ニコールはサムに言い返したかったけれど、彼の言うとおりだ。もう少し注意していれば、すぐに引き返していただろう。けれど、これは注意を払うような対象ではなかった。このごろは父のことや仕事のことで頭がいっぱいで、ほかのことまで考えられない。注意を払うべき範疇から大きく外れていたのだ。

それに、疲れきっているうえに、サムへの思いが自分でもわからずに混乱していて、父のことも心配だった……だから、なにを盗むつもりだったか知らないけれど、オフィスに侵入していた男のもとへ突入してしまった。

「サム、落ち着け。いまとやかく言ってもしかたがない」警部補はサムを一瞥した。男どうしで相手を抑えつけたいときは、こんな目つきになる。「さて、マダム」あらためてニコールを見た。「では、デッドボルトがかかっていなかったことに、気づかなかったんですね」

「ええ、まったく」ああ、恥ずかしい。独身女性が自分の身の安全にこれほど無頓着であっていいわけがない。「すみません。片付けなければならない仕事のことを考えていたので、そこまで気がまわらなかったんです。だから、鍵を開けて……そのあと、明かりをつけようとしたら、壁に叩きつけられました。頭に銃を突きつけられて、騒いだら撃つと脅されたんです」

震えが走った。サムがかがんで髪にそっと口づけし、ささやきかけた。「だいじょうぶだ。いまはもう心配いらない」

マイクとハリーが目を見交わした。

「怖かった——とても。怖かったし、息が止まりそうでした。息をすることも、考えることもできなくて。恐怖に目がくらみ、どうしたらいいかわかりませんでした」

完全なる無力感――この感覚は、死ぬまで忘れられそうにない。相手のほうが強く、その力ゆえに相手の好きなようにされるしかないとわかった。いたいけな獲物のような気分にさせられたことなど、二十八年間生きてきて一度もなかったし、二度と味わいたくなかった。

サムを見た。「護身術を教えて。相手の首をへし折る動きをすべて。首が無理なら、せめて腕を折るとか」そこでしばし考えた。「そうね、銃の撃ち方も知っておいたほうがいいかもしれない。もう二度と無力感を味わいたくないの」

サムは目をつぶってうなずいた。ふたたび目を開くと、ニコールを見すえた。「お安いご用だ。護身術の集中講義をしてやる。いくつか試して、一番きみに適した武術を探そうな。それと銃器の扱い方……」

「ナイフもよ」あの男の腹にナイフを突き刺してやれたら、どれほどせいせいするだろう。金玉を切り落としてやってもいい。「ナイフの使い方も教えて。大きいナイフがいいわ。大きくて黒いナイフ。一瞬で心臓に達するナイフよ」そして、『トゥーム・レイダー』のララ・クロフトよろしく、太股につけた鞘(さや)にナイフを入れて持ち歩くのだ。

「わかった、ナイフもだな。いいとも」そのときはじめて、サムの口元に笑みらしきものが浮かんだ。彼は深々とうなずいた。

ニコールもうなずいた。たぶん訓練などしないだろうけれど、その気になれば訓練ができ、訓練すれば女戦士になれると思えるだけで、とりあえず気持ちが慰められた。

警部補はメモ書きに没頭している。ベストセラーでも書くような集中ぶりだ。「それで、どうなったんです？」

「男が――明かりをつけました」

それを聞いて、警部補が顔を上げた。「男の顔に見覚えは？」

「ありません」きっぱりと答えた。「一度も見たことのない顔でした」

「特徴を教えてもらえますか？」

ニコールは目を閉じた。すべてがいちどきに起きた。「あの、あまり長いあいだは見ていないんです。短い茶色の髪、明るい茶色の瞳。おかしな形の黒いジャンプスーツを着ていて」考えこみ、肩をすくめる。せいぜいそれくらいだ。「面通しさせてもらえば、わかると思います」たぶん。恐怖に縮みあがっていたので、パニックで記憶に空白ができている。

そこで警部補はサムに視線を移した。

「百八十センチ弱、九十キロ、髪瞳ともに茶色、ノーメックスのタクティカルウェア、戦闘靴、戦闘ナイフとキンバー１９１１を携帯、ベルトには弾倉三つ、ラテックスのグローブをはめていたから、たぶん指紋は見つけられない。大慌てで逃げていったが、ひょっとするとうちの監視カメラに顔が映っていて、ＦＢＩの人相認識プログラムでヒットするかもしれない」サムはふと眉根を寄せた。「そういえば、七時半と九時少し前の二度、うちの監視カメラの映像が途切れた。そのときはなにも思わなかったが、ひょっとすると犯人が——」

「レーザーライトだ」ハリーとマイクが同時に声をあげた。

警部補がうめいた。「工作員（オペレーター）か」

「そう」サムが相づちを打った。「工作員だ。侵入、脱出ともにみごとだった」

警部補は膝に肘をつき、疲れた目つきでニコールを見た。「つまり、あなたのオフィスに侵入したのはプロだったわけです、ミズ・ピアス。問題は犯人がなにを探していたか？」

ニコールは首を振った。難問中の難問だ。「見当もつきません。ただ、犯人がなにかを探していたのは確かです。ずっと〝どこにあるんだ？〟と、言っていましたから」遠慮がちに咳払いをした。「〝くそったれ〟と悪態をつきながら。なんのことだか、わたしにはわからなくて、そう言おうと思ったのですが、拳銃をさらに強く押しつけられてしまって」

男たち全員の視線がニコールのこめかみに集まった。「ご心配なく」誰にともなく言った。「皮膚が切れただけですから」

サムが苦々しげに目をつぶった。

「侵入者はなにかを探していた。それはなんでしょう？　ここにあるきれいな小間物が目当てではなく、なにか特別なものです。なんでしょう？」警部補は質問を重ねた。

ニコールはなすすべもなく肩をすくめた。「想像もつきませんけれど、水彩画や銀器ではないでしょうね」オフィスにすてきなものがあるのは確かで、代々受け継がれたいい家具もふたつ三つあるし、スターリングシルバーのペンホルダーや、アールデコの革製デスクセットも置いてある。ただ、どれも魅力的ではあるけれど、売ってもたいした値打ちはない。美しいとはいえ水彩画は母が描いたもので、いくら才能があっても、母は展示会を開いたことがなかったから、市場ではまったく値がつかない。つまりこの部屋にあるものは転売しても無価値で、例外はデスクくらいだった。だが、デスクを盗みに入る泥棒など、どこにいるだろう?

「盗まれたものはありませんか?」警部補が尋ねた。

ニコールはオフィスを見まわして、首を振った。

「確認してもらえますか?」

ちゃんと立てるだろうか? やってみると、椅子から立てた。隣のサムも立ちあがり、室内を歩いてまわるのについてきた。抽斗を開けて、なかをじっくり見た。サムは体の熱を感じるほど近くにいた。

かなりしてから、警部補の前に戻った。

「やはり、変わりありません。時間がなかったのかも……」ふとコンピュータが目に留まり、言葉が途切れた。ニコールは小首をかしげた。デスクトップは仕事に使っている専用のテーブルに置き、クライアントとの商談に使っているデスクには、ラップトップしか置いていない。デスクトップで作業するときはキャスター付きのノールの椅子を使っているが、その椅子がテーブルから引いてあった。「変だわ」

男全員が彼女を見た。

ニコールは近づいて椅子の背に触れた。テーブルから三十センチ離れている。「わたしはオフィスを出る前に椅子をしまいました。かならずそうするんです。オフィス内がきちんとしているのが好きなので。犯人の探し物がコンピュータのなかにあるってこと？」サムを見あげ、警部補に視線を移した。

サムはさっそく椅子に腰掛け、起動ボタンに手を伸ばした。ボタンを押し、やがて顔をしかめた。ニコールを見あげた。全員、コンピュータのまわりに集まっている。「犯人がコンピュータを壊していったようだぞ、ニコール」

「いいえ」ニコールは携帯用のハードディスクドライブをバッグから取りだした。「ハードディスクは携帯用にして自宅に持ち帰ってるの。ラップトップも、バックアップの入ったフラッシュメモリもよ。コンピュータがなければ食べていけないから、オフィスには残していかない。高価なソフトが入っていて、かなりの種類のアルファベットに対応できるから、なくしたくないの。それに、契約には守秘義務条項が入っていることが多いから、最低限の防備はしておかないと」

守秘義務と聞いて、警部補もサムもマイクもハリーも鑑識係も救命士も、鳥を見て興奮する猟犬のような顔をモニターに向けた。

「起動しろ」サムが命じた。

ニコールは携帯用のハードディスクドライブをスロットに差しこみ、起動ボタンを押した。静まりかえった室内にコンピュータが息を吹き返す音が響き、ワードスミスのホームページが表示された。

「パスワードを入力します」ニコールが言うと、パスワードを入力するあいだ男たちが視線を外した。ファイルは顧客と言語と翻訳者ごとにまとめてあった。男たちはそこに宇宙の秘密が埋まってでもいるように画面を見つめた。

「ここに表示されてるのはなんです、マダム?」尋ねたのは警部補だった。

ニコールは腰でそっとサムを押し、彼が立ちあがると、椅子に坐った。「説明します。ワードスミスは十の言語から十の言語に翻訳しています。英語、フランス語、スペイン語、ドイツ語、オランダ語、イタリア語、ロシア語、中国語、ポーランド語、ハンガリー語から、やはりそれだけの言語に訳すんです」ニコールはジュネーブの翻訳学校で仲のよかったエイアン・ベリーのことを考えていた。レイキャビックで画家と恋に落ちてアイスランドの銀行で勤めていたが、ほかの銀行ともども、彼女の勤めていた銀行も倒産してしまった。「経済に関することなら、アイスランド語から英語の翻訳もします。ただし、アイスランドにまだ経済があればですけれど」

ニコールは椅子の背にもたれた。誇らしかった。ワードスミスはわが子も同然。特別な存在だった。「ざっとこんなところです。業務としては複雑なことはひとつもありません」

男たち六人はあっけにとられていた。

警部補が鼻筋をつまんだ。「わたしのために、もう少し説明してもらえませんか、マダム?」モニターを顎で指し示した。「いま表示されてるファイルを見せてください。このまじゃわけがわからない。わけがわからないことには、話がはじまりませんからね。あなたのコンピュータに入っているなにかが原因で、犯人があなたを殺そうとしたのかもしれないんです」

もっともだ。コンピュータをいじったとしたら、探し物を手に入れるためにかなりの手間をかけたことになる。そして、なにかを追い求めているなら……ショックに息を吸いこみ、椅子を回転させて男たちと向きあった。「たいへんだわ。コンピュータのなかにあるものを探していたとしたら、ハードディスクはわたしの手元にあったから、彼には目当てのものが手に入れられなかったことになる。だとすると——」

「また来る」サムが断言した。ニコールは自分を囲んでいる深刻な顔を見やった。この人たちはとうに同じ結論に達していたのだ。突然冷たくなった手を膝の上で揉みしだいた。

まだ終わっていない。

サムが温かくて大きな手を肩に置いてくれた。「ただし、もう二度ときみを襲わせないからな、ハニー。おれが保証する」ニコールは彼を見あげた。励ますような笑みはなかった。

険しくて容赦のない顔つきをしている。それがかえってニコールには心強かった。「きみはおれのうちに来い。クソ——いや、犯人が捕まるまで、そばを離れるな。それでいいな？」

ふいに襲ってきたパニックで思考力が落ちていたが、ひとつだけはっきりしていることがあった。「父を置いてはいけない。父に危険が及ぶかもしれないとしたら、なおさらよ。そんなことはできないわ」

サムは頭を動かして、ニコールの目を見た。「追われているかもしれないんだぞ。お父さんまで巻きこみたくはないだろう？　きみを傷つけようとした男だ。きみのお父さんを傷つけることぐらい、へとも思わない」

ああ、たしかにそうだろう。ニコールは犯人の冷酷な命令口調を思いだした。氷から水がしたたるように、その声からは脅威がしたたり、動きにはいっさいの乱れがなかった。けちな物取りなら、状況を把握しきれずに、びくついていただろう。サムは〝工作員〟だと言っていた。つまり暴力をふるうことに慣れた男だということだ。そんな男を父に近づけさせたくないけれど、かといって……。

「父を守って」父に危害が及ぶかもしれないと思っただけで胃が締めつけられ、肩胛骨のあいだから冷や汗が噴きだした。「父をひとりで危険に立ち向かわせるなんて、できない」

「マイク？」サムが体をひねって、兄弟の顔を見た。

マイクは警部補を見た。「警部補？」

ケリー警部補はため息をついた。「ああ、ああ、わかったよ。いいだろう、ミズ・ピアスの自宅に警官をふたり派遣する。彼女の父親には誰も手出しをさせない」

「三交替にしろ」サムが注文をつけた。

警部補はひるんだ。「ああ。まったく、どこから六人も引っぱってくりゃいいんだ？――にしたって、やるだけやってみるさ。ただし、約束できるのは二日だけだぞ。二日間なにも起きなければ、それでおしまいにする。あとはなんとかしてくれ」肩をすくめた。「悪いな」

「そのあとはおれが引き継ぐ」サムは応じた。「何人か優秀なのがいる」

ボディーガードがつく。二十四時間、無期限で。どうしよう、そんなお金、どうやって払ったらいいの？ ニコールは起こるかもしれない危険な事態と確実に起こる倒産とを秤にかけながら、サムのほうを見た。口を開くより先に、サムが肩を握って小声で言った。「おれがなんとかする」

警部補は小声で携帯電話を使っていた。携帯を閉じると、マイクとサムを見た。「六人確保できた。八時間交替で二日間。これが精いっぱいだ。三十分以内に配置につく」

「あとはおれに任せてくれ」サムが言った。

ニコールが原則どおり断わろうとすると、警部補がさえぎった。「さて、問題がひとつ片付いたところで、犯人がなにを狙っているのか探ってみましょう。どういうシステムになっているか教えてもらえますか、マダム？」

ニコールはギアを切り替えた。わが子同然のワードスミスのこと。説明するには具体例を見せたほうが早い。

ニコールはフォルダをクリックした。「うちではこんなふうに仕事をしています。クライアントから翻訳すべきテキストが送られてきます。ふつうはその前にクライアントと打ちあわせて、見積もりに許可をもらっています。専門性の高さや、言語の組みあわせ――たとえばオランダ語から中国語に訳す場合は、かなり高額になります――そして緊急度によって、額が変わってきます。ですから、わたしがテキストを受け取ったときには、クライアントは見積もり額を知っていて、わたしのほうは送られたファイルがいくらになるのかわかっているわけです。スペイン語もしくはフランス語から英語への翻訳の場合は、わたしが手がけることが多いのですが、最近は仕事量が増えているので、自分で訳せないときは、モントレー語学学校にいる友人に頼みます。それ以外はすべて、知りあいの翻訳者の誰かに送ります。価格を交渉し、テキストを受け取り、適切な翻訳者を――必要な言語と専門性を備えた人を――選ぶほかに、請求書の発送といった顧客まわりの仕事もわたしが受け持ち、その対価として翻訳料の一五パーセントを手数料としてもらいます。大きな会社ではありません。まだ一年ですから。でも、成長を続けています」

警部補がうなるように言った。「ファイルをいくつか見せてもらえますか。そうだな、三日前からお願いするかな。犯人の出身地はわからないが、遠くから移動してきたかもしれない」

「にしたって、アメリカ人だぞ」サムが静かに言った。「まちがいない。たぶん元兵士だ」

「アメリカ人か」警部補がうなずいた。「そうか——三日前までさかのぼってください。何ファイルありますか？」

ニコールはファイルを日付順に並び替えて、六月二十六日まで戻り、画面を見つめながら話した。「わかりました。この三日間で二十二ファイル受け取っています。サンクトペテルブルグの旅行ガイド二百五十ページ。これはロシア語から英語への翻訳です」ファイルをクリックして開くと、男たちがキリル文字のテキストに目を凝らした。「ロシア語はあまり得意ではありませんけれど、この文書のタイトルを英訳すると、〝サンクトペテルブルグ、北国の宝石〟となります。これは翻訳料を給料の足しにしているシカゴ大学のロシア語教授にお願いしました」

別のフォルダをクリックした。「これは株式市場に関する分析レポートで、分量は二百ページ。ドイツ語から英語への依頼で、適切な翻訳者に送りました。こちらが中国語から英語に訳す文書で、中国語を英語に訳せる優秀な翻訳者は少ないので、特別料金がかかります。内容は中国における金融部門の概説。こちらはマルセイユ港の拡張計画に関する文書。依頼者のマルセイユ港湾局はむかしからの顧客なので、わたしが自分で訳します。学校を出た直後の、国連に入る前からのつきあいです」頭のなかで計算した。「すべてを合算すると、全体で約四千ページになります」

「今日は？」マイクが尋ねた。

ニコールは該当ファイルを指さした。「今朝からだと、出版社から小説の翻訳が八ページ分来ています。スペイン語から英語。十月にフランクフルトで開かれるブックフェアで海外に売りこみたいとか。ほかにブエノスアイレスの展示会用広報資料と、フランス語に訳すナパワインの短い契約書、微小外科手術に関するイタリア語の記事、ヨハネ・パウロ二世の奇跡について書かれたポーランド語の合意書があります。明日はDVDレコーダーのマニュアルを受け取る予定で、これは日本語から英語への翻訳なので、かなりの金額になります。MITの学生にまわすつもりです」椅子の背にもたれた。「以上です」

「最後に見てから、新たに届いたファイルはありますか？」

ニコールは前のめりになり、さっとキーを打った。「どうかしら……ありませんね。この間に届いたのは、契約書のコピーと、ジェノバに住む女友だちからのメールだけです。どうせまた恋人と別れたんでしょう」

静かだった。男たちの脳が思考する音が聞こえるようだった。

「軍事関連の書類を訳したことは？　考えてみると、軍隊は世界じゅうの国々とやりとりがある。翻訳業務の一部を外注してるんじゃないかと思いましてね」

「ありません。ほかの翻訳者ともども機密情報取扱調査を申請しなければならないので。前々から考えてはいるのですが、なかなか実現できなくて。でも、いずれは受けるつもりなんですよ。軍にはたくさんの仕事がありますから」

「国務省は？」

「国務省は内部に優秀な翻訳者を抱えていて、外注しません」

「産業スパイは？」

「え？」

「その内容を知ることで金儲けができるような翻訳——文書——はありませんか？　産業界の機密情報です」

ニコールは首を振った。「うちにはまだ、そういったものをやらせてもらえるほどの業務実績がないので。翻訳には定評がありますが、銃を使って盗みたくなるほどの秘密を持つ企業からの依頼となると——うちにはそういう仕事はきません。ある程度の守秘義務は負い、契約書には情報の非開示が明記してありますし、ファイアウォールは鉄壁です。ですが、真の意味で価値のある秘密を託してもいいほどわたしを信用する企業があったら、どうかしています。その気になれば、ほぼ誰にでもアクセスできる環境なんですから。いつか暗号化技術を含め、最大限の機密保持を保証する会社を立ちあげるつもりですが、その手のソフトは高いので、おのずと料金も上げなければならなくなる。それにはまだ時期尚早です」

沈黙。男たちの頭のなかで歯車がうなりをあげて動いている。

ついに警部補が沈黙を脱した。「この銀行関係の文書ですがね——いくつかは」携帯が鳴り、警部補は待てと言う代わりに人さし指を立てた。うなずきながら電話に耳を傾け、携帯を閉じてニコールを見た。「部下が配置につきました。もう父上の心配は無用です」

ニコールは深々と息をついた。「ありがとうございます」

肩に置かれた温かなサムの手が、自分も守られているのだと教えてくれる。

「ちょっといいですか」指紋を採取していた男がプラスチックの太い紐のようなものを掲げた。「これを見てください。犯人のユーティリティベルトから落ちたらしい」

男たちがそちらを見た。ニコールの肩に置いたサムの手に力が入った。

「まいったな」ハリーが言った。部屋に入ってきてから、ハリーが口をきいたのは、これがはじめてだった。

「なんなの?」ニコールがふり返ると、サムが厳しい顔をしていた。「あれはなに?」

「クソ拘束具だ」サムは口から石を吐き捨てるように言った。

「拘束具」下を向き、ニコールの目を見た。「きみに手錠をかけるつもりだったんだ」

「でも、なぜそんなこと——」ニコールは言いさして、口をつぐんだ。不法侵入者が手錠をかけたがる理由はいくらでもあり、どれひとつとしていい理由はない。

サムがうなずいた。「そうだ。こうなったら、そのクソ野郎を捕まえるため、なにをそう手に入れたがってやがるのが、クソをかき分けてでも突きとめなきゃならない」

ニコールは椅子の背にもたれた。犯人の持ち物のなかに銃のみならず、手錠まで含まれていたことに、軽いショックを受けていた。手錠があれば、苦痛もあるだろう。そして、ストレスがかかるとサムの言葉遣いが乱れることにも、うっすら気づいていた。

「銀行関係の仕事が多いようですね」警部補が静けさに割って入った。

ニコールはうなずいた。「はい、経済に強い人がたくさんいるので」

「銀行の報告書のなかに、人を殺してまで手に入れたいことが書かれている可能性はありませんか？　そうした書類には大儲けにつながる情報が含まれていることがある。誰かが数百万ドルの損失を調べているのかもしれない」

ニコールはしまいまで聞かずに、首を振りはじめた。「その可能性はないと思います。うちが翻訳している経済関係の文書の大半は、理事会の報告書といった法的要件を満たすためのものです。ヨーロッパでは、海外投資家にも読めるように、会議の内容を英語で記録するよう定められています。大金がからむような文書は、どこもうちには頼みません。小規模ですし、その手のデータを扱うには実績が足りないんです。うちの仕事は決まりきったことのくり返しです」

沈黙。

「わかりました。とりあえず今日はここまでにしましょう」警部補は表情の読めない顔で、ニコールをじっと見た。息を吐きだした。「過去三日間に受け取った全文書をわたしに転送してもらえますか？　いや、過去一週間にしよう」

ニコールは内心ひるんだが、表情は変えなかった。倫理規定違反ぎりぎりの行為で、顧客は自社の文書が外部に送られるのを喜ばないだろう。だが、相手は警察であり、警察が顧客に触れまわるとは考えられない。「ええ、わかりました。ただ、大半は外国語ですが」

警部補の顔が曇った。「ま、それも楽しみのうちとでも思わないと」立ちあがった。「ここでやれることはすべてすんだようです。ヤンセンが――あの鑑識のことです――選別のためあなたの指紋を採取します。ほかに指紋を残していそうな人はいますか？」

「わかりませんけれど、たぶんいないと思います。最後に当社を訪れたお客さんはマクスウェル・ルーベンスです。ソフトウェアの開発をしている人で、開発したプログラムを中国語に翻訳する件で相談に来ました。それも十日前のことだし、そのあと三度はクリーニングサービスが入っていますけれど、わたし以外の指紋があったら、ミスター・ルーベンスのものかもしれません。それに、サムがさっき言ったとおり、どうせ犯人は手袋をはめていましたから」

「なんにしろ、調べてみないと」警部補は名刺を差しだした。「なにか思いだしたら、どんなことでもけっこうです、お電話ください。何時でもかまいません」

マイクのおかげで特別待遇を受けている。それがニコールにはよくわかった。通常、実際になにも盗まれていなければ、ここまでの配慮はしてもらえない。警部補から個人の携帯電話の番号を教わったうえに、なにか必要なときは、昼夜いつでも電話をしていいという許可までもらった。

バッグに名刺をしまい、手を差しだした。「言葉では言い表わせないくらい感謝しています、警部補」

警部補は乾いた手で、しっかりと手を握り返した。「どういたしまして」うなずいた。「じゃあな、サム、ハリー。マイク、帰るぞ」

警部補とともに、救命士と若い鑑識係とマイクが去った。彼らのいなくなった部屋は気が抜けたようで、ニコールもふいに疲れを感じた。どうしようもなく疲れている。くらっとしたと思ったら、サムがたくましい腕で支えてくれた。力強さを求めて彼にもたれかかり、いっときその胸に額をつけてにおいを吸いこんだ。昨夜、ひと晩かけて脳の原始的な部分に刻みつけられたにおいがした。

ハリーが咳払いをするのを聞いて、体を起こした。自分の弱さが急に恥ずかしくなったけれど、サムにぎゅっと抱きしめられて、離れられなかった。

サムが髪に顔をつけたまま、ハリーに話しかけた。「彼女を連れて帰る。ここはおまえに任せた」

ハリーがうなずいた。

「それと、監視カメラをチェックしてくれ。走って逃げたんだから、なにかしら痕跡が残ってるだろう」

「そうだな。何画面か抜きだして、サンディエゴ市警察に送ってみるよ。人相認識プログラムを使ってるのは、FBIだけじゃない。もし犯人の記録があれば、正体がわかる。すぐに取りかかる」ハリーは静かにドアを閉め、部屋にはふたりきりになった。

サムはニコールをきつく抱きしめて、耳元に唇を寄せた。「うちに帰ろう、ハニー」ささやくような小声だった。耳で聞くより、彼の胸の震えのほうがはっきりと感じられた。耳にかかった吐息で、全身が粟立った。

体を離して、彼を見あげた。端整とは言えない、いかつい顔を。ええ、あなたの家に帰るわ。なんの異論もなかった。この人に命を救われた。いまやニコールは、原始的かつ決定的な部分、血と骨の部分で、彼のものとなった。

# 10

脱出は容易だった。結果として肩を傷めたものの、SERE訓練課程を終えたものにしてみたら、お飾りの警備員しかいないしゃれたビルから抜けだすぐらいちょろいものだった。非常用階段を使って屋上に出た。夜空は暗く、そのあたりを通過する衛星には、赤外線カメラなど装備されていない。戦地ならいざ知らず。

とはいえ、仕事を邪魔されたことに、ひどくいらだっていた。しかも邪魔した相手は、ただ者ではない。ああ、いまいましい。あと数分あればあの女に吐かせられたのに。あんなに怯えていたのだから。体の芯から震えていた。それで一瞬、アウトローはその気になった。正真正銘の美女なうえに、少し怯えている女が好みだからだ。女は怯えると従順になる。

だが、仕事にセックスを持ちこむ愚は心得ていた。軍隊時代なら命を落としかねないあやまちだし、新しい仕事なら金を失いかねないあやまちだった。それがわかっているので、仕事中はセックス厳禁と決めている。

仕事は片付かなかった。女のコンピュータの前に坐った直後に鍵を差しこむ音がしたので、入ってきた女が明かりをつける前にドアまでたどり着くのがやっとだった。

そのあと何分かすると、こんどは通路の向かいのオフィスにいるろくでなしが錠を破って登場し、それと同時にすべてがひっくり返った。

あの男がニコール・ピアスに気があって助かった。アウトローはたちどころにそうと察して、女こそが自由への切り札であることに気づいた。

女を窓に投げつけたときは、男がキャッチしないかぎり、女が九階下に落ちて死ぬことも、そうなれば永遠に情報を入手できなくなることも、承知していた。だが同時に、男が自分を追うことより女をキャッチすることを優先するのも、わかっていた。

屋上に出たアウトローは、ビルの南端まで行った。隣のビルとのあいだはたかだか六十センチほどしかない。小型のスーツケースとブリーフケースを先に投げておいて、隣に飛び移った。

移った先のビルには屋上から駐車場に直行できる点検用のエレベーターがあったので、十五分もすると、銀行員然としたスーツに着替えて、レンタカーでビルを離れていた。

つぎの目的地はニコール・ピアスの自宅だ。もし彼女が帰宅していればそこで仕事をすればいいし、帰宅していなかったら、父親を誘拐して脅しの材料にすればいい。

人質にどんな意味があるのか、アウトローには理解不能だった。なにかをあきらめてまで救いたい人間など、この世にひとりもいないからだ。誰が誰の頭を吹き飛ばそうと、知ったことではない。ところが世間の連中には、この方法が確実にきく。愛するものの頭に銃を突きつけられると、それだけでなんでも言いなりになるやつらが実際にいるのだ。あるいは肘や膝を撃ち、最後は殺すと脅せばいい。

そうとも。この方法なら結果が約束されている。

アウトローはニコール・ピアスの自宅から二ブロック先に車を停め、暗がりを選んでピアス家の裏にまわった。

高級住宅街とは言いがたかった。築六十年ほどのちまちまとした家が建ちならび、その大半はろくに手入れもされていなかった。

暗がりでの活動ならお手のもの。樹木から植えこみ、植えこみから壁へとすばやく移動し、最後はピアス家の裏にしゃがんで、裏庭を見わたした。この界隈では一番手入れが行き届いた家で、ペンキも塗りなおされたばかりだった。きちんと刈った植えこみに、花をつけた草木、刈りたての芝生と、庭も丹精されている。誰かが手間をかけている。

階下の部屋にはすべて明かりがついていた。十時半。老人がいるなら、まもなく家じゅうが寝床につく。動くなら消灯から数時間後、老人がぐっすり寝入ったころがいい。アウトローは壁に耳をつけた。部屋のなかから声がする。太い男の声と、高い女の声。だが、なにを話しているかはわからない。

準備は怠りなかった。だてに高額の報酬をもらっているわけではない。

スーツケースのダイヤル錠を開けた。内張りのなかに消音機能のついた電動のミニドリルと小型カメラ内蔵のスネーク型マイクが入っていた。慎重にドリルをあてがい、家の外壁に穴を開けた。ごく小さな音しかしないので、十センチも離れるとほとんどなにも聞こえない。床に近い位置を貫通して、カメラつきマイクを穴に通した。

なんともはや！

部屋は病室のようになっていた。背の高い簡易ベッドの周囲には医療機器や、点滴スタンド、薬の載ったベッドサイドテーブルが置かれ、男が車椅子に乗っていた。看護師の制服を着た女が、かがんでその男と話している。

アウトローはその場面から目を離して、壁に背をつけて坐った。

やっかいなことになった。まさかニコール・ピアスの父親が病気とは。会社のサイトにもそこまでは書いてなかった。これで計算が立たなくなった。自分の目の前であの老人が死ねば、脅しの材料はなくなる。それに、あの点滴スタンドから下がっている袋のなかには鎮静剤が入っているだろう。意識のない人質を抱えることになるかもしれないということだ。そして当然ながら、あの看護師はベッドの傍らで寝ずの番をする契約になっているのだろう。

まいったな、簡単に片付くはずだったんだが。

とはいえ、看護師を片付けるのはたやすい。それに、アドレナリンを注射器に入れて持っきているから、老人にはあれを打ってやればいい。効き目があるはずだ。

明かりがすべて消えるのを待って、忍びこむ。この家にはなんの備えもない。監視カメラもなければ警報装置もなく、玄関と勝手口のドアの錠は見てのとおりだ。なんというお粗末さ。これではなにがあっても文句は言えない。

アウトローは裏側の左隅に背中をつけて坐り、脚を前に投げだした。そのとき、全身の細胞が警戒警報を発した。

ピアス家の前にパトカーがやってきた。前の座席に警官がふたり乗っている。助手席側の窓が開き、耳ざわりな無線機の音が聞こえた。助手席の警官はダッシュボードからカールコードにつながったマイクを取りだすと、窓から家の表側を眺めながら、マイクを口に近づけて話しだした。警官は雑音で割れた声を聞いたあと、車を降りてきた。手はホルスターのベレッタM92の握りに置いている。準備万端、防護衣をつけて、緊迫感をみなぎらせている。

警官は家の側面に向かって歩きだした。

こんちくしょうめ！

アウトローは影に溶けこみ、警官の視界を避けて動きながら、必死に頭を働かせた。

これで看護師だけでなく、警官まで消さなければならなくなった。ニコール・ピアスとその父親がいるから、合わせて五体の死体をつくらなければならない。通常の料金ではここまでの仕事はカバーできない。とりわけ警官殺しとなれば。警官は仲間が殺されると絶対にあきらめないので、迷宮入りはありえない。決着がつくまで食らいついてくる。

綿密な計画を立てたうえで、より綿密にそれを実行するのが、アウトローのスタイルだった。思いつきで動かなければ、びっくりさせられることもない。これまで逮捕をまぬがれてきたのは、万にひとつの危険も避けてきたからだ。指紋やDNAを残すなど、もってのほか。細部までゆるがせにせず、その精密さたるや、外科手術に匹敵する。

それが今夜は大急ぎで仕事を片付けなければならず、あとには死体が痕跡として残り、そのうちふたつは警官ときている。

頭に血がのぼった。ブラックベリーを取りだし、暗号化したメッセージを送った。

**警官ふたりと看護師と病気の老人を消す必要が生じた。要バックアップ。指示を待つ。**

隣家の物置小屋の背後に身をひそめた。ひと晩でも指示を待つ覚悟だったが、その必要はなかった。十五分すると返信があった。

**口座を確認のうえ、実行のこと。経費の心配は無用。**

銀行口座をチェックすると、百万ドルの振りこみがあった。総額百六十万ドル。これだけの大金のためなら、警官ふたりと看護師と病気のじいさんも殺そうというものだ。奇襲の技術は持ちあわせている。

それにしても、警官をふたりも殺せばやっかいなことになり、金を持ってしばらく潜伏しなければならなくなる。一年か、あるいはそれ以上か。コスタリカに買っておいた不動産に手を加えれば、なに不自由なく暮らせるだろう。あそこならドルの使い出があるから、しばらくはあくせくせずにすむ。

使っている銃器は追跡不能。弾倉を装塡したときはラテックスのグローブをはめていた。アウトローは考えをめぐらせ、これならいけると確信できるまで、順を追って計画を組み立てた。

そして待った。警官が呼び鈴を鳴らして看護師に話をし、ふたたびパトカーに戻って、報告を入れた。

アウトローは音をたてることなくレクサスまで戻り、車を出した。それから数分後には、ピアス家の外に停まっているクラウンビクトリアの隣につけた。

窓を開けて、笑顔をつくった。自分が警官にどう見えているかはわかっている。どこといって変わったところのないスーツ姿の男が、高級車を運転していて道に迷った。おどおどした表情を装った。

「こんばんは……おまわりさん」いま警官だと気づいたとばかりに、目をみはる。

「なんでしょう」運転席の警官が応じた。

アウトローは開けっぴろげな笑顔になった。「困ってましてね。どうやら、見当違いな場所に来てしまったようで。ナビが故障中なんですよ。ガスランプ地区に行こうと、この一時間ぐるぐるまわってまして」

「それなら、方向が違いますね。あちら――」その警官が話しおえることはなかった。額に赤い穴が空き、ピンク色の霧が頭部を包んだ。ピンク色の霧はもうひとりの警官の頭のまわりにも発生した。その間、わずかな物音しかせず、二メートルも離れていたら、まったくなにも聞こえなかっただろう。

そして二メートル以内どころか、三十メートル以内には、誰もいなかった。

警官たちはさっき署に連絡を入れていた。定期的に家を訪ねることになっているのだろう。勤務中に報告を入れるのは二、三度だろうが、こうなったら手早く片付けたほうがいい。警官ふたりから定期連絡がないとわかるやいなや、警官が大挙して押し寄せてくる。

アウトローは今回の任務そのものを早く終わらせたかった。空港でも、バスや列車の駅でも、緊急配備が敷かれているだろう。

バックアップがいる。

こんなときに備えて、元軍人ばかり、あらかじめ協力者にはあたりがつけてある。その才能や訓練の成果を個人的な領域で使いたがっている男たちぞろいだ。

名刺を繰ったり、携帯のアドレス帳を見たりするまでもなかった。必要な番号はすべて暗記している。アウトローはスラーヤの衛星携帯電話を取りだした。履歴はサウジアラビアに保管され、合衆国政府には盗聴することも、履歴を請求することもできない。この携帯なら、国家安全保障局ですら、聞き耳をたてることができない。

すぐに応対があった。十二時をまわっているにもかかわらず、緊迫感のある声。ワレン・ウィルソン、元陸軍兵士。名ドライバーにして優秀な整備士であり、射撃の腕もすぐれている。だが肝心なのは、サンディエゴ在住で船を持っていることだ。

「二十四時間から三十六時間、人手がいる。報酬は五万」交渉の余地を残すため、提示額は低めに設定した。

「のった。なにがいる?」

「二時間ほど尋問に使える安全な場所。そのあとバハのカボサンルーカス付近までおれを運ぶ船と、そこからの車を一台」

一瞬の静けさのあと、キーボードを叩く音が聞こえた。「了解。使われてない海岸沿いの倉庫の位置データをいま送った。そのすぐそばにおれの船をつけておく。カボに車を運ぶやつを頼むから、その分の金がいるぞ。そいつに払う分を含めて、十五万だ」

「決まりだ」アウトローは携帯を閉じた。うまくいった。二十万ドルまでなら喜んで払う心づもりだった。

ピアス家のすぐ前に車を停めた。見られても、問題にはならない。車を借りるときは偽の身分証明書を使ったし、空港に停めてあった別のレクサスとナンバープレートを交換してきた。警察がそれを突きとめるころには、国境の南側にいる。

拳銃を持った手を太股につけ、ゆっくりと家の周囲をめぐった。そろそろ勝手口の錠前を開けて、看護師を片付け、老人を倉庫に連れていく時間だ。

ここでもたついてはいられない。夜は更けたというのに、まだ今夜の殺しは半分もすんでいないのだから。

「だいじょうぶか?」サムは同じ質問を百万回はくり返していた。またもやちらっとニコールに目をやり、いまいましいほどの青白さをまのあたりにした。こめかみで固まっている血を見るたびに、ひるんでしまう。怪我をして血が凝固するぐらいではすまなかったことを思い知らされるからだ。穴が空いていても、おかしくなかった。

あの悪党が引き金を引いていたら、この美しい頭がどうなっていたか、サムにはうんざりするほどよくわかっていた。クリーム色の肌に空いたきれいな丸い穴の周囲には拳銃の跡が残り、銃弾が抜けた先の穴は、入った穴ほどきれいでもないし、丸くもない。

どれだけ死者の顔を見てきたかわからない。軍隊時代に数百は見ただろう。だから、頭部に穴の空いたニコールも容易に思い描けた。そしてその死体は彼女が言語によって奇跡を起こし、若くて魅力のある会社を育てようと必死に働いてきたその場所に転がっていただろう。その死に顔にしても、目を閉じれば、まぶたの裏に浮かぶほどだった。

彼女の生き生きとした瞳――はっとするほど青いコバルト色の光彩――からは生気が失われ、色のついたきれいなガラス玉のようになる。バラ色を帯びた象牙色の健康な肌は氷のような色になり、氷と同じくらい冷たくなる。その美しさ、優雅さのすべてが、たちどころに消えてなくなる。

それが頭部を撃ち抜かれていたら起きていたことだ。九階の窓から投げ落とされていたときのことを想像すると、それとはまったく別の、やはり目をおおいたくなる映像の数々が浮かんでくる。

サムは以前、カスケーズで山岳訓練中に、親しかった騎銃兵が落下するのをなすすべもなく見ていたことがあった。騎銃兵は五十メートル下の岩場に落ち、仲間の兵士の死体を回収するためサムたちは山をくだった。骨がことごとく折れて、体がガラス玉入りの袋のようになっていたが、胴体だけは違っていた。腹がぱっくり割れて、腸が一メートルほど飛びだしていたのだ。

もし、ニコールが九階から歩道に落ちていたら。想像するだに悪夢だった。

ニコールがこちらを見て、笑顔をこしらえた。案に反して、心のうちが顔に表われていたらしく、ニコールが腕に手を置いて言った。「わたしはだいじょうぶよ、サム。嘘じゃないわ。少し動揺しているだけ」

おれほどではないはずだ。サムの手はいつしか震えていた。

なんとまあ。

神経過敏なSEAL隊員など、聞いたことがない。神経過敏になるような教育は受けていないし、そんな性格なら、選抜過程でふるいにかけられている。

かくいうサムも冷徹さでは人後に落ちなかった。室内射撃場で実弾訓練中にふにゃちん野郎がやってきて、体にワイヤーを取りつけられたことがある。そして、一ラウンド終わるごとに血液のサンプルをとられた。〝クリスチャン・イン・アクション〟ことCIAの回し者にちがいない。CIAは検査結果の公表を拒んだものの、ケークウォーク・ポートウィスキー——嫌いだからとコンピュータに触れたこともないので、プロテクトを外すなどもってのほか——がラングレーの中枢部にあった結果を見つけた。

それでわかったのは、サムが所属していたチームの面々は、実弾使用時も心拍数やストレスホルモンであるコルチゾールとカテコールアミンの数値が変わらないということだった。サムにいたっては、室内でフラッシュバンが爆発したときも、心拍に乱れがなかった。

スープに入っていたアルファベット型のパスタを名札に張っていたそのふにゃちん野郎は、報告書のまとめとして、仰々しくこう記していた。〝有能なテロ対策兵は、本質的な意味で非人間的な神経システムを有しており、一万年以上にわたって人類に受け継がれてきた攻撃・逃走本能にも影響を受けないようである〟

おれたちが宇宙人だとでも言いたいのか？

あのふにゃちん野郎も、いまのサムを見たらひっくり返るだろう。いまだに動悸がおさまらない。やっと落ち着いてきたかと思うたびに、目の前に死んだニコールの姿がちらついてしまう。頭が吹き飛ばされていたり、体がぱっくり開いていたり、悪夢になりそうな映像が色鮮やかに広がって、そのたびに全身から汗が噴きだした。

運転の得意なサムは、いつもなら飛ばすのだが、いまはさながら不安定な爆薬でも運んでいるようだった。

ともすれば注意が散漫になった。ニコールがいっしょに車に乗っているというだけで、全神経がそちらに奪われてしまう。どうやら、彼女を隣に乗せることと、車を運転することとは、両立しないらしい。

なにがなんでも彼女を傷つけたくなかった。窓に達する前に抱きとめることはできたけれど、彼女の右側が本棚にあたってしまった。サムは曲がり角に来るたび、七十代の老婆のような運転を心がけた。彼女がドアにあたることが耐えられなかったのだ。

「だいじょうぶなわけがないだろう」サムは奥歯を嚙みしめた。「あやうく死にかけたんだぞ。二度も」口に出して言っただけなのに、鼓動がさらに速くなった。

「いいえ、わたしにはわかるの。心配しないで、だいじょうぶだから」ニコールは深いため息をつき、ほっそりした手で腕をつかんだ。「でも、さっきまではだいじょうぶじゃなかった。こうしていられるのは、すべてあなたのおかげ。あなたが手際よく錠を開けてくれたことをどんなに感謝しているか、あなたにはわからないでしょうね」

「いや、そういうことじゃないんだ」サムはむきになって反論した。腹を立てたおかげで、恐怖が多少なりと遠のいた。「きみはなんでセキュリティシステムを導入してなかった？あんなクソ野郎にていもなく入りこまれて、これまでだって侵入者があっておかしく——」

サムの携帯が鳴った。スピーカーホンにして、「なんだ？」と吠えた。

聞こえてきたのは、マイクの太い声だった。安心させるように、ゆっくりと話している。「うちの連中がピアス家の周辺チェックを終えた。看護師と話をして、父親の在宅を確認した。すべて問題なし。このまま明日まで待機して、朝にはつぎのふたりと交替する」

ニコールはほっと息をついて、目をつぶった。「ほんとうにありがとう、マイク」

「なに、たいしたことじゃない」マイクの声が大きくなった。「そういうわけで、ニコールの父親の心配はいらないぞ、サム。あとはおまえがニコールをしっかり守るだけだ」

「ああ、任せといてくれ」必要とあらば、ニコールを椅子に縛りつけて、見張りに立ってでも、彼女を守る。「監視カメラに顔は映ってたのか？」

「ああ。ばっちり映ってるのが二枚あった。一枚は顔全体、もう一枚は横顔の四分の三だ。ハリーがJPEGファイルにして本部に送った。すでにシステムに取りこまれてるから、過去十年のあいだに軽微な法律違反でも犯していれば、照合がとれる。結果がわかるまでここにいて、わかりしだい、おまえに連絡するよ」

これでサムは人心地ついた。犯人の名前がわかれば、住んでいるところを突きとめて、殺しにいける。この手で。サムはみずから手を染めるつもりだった。数日姿をくらまして仕事を片付ければ、もうニコールに危害が及ぶことはない。そんなことは絶対にさせない。

「助かる」サムは言った。「しっかり状況を把握しておいてくれ」

「任せとけ。ハリーはいまビルの夜間警備員といっしょに、犯人の足取りを追ってる。心配するなよ。かならず逮捕してやる」それきり電話が切れた。

ニコールはサムを見た。「あなたがしてくれていることすべてに、心から感謝しているわ、サム。そして、ハリーとマイクとマイクの警官仲間がしてくれていることすべてに」

彼女のこめかみが黒ずんできていた。彼女の右肩のあたりにも痣が浮いてきているのが、薄手の白いシャツを透かしてわかった。

サムはぶるっと身震いした。

「きみはやっかいなことに巻きこまれたんだ、ニコール」彼女の手を取って、口元に運んだ。「それを突きとめるまで、きみときみのお父さんを安全な場所に遠ざけておかなければならない。だが、それにはきみの助けがいる。犯人がなにを探しているのか、答えを考えられるのはきみだけだ。それがわからないかぎり、きみの身の安全を保証できない」

ニコールは空いている手で額を撫で、困った顔をした。「わかっているわ、わたしにだって、じゅうぶんすぎるほどに。わたしのパソコンのなかに入っている可能性のあるファイルを何度もさらってみたけれど、基本的に他人の興味を引きそうなものなど、ひとつも思い浮かばないの。ワードスミスには重要文書や極秘文書はまわってこないからよ。もちろん、将来はそういう翻訳も手がけるつもりだけど。そして、そういう文書の翻訳には高い値段をつける。そう、そうするつもり」ニコールは将来の見通しを述べて、にっこりした。

サムはあらためてニコールの特異さに目をみはった。ただの美人とは違って、彼女からは知性と目的意識が滲みでていた。ニコールほど容姿に恵まれた女には会ったことがないが、これまでもそれなりに魅力的な女と出会ってベッドをともにしてきた。だが、ニコールのような女はひとりもいなかった。美しい女には自分の意のままにできる強力な武器があり、随所でそれを使いながら大きくなる。

それを非難しようとは思わない。サムにしても、急速に体が育ったときから、ここぞと思うときはその体の大きさと力にものをいわせてきた。人生が容易なものでないのは人一倍わかっている。与えられた道具はなんでも使い、人より優位に立とうと必死だった。

けれどニコールはどこか違っていた――そんな必要などないのに。ニコールには、言うなれば、核爆弾級の武器がある。そう、並外れた美貌という世界一強力な武器が。まともな男なら、彼女からなにかをねだられて断われないだろう。その本質において、ニコールはプリンセスだった。

それなのに、彼女は人とのやりとりに、いっさいその武器を使っていない。女として優位に立とうとか、特別扱いしてもらおうとか、てんから考えていないのだ。必要なものを手に入れるためにけんめいに働き、困難が立ちはだかったときも人に泣きつかない。

驚くべきことだ。

百万人にひとりの女性が、自分のものになる。こうなったら、なにがなんでも彼女を守らなければならない。

「もう少しさかのぼってみろ」サムはうながした。「やつの探し物は、一週間前、あるいは二週間前に届いているかもしれない。赤旗が揚がるようなものはないか?」

「ないわ、サム」ニコールは首を振った。「再三言っているように、まだ会社をはじめて日が浅すぎるの。機密文書やお金儲けにつながりそうなデータは社内で翻訳されるし、そうでないときは、厳重に暗号化された文書へのアクセス権を持つむかしからつきあいのある翻訳会社に出して、うちのような新参者にはまわさないわ。ワードスミスはまだ創業一年よ。そんな重要文書など、誰が送ってくるの? 経済関係の文書が多いのは確かだけど、その大半はEUの規則にのっとって英語版を用意する必要があるからで、うちに仕事を出すのは、はっきり言って、ヨーロッパの翻訳会社より安いからよ。ここのところのドルの値下がりで、よけいそれに拍車がかかってる。だからうちで扱う翻訳の多くは法律上定められた理事会の文書や、会社の趣意書、それにたまに文学の翻訳が舞いこむくらいなの。なかには技術的な文書もあるけれど」ニコールはお手上げといったようすで、肩をすくめた。「そんなところよ」

サムはハンドルを殴りたくなった。誰かの頭でもいい、なにかを殴りたい。あのクソ野郎がなにを探しているかわからなければ、防衛基準体制（デフコン）をいまの最高レベルから下げることができない。

デフコンの最高レベルとは、戦闘準備を指す。戦争に突入するのはかまわない。ニコールを守るためなら戦場に出るのもいとわないが、いずれ彼女は常時サムがいることにいらだってくる。そう、拳銃を持つ手を自由にするため、サムの左側につねに置かれることに。

サムはつねに最悪の事態を想定した。個人的な経験から、悪いことは最悪になりがちだと知っていたからだ。四六時中警戒を怠らないが、それが民間人には妄想と映ることもわかっている。

状況の見きわめがつくまで、ニコールを自分のコンドミニアムに厳重に閉じこめておくことこそが、いまのサムの願いだった。あそこなら特殊部隊以外には近づけないし、プラスチック爆弾でも使わなければセキュリティを破れない。かりにそんなことがあったとしても、サムの携帯電話に信号が送られてくるようになっている。

だが、サムがどんなにそうしたいと願っても、ニコールを永遠に閉じこめておくことはできない。彼女がそれに耐えられない。そして警察もやはり、彼女の自宅を永遠に警備することはできない。警察による警備が手薄になったら、その分はサムが埋めるが、信頼できる男たちを無期限で毎日二十四時間配置しておけるだけの人力は、サムにしてもなかった。

彼女を襲った男の狙いを突きとめられないかぎり、ニコールはそのなめらかで美しい額に的をつけたまま歩きまわることになる。いくらサムが動くなと言っても、ニコールはおとなしく縮こまっているような女ではない。

「ひょっとしたら、わたしの勘違いかもしれないわ」ニコールがつぶやいた。「椅子をデスクから出したままだったかも。だとしたら男が探しているのは、まったく別のものかも。お金とか……」ニコールは声を細くし、サムを見た。「そうよ、そうかもしれない」いらだたしげに小さな吐息をついた。「それ以外にわたしのオフィスから盗む価値のあるものなんて、思いつかないもの。お金はあそこに置いていないし、売り払う価値のあるものもないわ。でも、とくに目当てがあったわけじゃなくて、侵入しやすいオフィスをまわっていた、ただの泥棒なのかもよ。たぶんわたしのオフィスには、目には見えないけれど、〝侵入容易——どうぞお盗みください〟という看板が掲げてあったのよ」

彼女は茶目っ気たっぷりの目つきで、ちらっとサムを見た。

「いいや」彼女の話が終わる前から、サムは首を振っていた。「それならどんなにいいかしれないが、ハニー、あいつはたんなる物盗りじゃない。これはある種の規則のようなもので、ただの盗人なら銃は持ってない。武装強盗は、ただの窃盗にくらべて、刑罰が倍になる。あの男は寸分の隙もなく武器で身を固めていた」ニコールに尋ねておかなければならない質問がある。「きみの意見を聞かせてくれ。あの男は強姦目的できみを待っていたと思うか?」

当然のことながら、その可能性はすでに頭にあった。考えるだに恐ろしい。彼女が殺されるほどではないにしろ、一定の割合で恐ろしいことが起こるこの世界でも、殺されるのと同じくらい悪いことの部類に入る。

ニコールはしばらく窓から外を眺め、生真面目な表情で考えこんでいた。「いいえ」沈黙の末に答えた。「それはないと思う。もし誰かが――わたしを強姦しようと思ったら……」ごくりと唾を呑みこむ。「もしそれが犯人の狙いなら、あの時点でもう、あの、勃起していたはずよ。それに強姦目的なら、最初からそう言うでしょう? わたしはあの男にがっちりと抱えられていたけれど、でも、あの、勃起しているのは感じなかった。だから、答えはノー、強姦目的だとは思わない」

ハンドルを握るサムの手が少しゆるんだ。ハンドルを抜き取ってしまわなかったのが、不思議なほどだ。

強姦の線は消えた。よかった。

残る心配は殺しの線だけだ。

# 11

ふたりを乗せた車は公道を離れて、地下駐車場へと向かった。この前ここを通ったのは――あれはまだ昨夜なの？　はるかむかしのことのようだ。あのときは公道を折れてすばやくビルの敷地内に入るなり、すみやかかつ堂々と地下の駐車場へと向かった。サムは肉体の一部のように車をあやつる。優雅さと速度と純然たる自信とともに。

それが今日は違った。速度を出さず、オフィスのある建物から彼の自宅まで、まるで卵を運んでいるような運転ぶりだった。そっとブレーキをかけ、カーブを大回りした。いずれもニコールに不快な思いをさせないためだし、ニコールにもその配慮がありがたかった。肩がずきずきして、体じゅうの筋肉を傷めているようだったからだ。

減速して、そろそろと車を停め、ゆっくりとブレーキを踏むと、サムがつぶやいた。「じっとしてろよ」助手席側にまわってきて、車を降りるのに手を貸してくれた。八十歳の老婆にでもなったみたいだ。

もしそれが可能なら、サムはエレベーターの速度も落としただろう。隣に立つサムは大きな体を動かすことなく、ニコールの腰に腕をまわしている。緊迫感が伝わってくる。銀行の金庫並みに警備の厳重な自宅のドアが閉まり、四重のロックがかかってはじめて、サムはわずかに緊張をゆるめた。

「おいで」彼はニコールを自分のほうに向かせると、頭の後ろに大きな手を添え、もう一方を腰にまわした。ニコールはそのまま長いこと胸にもたれていた。そのたくましさがありがたかった。絶対に崩れない温かな筋肉の壁にもたれているようで、強さをわが身に吸収した。

ふたりは夜の静けさに包まれ、バルコニーから聞こえてくる小さなさざ波の打ち寄せる音しかしない。サムが一日じゅう昼夜をわかたずエアコンをつけておく人でなくてよかった。ぬくもった夜風は心地よく、清々しい潮の香りを運んできてくれる。缶入りの冷やした空気を吸うより、ずっとすっきりする。

「で、まずどうする？　食事か、それともシャワーか？」サムの胸で低い声がとどろいた。

むずかしい選択だ。食事と聞いた瞬間、猛然と食欲が湧いてきた。昼も夜も食べていない。けれど、シャワーのことを思うと……。

サムのバスルームには近代的な大きなシャワーヘッドがあって、あれなら罪深いほど大量の湯を温かなマッサージのように注いでくれるだろう。それとはべつにもうひとつ、ブロンズ製の角張った大きなシャワーヘッドもある。こちらははるか六〇年代に祖母が使っていたシャワーヘッドから落ちてくるようなしずくで、肩のこりをほぐしてくれそうだ。祖母のシャワーは、映画『サイコ』でジャネット・リーが裸で殺されたときに浴びていたシャワーの忠実なレプリカだった。

ニコールは体を引き離して、サムを見あげた。この角度からだと、こわばった顎、高い頬骨、伸びだした濃いヒゲ、それに射抜くような黒い瞳が目につく。

「まずシャワーを浴びて」ニコールは告げた。「そのあとすぐに食事にする。とてもお腹がすいているの」

「よし、わかった」サムはさらりと言って、ニコールを抱きあげた。

「サム！」ニコールは急いで肩につかまった。「自分で歩けるわ！」

「ああ」サムが言った。「わかってる。おれは、ただ――」口元がぴくりとして、サムは一瞬目をそむけた。深呼吸して、ふたたびこちらを見る。「いまはきみに触れずにいられない。おれのためなんだ」

サムは広々としたバスルームの入り口まで来ると立ち止まった。ニコールと額をつきあわせ、「あのときは、体の芯まで震えあがった」と吐露(とろ)した。

「ええ」軽い笑いを含んだため息をつき、彼の首にしがみついた。「わたしもよ。オフィスの鍵を開けて入ってきてくれたこと、とても感謝してるって伝えたかしら？」

これにはサムも小さくほほ笑んだ。「聞いたよ、何度も。感謝っていうのは、興味深い概念だな。いま話題にしてる感謝はどれぐらいなんだ？」

ニコールは笑みを返した。「それはそれは大きな大感謝よ。あなたの言い値どおりにお礼したいくらいの感謝」

戸口に彼女がぶつからないように、サムは横向きになってバスルームに入った。膝を支えていた腕をそっと外して立たせ、その間もニコールの体に腕をまわしていた。「言い値をつけさせてもらえるんなら、おれを幸福にして、二度とこんな災難に巻きこまれないと約束してくれないか」

「約束するわ」力を込めて言い、胸で十字を切って誓いを立てた。

ニコールはもうしっかりと立っていたけれど、まだ彼の両腕を放さなかった。触れていると彼が嬉しそうだし、自分もそうだった。熱を放つ大きな肉体のそばにいるだけで、恐怖と危険によってもたらされた寒気が吹き飛ばされていく。

前に立つサムは両手でニコールの腰をつかみ、寒気も危険も恐怖もすっかり忘れて、生きたまま食べたそうな目をしている。

こちらに頭を倒し、最高にむずかしい計算式でも解いているように眉間に皺を寄せながら、ニコールのシャツのボタンをそっと外しはじめた。大きな手で小さなボタンを手際よく外し、あっという間にシャツの前を開いた。

ニコールは動かず黙って立っていた。彼がなにを求めているかわからないけれど、それを与えてあげたい。

サムの手が肩にかかり、薄手のリネンのシャツが床に落ちた。すぐにブラジャーが続いた。サムが肩と背中にそっと手をやって、顔をしかめた。「明日には盛大に痣が浮いてくるぞ。痛みはあるのか？」

ないとは言えないけれど、それ以上に彼に触れてもらいたかった。「少しひりひりする」

ニコールは認めた。「でも、だいじょうぶよ」

サムが短く首を振った。いや、だいじょうぶなわけがない、と言いたげに。そして、ニコールのズボンのジッパーに手をかけた。パンティもろとも、ゆっくりとズボンを引きおろす。続いて膝をつき、ニコールの足首をつかんで片方ずつサンダルを脱がせた。「肩につかまってろ」

一瞬のうちにズボンとパンティが床に落ちていた。サムはゆっくりと立ちあがった。さっきまで足首をつかんでいた両手を、足首から臑、臑から膝、膝から太股へとすべらせる。彼の手はがさついている。その手に腰をつかまれるころには、二の腕の産毛が逆立っていた。そのとき、サムの動きがぴたりと止まった。ショックに満ちた低い声をもらした。ニコールの腰を見すえたまま、息すら殺していた。

「どうしたの？」

「なんてことだ」サムがささやいた。「おれがやった」

ニコールは首を伸ばして、腰を見た。腰の両側に薄い痣が四つずつできていた。そのとき大きな手に触れられていなかったら、どうしてできたのか、わからなかっただろう。痣は彼の指先ときれいに一致していた。

ニコールはたちまち全身を朱(しゅ)に染めた。痣ができたときのことがありありとよみがえった。昨夜愛しあったとき、ほんの一瞬われを忘れたサムが、腰を強くつかんだのだ。ニコールのほうも夢中だったので、彼につかまれていることすらわかっていなかった。

ニコールはいま興奮しつつ、一糸まとわぬ姿でバスルームに立っていた。彼と過ごした一夜の記憶。間近にあった大きな体。その体で全身が熱くなり、力が抜けて、欲望の渦のなかに引きずりこまれた。

サムとキスしようと顔を上げたが、サムの顔が近づいてこないのに気づいて、眉をひそめた。どうして？　わたしとキスしたくないの？　いつから？

サムはひたすら腰を見ていた。明日の朝には背中に広がるであろう派手な痣にくらべたら、痣とも呼べないほどの小さなものだ。

サムは恐怖に呑まれたような顔をしている。

「どうしたの？」

「おれがやった」かすれ声でくり返し、彼の手の形に残った痣から目をそらさない。「この痣はおれがつけた。この手で」

ニコールは彼の手を握った。「気にしないで、痣になりやすいたちなの。心配いらないわ」

サムの呼吸は荒く、強い感情に顔が引きつっている。サムがちらっと顔を上げた。その目が苦痛に満ちているのを見て、ニコールはひるんだ。

「だから逃げたのか？」かすれ声でサムが尋ねた。「おれが傷つけたから？ また傷つけられるんじゃないかと、怖くなったからなのか？」

そんなことを考えるサムにあ然として、ニコールは口を開いた。逃げたのは弱虫だったから。彼にたいする気持ちを自分で受け止められなかったから。

「違うわ、サム、そうじゃないの。わたしが——」

だがサムは強い口調でその声をしりぞけた。「もうこんなことはしない。二度とできない。おれは女を傷つけない」顎の筋肉をひくつかせて口を開き、ふたたび固く閉ざした。喉が動いている。もっと話したいことがあるのに、飾り気のない言葉で表明する以外のことはできないようだった。

あなたは女性を傷つけられる人ではないわ、とニコールは言いかけた。だが、彼の表情に気づいて、言葉を呑んだ。トラックに轢かれたような顔、生傷を引っかかれたような顔をしている。

ニコールの住む世界では、男が女を傷つけないのはあたりまえだった。言うまでもないことだ。ニコールがもっともよく知る男性である父親は、誰よりもやさしく、父親としても夫としても愛情にあふれていた。父が怒りにまかせて自分や母親に手を上げることなど、想像もできない。ほかの女性にも、子どもにもだ。とにかく考えられない。

けれど、サムの育った世界では事情が違う。サムは社会の底辺で育った。むごく悲惨な行為が横行する世界で。その世界では男たちが、そうできるからというだけの理由で、女や子どもを頻繁に殴りつける。そして誰もそれを妨げない。サムは子ども時代のあるときに、秘めていた強さがぐっと育ち、彼の周囲にあふれかえっていた暴力や残忍な行為に反抗するようになった。それを足がかりとして、いまある自分をつくりあげてきた。

おれは女を傷つけない。

彼の存在の根幹にかかわる部分から出た言葉だ。

ニコールはサムのがっしりとした顔を見あげた。その顔が強い感情を隠そうとしているのを見て取ったとき、ニコールのなかで、大きくて大切な変化が起きた。

サム・レストン。最初は彼のことをいかがわしいならず者で、女ならとっさに避けたくなるたぐいの男だと思っていた。そのあと、誰よりもセクシーな男だとわかった。昨夜のことは、掛け値なしに、これまででもっとも官能的な経験だった。情熱と笑いとあふれだすホルモンがない交ぜになっていた。

そして、サム・レストンという男にどうしようもなく惹かれた。彼は男女の交わりについて、これまでの二十八年間分を全部合わせた以上のことをひと晩で教えてくれた。セックスの魔術師のような男に、すっかり魅了された。自分がつくりかえられてしまうほど、サム・

けれど、いまここにいるサム・レストンは――自分は女を傷つけないとかすれ声で訴えている。もしそんなことになったら、もはや生きてはいかれないと言わんばかりに。そう、この人は情熱的なベッドの相手という域にはおさまらない。

彼にたいして新たに目覚めたこの気持ちは、ニコールの存在を分子レベルから組みなおすものだった。

フランスにはそんな状態を表わす表現がある。レ・ザトム・クロシュ。自分という存在を構成している分子が別の人の分子につながれ、それきり永遠にひとつとなって、元には戻れないことをいう。

めくるめくセックスによって火花が散り、ニコールを傷つけたのではないかというサムの恐怖感によって火が燃え広がった。オフィスでの事件が決定打だった。サムは助けにきてくれて、顔に銃を突きつけられても、一歩も引かなかった。

この人は命がけでわたしを守ってくれる。

サムは腰の痣を撫でていた。痣を消し去ろうとでもするように、やさしい手つきで。自分の手を見つめるサムの顔は、厳めしく引きつって、後悔の念が刻まれていた。

昨夜の彼には悪いところなどひとつもない。ニコールもずっとその過程を共有していた。

サムはふんだんに与えてくれた。言い寄ってきて誘惑し、必要な保護を与えて、盾になってくれた。ニコールはふと、彼が切望するものを与える力が自分にあることに気づいた。与えられるものは、自尊心。女を傷つける男ではないという誇り。

「わたしが逃げたのはそのせいではないのよ、サム」小声で話しかけ、ヒゲの生えはじめた顎に手をやって、顔を上げさせた。彼の目は恐怖をたたえて、腰の痣を追いつづけていた。

ニコールはひとつ深呼吸して、重々しい表情で彼を見つめた。ぐっと胸を張り、姿勢を正した。

サムはまばたきもせず、口を引き結んで、こちらを見ている。

彼が傷ついているのは、明らかだった。こうして見るとわかる。屈することを知らない頑丈な大男が、すばらしい人が、傷ついている。

一刻たりとも、このままにはしておけない。

彼の口が動き、かすれ声でようやく言葉を絞りだした。「だったら、なぜ逃げたんだ?」

「なぜなら、怖かったから――」早くもサムが及び腰になった。「あなたにたいする自分の気持ちが怖かった。昨夜のこと――あまりに強烈で、わたしではない女があなたとベッドにいるようだった。目を覚まして逃げだしたのは、自分で自分がわからなくなっていたから」

顔を近づけて、彼の心臓のあたりに口づけした。ゆっくりと安定した鼓動を感じる。

顔を上げて彼の顔を見ると、混じりけなしの真実を述べた。「わたしはあなたと、そしてあなたとのあいだにあったことに、すっかり動揺してしまったの。そのことで無性に恐ろしくなった」

つま先立ちになり、肩に手を置いて、彼の下唇を噛んだ。やがてサムが口を開いた。ゆるやかなキスではなかった。ゼロから百まで、一瞬で駆けのぼった。

全裸なので、キスにたいするサムの反応をすべて感じることができる。最初彼は身をこわばらせた。予想外のキスにたいする驚きが波となって伝わってくる。ニコールは身を寄せた。

彼が鋭く息を吸いこんだ。ジーンズの下で頭をもたげようとするペニスが下腹部にあたった。その力強い動きに膣が反応した。サムは腰にあった手をお尻に移動して抱き寄せ、ペニスをこすりつけてきた――と、動きが止まった。ニトログリセリンの詰まった物体でも扱うように、そっと腰を離して身を引いた。ふたりをつないでいるのは、ニコールの腰にやんわりとかかった両手だけだった。

ニコールはまばたきして、目を開いた。まばゆいほどに激しく燃えあがった炎が、ゆっくりと鎮まろうとしている。

「サム？」ささやきかけた。彼が身を引いた。すごく大きくなっているのに。それは肌身に感じていた。

「だめだ」

「だめ？」うつろに尋ね返した。

「いまは。とにかく、まだだめだ」サムは顔を伏せ、床のシャツに散る血痕を見た。「きみらなかった。

準備？　準備なら万端だけれど。股間に血が集まり、乳房がふくらんで重い。前戯などいらなかった。

「準備ならできててよ、サム」唇から言葉が出るのを感じていなければ、自分の声だと思わなかっただろう。それほど鼻にかかった、しっとりとセクシーな声だった。

「うむ」

サムが横を向き、シャワーの調節器になにやら複雑なことをすると、温かい湯が流れだして、蒸気が室内に満ちた。そしてサムはシャツを脱いだ。「物事には順番がある」

かがんでニコールにキスした。

サムはゆっくりと動いた。昨夜はこの倍の、目にも留まらないほどの速さだった。今日は時間をかけて、見せ場をつくるつもりなのだろう。それならそれでいい。性的な緊迫感が少しやわらいだ。愛の行為はするにしろ、いまでないのは確かだった。

彼は床に落ちていたニコールの衣類を拾いあげ、自分のシャツとともに椅子に置いた。立ちあがるとき太股の大きな筋肉が収縮し、ジーンズは恋人のように張りついている。ああ、すごい。わたしがこれほどマッチョに弱いなんて、誰に想像できるだろう？　厚い胸板には息を呑んでしまうし、床からゆっくりと立ちあがるとき、太股とお腹の筋肉が動くのを見ているだけで、太股が震えてしまう。

サムは手を出して湯の温度を確かめると、そっとニコールを湯の下に押しやった。

ミス・コロナドショアズにでもなったみたい。

ああ、お湯が痛む筋肉をほぐしてくれる。なんていい気持ちなの。ニコールはシャワーヘッドの下で回転した。顔を上げ、目を閉じて、その感覚にひたった。

つぎに目を開くと、びしょ濡れのサムが見えた。ジーンズをはいたままだ。

小さく笑い声をあげて、ジーンズを指さした。「脱がないの?」

サムは黒い瞳を輝かせながら、シャンプーの蓋を開けて、液体を手に取った。「ああ。デニム製の貞操帯さ。これが一番効果がある。高校時代もいまも。これならムスコも行き場がない。さあ、くるっとまわって、頭を後ろに倒せ」

言われたとおりにした。力強く泡をなすりつけられると、心地よさにため息が出た。サンダルウッドの強い香りに包まれた。サムのシャンプーの香り。その香りのする髪に指を差し入れて、強く握りしめながら絶頂を迎えたときのことを思いだした。一般に言われているとおり、においの記憶は脳の最深部に封じこめられている。このにおいによって、それに結びついている情熱的な感覚までが呼び戻され、ふっと気が遠くなった。うめき声がもれた。

「どうした?　おれのせいで、痛かったか?」サムの大きな手が止まった。もう、いやになってしまう。シャンプーされただけで、昂ってしまった。

背中を彼につけ、頭を肩にもたせかけた。「いいえ」シャワーに打たれながら言った。「痛かったわけじゃないわ」

「よかった」サムは太い声で言うと、ふたたびがっちりした手の指を立てて、頭皮を揉みはじめた。なぜかよく心得ていて、こわばりの元を的確にほぐしてくれる。背中から彼の感触が伝わってくる。黒々とした胸毛が背中の上のほうをくすぐり、シャンプーを追加しようとサムが動いたときには、引き締まった腹筋が波打つのがわかった。

濡れたデニムの向こうには、大きくなったペニスがある。硬い生地を介して熱が伝わってくるくらい、熱く猛っていた。ニコールは髪に差し入れられた手に頭を押さえられながら、腰を揺らしてふくらみを感じ取った。

デニムはサムが思っているほど、よくできた貞操帯ではなかった。ふたたび腰を揺らし、ジーンズのなかで動きまわる熱い鋼鉄の棒のようになっているペニスに押しつけた。

彼がうめくのを聞いて、ニコールはほほ笑んだ。いま主導権を握っているのはわたし……三十センチほど背が伸びたみたい。

オフィスで背後からニコールを拘束していた男は、力によってニコールを圧倒した。それは身のすくむような恐ろしい体験であり、その奥には屈辱感もあった。これまで暴力をふるわれたことも、物理的に力でなにかを強いられたこともなかったからだ。

あの侵入者にはいまいましいほどあっさりやられ、そのことに傷ついた。要するにあれは、おれのほうが強い、おれの言うなりになるしかない、という事実を突きつけられる体験だった。いやおうもなく、乱暴に。

サムのボディーランゲージはまったく逆のことを伝えている——あの侵入者よりさらに強いだろうに。ニコールが知っているなかで、サムは一番強い人だった。ひと晩じゅう抱きついていて、馬力があるのはわかっている。その気になれば、ニコールを意のままにすることができる。

だが、彼は動くごとに、その力のすべてをくれた。いまのように、ニコールがわざと挑発してペニスにお尻を押しつけているときですら、彼が自分を律しているのを感じる。律することが彼の人格の一部になっている。

「目をつぶって」背中の皮膚を介して、野太い声に彼の胸が振動するのがわかる。言われたとおりにすると、そっとシャワーの真下に押しだされ、シャンプーを洗い流された。

シャワーが止まった。「そこにいろよ」

ニコールが立ったまま見ていると、彼は戸棚からまばゆいほど白くて大きなタオルを二枚取りだし、それを広げた。ニコールが行くのを待っている。

「コンディショナーはないの？」水滴をしたたらせて歩きながら、ニコールは尋ねた。サムがぽかんとしている。「モイスチャライザーは？　モイスチャライザーなしにシャワーを浴びるなんて、考えたことがなかったわ」

「あの……」サムはうろたえて、あたりをきょろきょろした。コンディショナーやモイスチヤライザーが魔法でぽんと出てくるとでも思っているようだった。

ニコールの元恋人たちの多くは都会のイケメン異性愛者で、男性用ではあってもニコールと同じブランドの同じ商品を使っていた。最後につきあっていたセルゲイは、クリニークの男性向け商品をすべて持っていたので、歯ブラシ一本で泊まりにいけた。

ここにはタオルと石けんと歯ブラシと歯磨き粉があるのは見ればわかるけれど、どうやらそれだけらしい。サムのバスルームに日用品を持ちこまなければならない。

まっすぐサムの目を見た。「ここはクリームとローションでいっぱいになるから、覚悟しておいて。あなたに耐えられる、ビッグガイ？」

ニコールを大判のタオルで包みながら、サムはにやりとした。「ハニー、おれは地獄週間(ヘルウィーク)を生き抜いた男だぞ。我慢強さなら半端じゃない。ほら、両腕を出して」言われたとおりにすると、胴体と腕をそっと拭いてくれた。

「あなたはタフガイってこと？」

「うん？」じっと乳房を見ていたサムが、急に目を上げた。後ずさりをしたくなるほど、激しい目つきだった。いまにも笑いだしそうなのに、頬骨のあたりが張り詰め、目が細くなっている。「ああそうさ、自分のことをタフだと思ってる」

ニコールは手を伸ばしてペニスをつかんだ。「そうかしら、ビッグガイ？」

サムが巨体をこわばらせて、ニコールから痛みでも与えられたかのように、ひっと息を呑んだ。手のなかの大きな男の印が動き、長さと太さを増した。彼が小さくうめき、手のなかでペニスがぴくりとした。

いつ射精してもおかしくない。ニコールは思わず笑いそうになった。

なんて楽しいんだろう。

ニコールの人生のなにもかもが……おかしくなっていた。父は重い病にかかって苦しみながら死のうとしている。会社は軌道に乗りつつある一方で、父のことに気を取られるたびエンジンが止まりそうになる。正体不明の襲撃者がオフィスに押し入ってきて、こちらにはさっぱり見当のつかないなにかを探し、それが見つかるか、ニコールを傷つけるか、どちらが先になるかわからないが、どちらかになるまで犯人は探しものを続けるつもりでいるらしい。

これ以上悪くなりようがない。

それでいて、いまこの瞬間は、恐ろしい問題のすべてが遠くで羽音をたてているハエぐらいにしか感じられない。くたくたになった心と体は心配や不安を丸ごと投げだし、この瞬間を生きろと告げている。魔法のようなこの時間、大きくて屈強な兵士が、自由に使ってくれとその身を差しだしている。ニコールにその身を委ねたのだ。

サムがふたたび膝をついて残りを拭いてくれているあいだ、ニコールは転ばないように彼の肩に手を置いていた。触れているだけで気分がいい。全身が鋼のようなのは、身をもって知っている。裸の肩に指を立ててみたけれど、温かな鋼鉄製の機械に跡を残そうとしているようだった。巨体から放たれる熱たるや、驚くべきものがある。それがオフィスでの一件で取りついた寒気を追い払ってくれた。

見ていると、サムはゆっくりと立ちあがるついでに、大きな手で下から体を撫でていった。全身男らしさの塊のような人なのに動きが優雅で、立ちあがる姿は、体を味方につけた世界級の運動選手のようにしなやかだった。

サムは上下に顔を動かし、鋭い目つきでニコールの全身をゆっくりと眺めた。まるで体をまさぐっているようなそのまなざしに、全身の細胞が温まってふくらんだようになり、痛みが頭から吹き飛んだ。びっくりしてしまう。この人にたいする欲望には、スパでの一日以上の効果がある。

ニコールはとろけるようなキスが欲しくて、伸びあがって彼の首に腕をまわした。彼とのキスは、ほかの男とのセックスより官能的だ。けれどニコールは小さな悲鳴とともに、抱きあげられることになった。

「なにをしている――」言いさして、口をつぐんだ。なにをしているか明らかだったからだ。ベッドに運ばれていた。いいわ。完璧。願いはサムとベッドに入ることだったんだから。

そのあとに起きることが早くも感じられるようだった。ベッドに横たえられ、サムが重なってくる。その重みで押さえつけられ、脚で脚を開かされる。

ニコールは眉をひそめた。でも、その前にジーンズを脱いでもらわないと。濡れたジーンズをはいたままベッドに入るなんて、考えられない。

サムはニコールをそっとベッドに寝かせると、立ったまましばらく見ていた。ニコールは笑顔で両腕を差し伸べた。彼がのしかかってきて、体が重なる感触が恋しかった。待ち遠しさに皮膚がちりちりしている。

それなのにまだサムは突っ立ったまま、こちらを見おろしている。なにをしているの？

サムはベッドの足元に移動し、ニコールの脚をベッドの幅いっぱいに押し開いて、あいだにひざまずいた。

彼は前戯がしたいの？　けれどニコールのほうは、かつてないほど昂っている――昨夜をのぞいて。いまは前戯など必要なく、じつを言うと、これから永遠に必要なさそうだった。サムがそこにいること自体が前戯になって、血の通った女すべてを猛然と刺激するからだ。

そう伝えようとしたとき、サムの口が触れた。どこよりも敏感な襞に唇を寄せられたら、ため息しか出ない。

サムは唇にキスするのと同じように、そこにキスをした。いまそこに口づけして奪わないと死んでしまうと言わんばかりの熱心さだった。恐ろしく敏感になっていたニコールは、唇や舌の感触に身悶えした。軽く歯を立てられたときは、痛み一歩手前の痛烈な快感に体が跳ねあがった。

彼の頭に両手をかけ、喜びにのけぞった。全神経が股間の濡れた襞に注がれている。サムは親指で入り口を開いて、キスの雨を降らせている。青白い太腿のあいだに黒い頭があるさまに、ひどく官能を刺激された。

口をつけやすいように左脚を折り曲げられて、舌でじっくりと舐めあげられると、太腿がわななきだした。

見ると、自分の左乳房が鼓動に波打っていた。わずか数分にして、もう絶頂が近づいている。彼が口でたてる妙なる音だけが静かな室内に響いていた。海までが静まりかえり、波音が絶えている。あるいは、動悸のせいで聞こえないのかもしれない。

サムがキスをやめたのは、全身に震えが走りだしたときだった。めくるめく快感の渦の中に落ちようとしていた。サムは唇を遠ざける一方で、性器を見つめていた。浅黒い肌が紅潮し、唇は濡れて、顔は欲望に引きつっている。

「きみはあまりにきれいだ」かすれ声で言うと、指で性器をぐるりとなぞった。かさついた指がとてつもない刺激をもたらす。「ここも。ピンク色でふっくらとしている。そしてここ――」陰毛に触れてから、下腹部に手を置いた。「象牙と黒檀――まるで白雪姫だ」片脚を持ちあげ、大きな手で足をつかんだ。「そして足まで惚れ惚れするような美しさ」足を口に運んで、土踏まずを軽く噛んだ。ニコールの全身が粟立った。

ああ、ほんとうだったのね！　足が性感帯だというのは！　いまのいままで信じていなかったけれど、サム・レストンに足からつま先に向かって噛まれて、はじめてわかった。くすぐったいかと思いきや、感じたのはまぎれもない快感で、それが股間を直撃した。鋭く嚙まれた瞬間、腹筋もろとも膣がぐっと締まった。

サムはその瞬間を見のがさなかった。観察眼にすぐれているからだ。ニコールの全身に目をやり、すぐに股間に戻した。

だがサムは、ほかの男のように、女を激しく昂らせたからといって、自慢げにほくそ笑むような人ではなかった。唇を引き絞り、手で触れている部分をじっと見つめている。どこまでもやさしく、指先で入り口をくり返しなぞられるうちに、ニコールは身をよじらせはじめた。もっと強く触れて、そこに――

太い指が入ってきた瞬間、背筋を電流が走り、膣が痙攣しだした。まるで全身が絶頂感にあえいでいるようだった。開いた太腿はわななき、全身に震えが取りついて、膣は指を強く締めつけた。

目はつぶっていたけれど、まぶたの裏に光が散った。うめき声にも似た短く鋭いあえぎ声が口からもれた。なかに指を差し入れられ、親指で敏感になりすぎて痛いほど――けれど、痛みはない――のクリトリスをゆっくりとなぞられながら、収縮をくり返した。

そのまま永遠にも等しい時間が過ぎ、ようやく収縮がおさまりだすと、サムはかがんでふたたび口をつけ、唇と舌でニコールの絶頂を味わった。

あまりに感じすぎて逃げようとしたけれど、サムはやさしく、けれど容赦なく、腰骨を押さえつけていた。

動けなかった。身を引けなかった。ただひたすら、時間のはざまに落ちこみ、鋼鉄の破片のように体じゅうに散らばった鋭い喜びを感じて、痙攣をくり返すしかなかった。

ようやく体が鎮まってきた。サムが身を引き、重々しい顔つきで見おろしている。ニコールの全身に汗が噴きだし、空気の重さすら感じるほど皮膚がぴりぴりしていた。胸は波打ち、息をあえがせているせいで、喉が渇いている。

ああ、こんなに激しく強い感覚があったなんて。ふたたびサムが下腹部に手を置いた。大きな手にほぼお腹全体がおおわれ、信じがたい体験を終えた体を重みとぬくもりで押さえつけてくれた。

もうへとへとだった。疲れすぎて、動くことも考えることもできなかった。サムの視線をとらえてまばたきしたら、わずか二度で、もうまぶたが持ちあがらなくなった。

頭を横に倒し、灯りが消えるように、ことりと眠りに落ちた。

やれやれ、彼女をリラックスさせすぎてしまった。サムは弱り顔でニコールを見た。リラックスさせすぎて、そのまま眠ってしまったのだ。さて、大きくなったムスコをどうしたものか？

顔をしかめて立ちあがった。ペニスと筋肉がこわばり、緊張のしすぎで息をするのも苦しい。ベッドの脇にまわり、黙って彼女を眺めた。どこもかしこも繊細で、生身の女というより、夢のなかの女のようだ。

脚を開いたまま眠ってしまったので、やわらかな陰毛の向こうにピンク色の皮膚がのぞいている。やわらかく湿っているのはわかっている。舌と手の両方で確かめたのだから。受け入れる準備は整い、まずいことに、こちらも準備万端だった。ジーンズのなかでペニスがすすり泣き、彼女にのしかかってすぐに入れろと訴えている。それに彼女のあの寝姿。長く細い腕を頭上にやり、好きにしてと言っているようだ。これでは死者でも起きあがるだろう。

しかもサムは死者にはほど遠い。全身の細胞が活気づき、彼女を求めている。いますぐに。きっとニコールは受け入れてくれる。明日の朝、東から太陽がのぼるのと同じくらい確実に。体を重ねたら、ほほ笑み、目をつぶって、全身で迎え入れてくれる。長い脚を巻きつけてきて、腕は背中にまわし、キスを求めて口を開いてくれる。

彼女を抱きたくて、武者震いが走った。全身がからからに乾いて冷えきり、彼女だけが与えられるものを求めてあえいでいる。ニコールを少しリラックスさせたかっただけだったのだ。軽く感じさせて、自分にもその気になればば抑えがきくのを示したかった。

彼女に飛びかかる前に。

どうやらうまくやりすぎてしまったらしい。彼女は完全に意識を失って、まぶたすら動かない。

ジーンズを脱いで、ベッドに横になろうか？　一瞬、その気になりかけた。彼女を少しだけ自分のほうに転がし、自分の腰に脚を片方かければ、なかに入れられる。そうとも、自分の口と彼女自身の愛液とで、もうじゅうぶんに潤っているから。ペニスがなかに入っているのを感じたら、ニコールも目を覚ますだろう。ゆったりとやさしい動きなら、起こし方として最高のはずだ。

サムはジーンズの真鍮のボタンに手をかけ、ふと手を止めた。

彼女は熟睡している。疲れているからだ。目の下には紫色のくま。ふだんより頬骨が目立ち、ほっそりした胴体がさらに細くなっているようだ。二十四時間で体重が減ったなどということは、あるだろうか？

そのときある思いが大きなハンマーのように上から頭を打ちつけた。蹴られるものなら、自分のケツを蹴りあげてやりたい。

ニコールは腹が減ったと言っていた。食事とシャワーを求めていた。今日一日食べていない可能性はおおいにある。昨夜のことで動揺したと言っていたではないか。女のなかには、動揺すると食べられなくなるものがいる。

兵士とは違うのだ。兵士は絶対に食欲を失わない。つぎいつ食べられるかわからないからだ。それに、その食事が戦場で味方の助けを待つあいだ数時間生き延びるための糧にならないともかぎらない。

ニコールは腹をすかせていた。

それを思うと、全身に寒気が走った。あまりの恥ずかしさに、むかむかしてくる。腹が減るのがどんなにつらいか、よく知っているのに。成長に見あった栄養をとるため、子ども時代の半分は食べるものをあさって歩いた。それなのに、セックスがしたいばっかりにニコールにひもじい思いをさせたことがショックだった。

はじめてニコールを見て、その美貌に頭をがつんとやられて以来、彼女に夢中だった。そう、あれは性的な欲望だった。だが、知りあいとなって、じかにそのすばらしい人柄に触れ、その温かみを感じたいま、もはやほかの女に欲望を感じられるとは思えなかった。

これで決まり。ニコールしかいない。

その女になにをした？　昨夜は彼女が死にそうなほどやりまくり、今夜は腹が減っているのに空腹のまま放置した。

これを教訓にして、以後気をつけなければならない。どう猛な大型イタチのように彼女に襲いかからないこと――少なくとも、ほかの必要を満たしてからにしなければ。

欲望を抑えなければならない。いくらかは。必要なときは。せめて、できるときだけでも。

これまで決まった相手はいなかった。セックスした女は数知れないが、数週間にわたって関係が続いたときも、ひと夜かぎりの関係が何度か重なったにすぎなかった。おおいに機能障害を起こした人びとに囲まれて育ち、腹立ちまぎれに相手を殺しかける男女をまのあたりにしてきた。そんなサムにカップルの片割れになることがどういうものなのか、わかるはずもなかった。

だが、みずからの力でそうした環境を抜けだし、立派な兵士となり、いまは優秀なビジネスマンとなった。そのために必要なことは自分で学んできたのだから、ニコールのような女のパートナーとなるために必要なことも、学んでいけるはずだ。自分にならできる。学べばいい。

そのステップの第一段階が彼女のニーズを満たすことだ。彼女は疲れているのだから、眠らせておかなければならない。腹を減らしているのだから、温かい食事を準備してやらなければならない。その食事で腹を壊さないことを祈りながら。

キッチンに向かった。途中でジャケットのポケットに入っていた携帯電話が鳴った。

「はい？」

キッチンの戸棚になにが入っているだろう？　おれに料理できる温かなものはなんだ？　トラウマを負った女には、なにを食べさせたらいい？　スープ。そう、スープだ。病人にはスープを与える。あとはスープのつくり方……。

「サム、ハリーだ」

「うん？」

やっぱりスープは無理かもしれない。材料と時間と技術がいる。ホットチーズサンドならいけるかもしれないぞ。

「サム、捜査局のやつらが会社に来てさ」

「連邦捜査局がか?」スープとサンドイッチが頭から飛んだ。FBIの捜査官が会社に来る理由があるとしたら、ひとつしかない。「監視カメラから抜きだした写真を見たんだな?」

「ご明察。いい知らせじゃない」

「いつだってそうだろ。もったいぶるな」耳と肩で携帯をはさんで、シャツに袖を通し、ショルダーホルスターをつけて、ジャケットを着た。ジーンズは濡れたままだが、かまうものか。事態が急展開しているなか、遅れをとるわけにはいかない。

「犯人はかつて特殊部隊に所属していた元兵士、陸軍のレンジャー部隊に十年いた。五年前、基地の兵器を横流ししたかどで不名誉除隊処分になり、それきり消息を絶った。だが、捜査局はある依頼殺人事件とやつを結びつけて以来、網を張っていた。やつには赤旗が立てられてたのさ。それでさっそくFBIが駆けつけたわけだ」

たしかに悪い知らせだった。特殊部隊の兵士には特別な能力がある。ひとりあたりおよそ百万ドルの大金をかけて訓練し、結果としてその大金に見あった兵士ができあがる。そのひとりひとりが狡猾で、執拗で、外科医並みの正確さで破滅的な暴力を振るう能力を備えている。そんな特殊部隊の兵士が悪に走ったとなれば、悲劇にほかならない。そしてその悪に走った特殊部隊の兵士がニコールを狙っているのだから、これほど恐ろしいことはなかった。

着いた。

「すぐに行く」携帯を閉じた。武器庫からグロック19を取りだし、弾薬が詰まった弾倉を押しこんだ。弾倉ふたつをジャケットのポケットに入れて、グロックをショルダーホルスターにおさめた。会社に行けばたっぷり火器があるが、とりあえず準備を整えると気持ちが落ち着いた。

たっぷり一分、ニコールを見つめた。自分のベッドで大の字になってぐっすり眠っている。いま起こしてなにかいいことがあるか？　皆無だ。彼女にできることはないし、高度な訓練を受けた悪党に追われていると教えたところで、不安が増すだけだ。いま彼女にできる最善は休むこと。父親の安全は確保されているし、サンディエゴで警備に信頼がおける場所があるとしたら、このサムの自宅しかない。

ここは最上級の機能を備えている。三重のバックアップ体制に加えて、電気が切れたときに警報システムが作動するように小型の発電機まで別個に用意してある。法廷で誓ってもいい、ここに入れるのは自分とハリーとマイクだけだ。

サムはメモを走り書きした。〝ハニー、会社に行かなければならなくなったから、起きたら携帯に電話をくれ。なるべく早く帰る〟。そしてそれをドレッサーの上に置いた。

急いで会社に行かなければならないのに、それでも一瞬、寝室を出る間際に立ち止まって、裸でベッドに横たわるニコールを見た。たおやかで丸みのある体のすべてがあらわになっている。華奢な鎖骨、突きだした腰骨、長い脚。

息を呑むほど美しい女。すれ違った人が思わずふり返る美人。モデルで大金が稼げるたぐいの美女。

だが、美しいだけの女ではない。賢くて強く、やさしくて楽しく、なによりすばらしいのはその誠実さだった。百万ドルの価値のある女、そしておれの女。

この女を守らなければ。

ニコールを狙っている悪党が元レンジャーなら、サムのほうは元SEAL。負けたほうが地獄送りになる。この命あるかぎり、誰にもニコールを傷つけさせない。

そしてサムは、やすやすと殺される男ではなかった。

# 12

やってきたのはウィルソンとかいう、手回しのいい優秀な男だった。ウィルソンは前もって銀行の口座番号を伝えてきたので、オフホワイトの車体に電気店のロゴの入ったこれといって特徴のないトランシットのバンに乗って彼がやってきたときには、アウトローも金の振りこみを終えていた。こういうときにケチってはいけない。払っただけのサービスが受けられる。それに、支払うのはどうせ依頼人だ。アウトローは請求額にこの額を上乗せするだけでいい。

だから金を扱う連中のために働くのはやめられない。やつらにはたいがいのものを手に入れるだけの金がある。そして問題が排除されることだけを望み、それをかなえるためには喜んで金を投げてよこす。

ウィルソンの運転する車で倉庫へと向かいながら、アウトローは手短かに指示を与えた。老人は縛りつけて後ろに転がしてある。家から運びだすのはたやすかった。少女ほどの体重しかないし、薬で朦朧（もうろう）としていたからだ。やはり後ろに積みこんできた看護師の死体は、沈める前に重い鎖をつけて、腹をかっさばく。鎖の重みでじゅうぶんな可能性もあるが、腹部に発生するガスによって浮かびあがってこないともかぎらない。腹をかき切るのはその用心のためだ。アウトローは万が一の可能性もゆるがせにしない。

「老人を餌にして娘を呼びだし、おまえに会わせる。おれが娘から必要なものを奪いしだい、ふたりを埠頭から突き落とす。で、いま向かっているのは具体的にどんな場所だ？」

「街の南側」ウィルソンは答えた。「フリートリッジ近辺の港湾地区にある倉庫だ。持ち主がヤクの受け渡し場所にしてるのがばれて、取り壊されるのを待つばかりになってる。いや、来月の予定なんだがね。それまでは誰もいないし、夜もこの時刻となったら、五キロ圏内、がらんとしたもんさ」

「完璧だ」アウトローは言った。思ったとおりだった。やはり地元民にはかなわない。それにウィルソンは掛け値なしに有能だった。指示に忠実で、無駄話をしない男が、アウトローの好みだった。

使うのは元兵士と決め、これまでのところ、それでうまくいってきた。さらに検索条件を見なおして、特殊部隊への入隊を希望しながら選抜過程で脱落した男たちに狙いを絞った。これほど最適な人材はいない。長く厳しい選抜過程のどこで落ちたかによっては、惑星一の訓練を受けつつ、特殊部隊員に特有の〝おれのやり方に文句があるなら出てけ〟といった態度がない。特殊部隊員はひとりの例外なく納得しなければ命令に従わず、それではアウトローの役に立たない。

アウトローは部下に理解を求めない。従いさえすればいい。

それに、元特殊部隊員はやすきに流れて、警備会社に就職することが多い。履歴書にはほかになにもいらない。元SEALやレンジャーやフォースリーコン（海兵隊所属の偵察部隊）の経歴さえあれば、それで雇い主は満足する。

その点、合格一歩手前までいった男たちは数が多いうえに、除隊したが最後、誰からも敬意を払われない。雇われ保安要員や警備員、あるいは三流有名人のボディーガードとして安く使われるのがせいぜいだから、金がいらないやつなど、ただのひとりもいない。

みな厳しい訓練を積んできながら、最終段階に残れなかったがために、人生そのものが終わってしまう。だが、エリート兵士が持つカミソリのような鋭さを必要としないアウトローにしてみると、彼らこそが天の恵みだった。頑丈で強い筋肉と、その内側にいくらかの知能があればそれでこと足りるからだ。

名前をおおやけにできない依頼人から舞いこむ仕事は、さほど複雑でないものが多かった。特殊部隊員になり損なった連中は有能で、命令をよく聞き、仕事をもらえたことをありがたがる。特殊部隊員が退役後にたがいに融通しあう一流の警備業務からは閉めだされているからだ。

そういった連中は落伍者には目もくれない。アウトローは前に一度、元SEALがある男を避けて通りを渡るのを見たことがある。避けられた男は、地獄週間（ヘルウィーク）を四日めにして脱落した男だった。

アウトローはそうした男たちを敬意をもって処し、通常よりいい金を払うことで、すばらしいサービスを提供してもらっている。

金を扱う男たちとつきあうことで多くを学んできた成果がこんなところにも出ている。

太平洋を泳いでいた。安全な場所を離れて、ずっと沖合まで。必死にあがったのだけれど、強い波にゆっくりと押されて、ここまで来てしまった。

暗くなってきた。太陽の最後の一片が広大な海の暗さに呑まれて、陸地には明かりひとつない。陸からの風が強くなり、中国まで続きそうなさざ波が海面に立っている。泳ぎは得意でないので、早々に疲れてしまった。どんなにけんめいに泳いでも、陸が近づいてこない。風のいきおいが増し、冷たくなって、体力を奪っていく。ふいに頭上で波が砕けて、海水を飲んでしまった。氷のように冷たくてしょっぱい。水を吐きだしながら浮かびあがったものの、恐ろしさに震えが走る。

気を取りなおして深く息を吸うと、いま一度岸に向かって泳ぎだした。目指すは陸。冷たくて容赦ない暗い海から盛りあがって見える黒くて大きな塊。手のかきを速めようとしたけれど、海流は信じられないほど強く、流されずにいるのが精いっぱいだった。

また頭上で波が砕けて、海中に引きこまれた。海面に浮かびあがったときには、息が切れかけていた。あえぎながら立ち泳ぎをし、恐怖にかられて周囲を見まわした。

あたりはまっ暗、いまや一面の闇だった。これではどちらが安全な岸なのかわからない。正しい方角であることを祈りながら、ふたたび泳ぎだした。もはや泳ぎのリズムは崩れ、湧きあがってくるパニック感を必死に抑えた。それこそが死につながる海の敵だ。それと同時に、広大な外洋へと押しだそうとする海流とも闘わなければならない。

へとへとになって息を吸うと、空気の代わりに海水が入ってきた。四肢がばたつき、寒さのせいで動きを制御できない。パニックを抑えようと、立ち泳ぎで三百六十度回転した。どこもかしこもまっ暗だった。岸までの道標となってくれる光や音はなかった。水平線にも船一隻浮かんでいない。

そのまま動かず、大きくなっていく波に身をまかせた。無駄に体力を使わなくていいようにタイミングを計ろうとした。波がどんどん大きくなって、最高潮に達して泡が立つと、ちらちらっと光が放たれる。そのあと波は落ちこみ、それを延々とくり返す。波が立ち、最高潮に達して、砕ける……つぎの波が思ったより早く頭の上で砕けた。予想外だったので、肺に空気がなかった。

ああ！　波の下には真っ暗闇が広がっている！　渦巻く海水に激しく揉まれたせいで、どちらが上でどちらが下だかわからなくなった。頭を後ろに倒してみたけれど、なにも見えない。海面に星明かりが映っていればいいのに。

水を蹴りだした。できるだけ速く脚を動かした……上へ？　神さま、お願いです、上に向かって蹴っていますように。残る力をふり絞って、より強くより速く脚を動かした。肺がひりひりして、海水とともに肺を満たしてくれるはずの空気を吸いこみたがっている。もつのはあと一秒か二秒……。

こんなところでひとり死にかけている。冷たく暗い海で、みずからの鼓動以外に音もしない。心臓が激しく肋骨に打ちつけている。海面に浮かびあがろうと両手を伸ばしたけれど、触れるのは冷たい海水ばかりだった。

わたしは死のうとしている。心のなかでパニックが呼び鈴のように鳴っている。鳴っている、鳴っている……。


ニコールはがばっとベッドに起きあがった。息があがり、汗まみれで震えていた。闇に包まれているので、どこにいるのかわからない。震える手を伸ばしてランプを見つけると、スイッチを入れた。まばたきしながら、呆然と部屋を見まわした。

ベルの音は延々と続いている。携帯だ！

バッグに飛びつき、床に寝そべったまま、携帯を探した。サムかもしれない。ここにいないから。室内はがらんとして、ひとけがなかった。そして、いまになって気づいた。ドレッサーの上にサムの書き置きが残っていた。

ニコールは携帯の小さな画面を見おろした。サムではなく、父からだった。なにか悪いことが起きたの？　病状が悪化したのだろうか。

「お父さん？」息を切らして、電話に出た。「だいじょうぶ？」

「おまえの父親じゃないぞ、売女」低くて太い男の声。この軽いしゃがれ声には聞き覚えがあるような……。

「誰なの――」ふいに答えがわかった。ほんの数時間前に、自分の耳にささやきかけていた低いしゃがれ声、あの侵入者だ。

「画面を見ろ」

ニコールは携帯の画面を見て、息を呑んだ。まっ青な顔をした父が椅子に縛られていた。がたがた震えているのは、怖いからではなく、必要な薬が切れたことによって生じた筋肉の痙攣だ。ニコールが恐怖の面持ちで見つめていると、画面には映っていない大きな男が手だけ突きだし、ナイフをつかんで、父の顔のこめかみから顎に向けてなぞった。

最初はナイフの背のほうを父の顔にあてているのだと思った。ただの脅しとして。いいか、その気になればこんなことができるんだぞ、と。

けれど、やがて赤く細い線が現われ、それがどんどん太くなり、ぱっくりと口を開いて、父の顎から薄い灰色のパジャマへと血がしたたり落ちだした。画面に目を凝らすと、骨まで達しそうな深い切り傷ができているのがわかった。

「やめて!」携帯電話に叫んだ。「父を傷つけないで!」

　ふたたび手が現われ、こんどは拳銃を持っていた。大きくて黒い拳銃は、弱々しい父のそばにあると、巨大に見えた。物騒な黒い金属と、皺だらけで青白い父の肌。拳銃は下に向けられ、父の膝に銃口が押しつけられた。強く押しつけられているので、パジャマのズボンの生地が皺になっている。

そこで画面が暗くなった。

「傷つけるぐらいですむと思うなよ」太くてどう猛な声が聞こえてきた。「銃を見たな?」

ニコールは耳を傾けた。心臓が早鐘を打っている。

「おい——銃を見たかと訊いてるんだ!」どなり声がとどろいた。

返事をしようとしたけれど、口と喉がからからに乾いている。まったく声が出なかった。

咳をして、どうにか声を絞りだした。「ええ」

「よし。銃があるのを忘れるなよ。さて、こっからは注意して聞け。おまえにしてもらいたいことを言う」冷ややかで落ち着いた声に戻った。バルボア公園への道順を教えるような調子で、指示を与えようとしている。「タクシーを呼んで、フリートブリッジまでと伝えろ。ウエストウッド・ショッピングモールの駐車場だ。携帯はつなげたまま、おまえがなにを言い、なにをしているかおれにわかるようにしろ。さもないと、父親にツケを払わせる。ひとりで来なかったら、父親には死肉になってもらう。どうせ死肉になるのは、誰が見たって明らかだがな。ただ、その前に苦しませてやる。指示にそむいたときは、おれはおまえの父親を連れて消える。父親には二度と会わせないが、残りの人生をどう過ごすか、おれがどう痛めつけるか、逐一知らせてやる。わかったか?」

ふいに室内の温度が下がった。ニコールは寒気と恐怖に震えていた。「わ、わかったわ」ささやき声で答えた。

「このことを誰かに言うなり、知らせるなりしたら、そしておまえひとりでなかったときは、まず父親にツケを払わせて、つぎがおまえだ。駐車場で人が待ってる。わかったな? いまの指示から少しでも外れてみろ、まずは父親の膝を撃ち抜く。どんなに痛いか、説明するまでもなかろう」

「やめて!」頭のなかでパニックがはじけた。「そんなことしないで! お願い、お願いします。心配いりません。言われたとおりにします」

「そうだろうとも」恐ろしげだった声がいまや愛想よく楽しげになった。「おっと、もうひとつ。すぐにタクシーが拾えるように祈るんだな。二十分で待ちあわせ場所に来ない場合は、父親を少しずつ撃たせてもらう」

「そ、そんな」歯の根が合わないせいで、しゃべるのがむずかしい。「お、お願い。そんな、そんな……やめて」

「それがいやなら、おれが欲しいものを持ってこい」

そんな！　なにを求めているの？「なにが欲しいか、わたしにはわからないわ！」

その声はむなしく置き去りにされたが、電話は切れていなかった。通話状態を保っている。怯えきっているので、思うように手が動かなかった。ニコールはサムのコードレスホンをつかもうとして失敗し、床に転がるのを見た。震える手でようやく三度めにつかむと、電話帳のTのページを開いて、一枚を引きちぎった。三回めでどうにかタクシー会社の番号を押しきった。電話が通じるのを待ちながら、無器用な手つきでシャツを着て、ジーンズをはき、ローファーに足を押しこんで、バッグを手に持った。

タクシー会社の通話係から四分以内に表玄関にタクシーが着くと聞くなり、部屋を飛びだしてエレベーターに向かい、いらいらとくり返しボタンを押した。

パニックにじりじりしながらエレベーターに乗りこみ、地上階のボタンを押した。ああ、なんてのろいの！　長い長い時間の末にようやく一階に着くと、エレベーターを飛びだして、ロビーを突っ切り、きれいに整備された表の庭に出た。不安に体を震わせながら、頭にタクシーの標識を載せた車を暗い夜道に探した。

午前二時。居住区域は静まりかえり、道路の向こうに広がるまっ黒な海はむっつりと陰気な静けさをたたえていた。

ニコールは手にした携帯をもの欲しげに見つめた。サム。この通話を切って、彼の番号を押しさえすれば、サムにつながる。駆けつけてくれるはずだ。ああ、サム。ほんの一瞬でいいから、太くて心強い彼の声が聞きたい。サムにならどうしたらいいかわかる。どうしたら父を助けられるか知っている。

けれど、冷酷で無慈悲な声は、きわめて具体的に指示していた。誰にも連絡するな。携帯をつなげたままにしておかないと、父親にツケを払わせる。

危険は冒せない。これが自分だけの問題なら、あぶなかろうとどうしようとサムと連絡を取るが、ツケを払わされるのは父親だ。心のなかで、どうせお父さんはツケを払わされるのよ、という小さな声が聞こえた。そして、自分も。それでも、残虐な犯罪者が定めたルールにのっとって動くしかない。

あの男は心づもりを明確に伝えるためだけに、いとも気楽に父の顔をナイフで切った。もしニコールが指示に従っていないと察知したら……。

想像するのも恐ろしい。

暗がりのなか、骨まで冷えきるので、何度も執拗に時間をチェックしながら、その場で跳ねていた。二十分。二十分以内に駐車場まで来いと指示され、すでに五分が過ぎていた。あと数分タクシーが来なければ、指定された時間に間に合わない。

来た！　がらんとした夜道を明るいヘッドライトとルーフのタクシーの標識が高速で近づいてくる。一分もしないうちにタクシーの文字がはっきり見えたので、ほっとため息をついた。黄色いタクシーが縁石沿いに停まった。急いで近づき、ドアを開いた。

「フリートリッジのウエストウッド・ショッピングモールの駐車場まで。十五分以内に到着してくれたら倍払うわ」声が高く、ヒステリカルに響いた。

運転手はまだ学生のような顔をしていた。こざっぱりとして、とても若い。後部座席に大あわてで乗りこんできた女を見て、多少あっけにとられているようだ。

「了解」運転手はぼそっと言うと、路面にタイヤを軋(きし)ませて急発進した。

ニコールは窓から外を眺めた。運転手が内陸方面にハンドルを切ると、黒々とした海原が視界から消えた。からっぽの通りを快調に飛ばしていく。

またもやサムのことが頭に浮かんだ。自分でもびっくりするほど、彼の声が聞きたかった。ひと粒の涙が頬を伝い、いらだたしげにぬぐい取った。涙などなんの役に立つだろう。

父があの男にとらえられていることを思い、身の毛がよだった。父はありったけの愛情と介護と、医療の専門家が与えうるかぎりの液剤によって、どうにか生き長らえている。それが意に反して、平気で父を傷つけることのできる暴力的な男にとらえられている……それだけで命を落としてしまうかもしれない。いま指定された場所に大急ぎで向かっているけれど、その先には父の死体が転がっているだけかもしれないし、あの凶悪な犯人は嬉々として無力な老人を傷つけるだろう。犯人はなにかを奪いたがっており、それがなにだか、ニコールにはわからなかった。

コンピュータのファイルだろうか。ただ、ハードディスクには自分と顧客以外の誰かの役に立つものなど、ひとつも入っていない。犯人がそれを知ったとき、それがなににしろ、彼の望むものがないとわかったときに、自分は殺される。だとすると、父はおそらく死に、自分は確実に死ぬ。そのためにいま自分は急いでいることになる。

若い運転手は駐車場に着くと、派手にハンドルを切ってなかに入った。路肩の砂利敷きのやわらかな部分で、軽くすべった。がらんとした駐車場に、きたないオフホワイトのバンが停まり、運転席の外に男がひとり立っていた。駐車場は街灯に照らされているが、バンの上だけついていないので、男の顔は見えなかった。

「着いたよ」運転手はほがらかに告げて、メーターを止めた。十五ドルと表示されている。

「ぴったり十五分だ」

まともな声が出るとは思えなかったので、ニコールは二十ドル紙幣と十ドル紙幣を一枚ずつ出し、がくがくする脚でタクシーを降りた。

いまにも膝から崩れ落ちそうになりながら、ゆっくりと駐車場を横切った。バンまでたどり着くと、男が手を突きだした。

侵入者とは別の男だ。つまり、少なくとも敵はふたりいる。

ニコールの心の片隅には、男と戦って勝つことはできないけれど、男を出し抜くチャンスならあるかもしれないという、かすかな希望があった。男が目を離した隙に、なにかで頭を殴ってやるとか……だが、そんな希望もそこまでだった。ありえない。ふたりがかりなら、もはや生きては戻れない。

「電話」こちらの男の声も、侵入者と同じように落ち着いていて冷ややかだった。同類だ。抜け目がなくて冷酷で、顔色ひとつ変えずに人を殺す。

携帯電話を差しだす手が震えた。

男は小さく動かした。「乗れよ」

車にはけっして乗るな。

これは、誘拐を主要産業とする国々に住む国務省の職員家族が教わる基本的なルールのひとつだった。車にはけっして乗るな。急いで逃げること。悲鳴をあげて、注目を集めること。催眠ガスを携帯して、それを使うこと。けれど、なにがあっても、絶対に車に乗ってはいけない。車に乗ったら、死んだも同じと思うこと。

すばらしい警告だ。ひとつだけ問題がある。国務省の職員家族向けに自衛セミナーを行なうお利口な男女がけっして口にしないことがある。愛する者が人質としてとられた場合にどうしたらいいかだ。

車にはけっして乗るな。

ニコールはバンに乗りこんだ。

男はニコールの携帯を投げ捨て、ブーツの踵で踏みつぶすと、駐車場脇の植えこみに蹴り入れてから、運転席についた。

車にはけっして乗るな。

だがいまニコールは車のなかにいて、サムとの最後の絆は、欠片(かけら)となって暗いアスファルトに転がっている。

# 13

サムがオフィスに入ると、そこは作戦本部と化していた。ひとつ残らず明かりがつき、ずらりとならんだコンピュータのモニターもすべてついている。そして四人の男がデスクを囲んで坐っていた。ハリーとマイクと、残るふたりは——見ればわかる——ＦＢＩの捜査官だ。

全員が苦虫を嚙みつぶしたような顔をしていた。

「おれにも見せてくれ」サムはデスクについた。

一瞬の沈黙をはさんで、マイクが言った。「いい話はない。まず新顔ふたりを紹介させろ。こっちのふたり——」

「ＦＢＩだろ」サムは言った。「それぐらい、わかるさ」

味気ない顔がふたつ。「靴を見ればわかる」サムは種明かしをした。治安部隊ならブーツだし、ＣＩＡなら最高級品の靴をはく。

また一瞬の沈黙。背の高い、見るからに上役のほうが、うなずいた。「わたしはロス特別捜査官、そしてこちらがバンゼッティ特別捜査官です」

彼らがモルダーとスカリーだろうと、サムには関係なかった。ＦＢＩの連中は虫が好かない。なんでもいいから、さっさと本題に入ってもらいたかった。

「秘密情報を教えてくれ」サムは捜査官それぞれの目を見た。

だが、答えたのはマイクだった。マイクは見ていたラップトップをサムのほうに向けた。軍のアルバムから取りこまれたページが映っていた。ページの左上でひときわ目を引くのが、ニコールのオフィスに押し入った男の顔写真だ。仮面のような無表情。

黒のベレー帽をかぶり、肩にはクロスしたナイフに骸骨が重なる所属章が取りつけられている。左袖にはレンジャータブ。

陸軍基地の武器を売り払って不名誉除隊になった男。

ニコールのおおいなる脅威が、そこにはっきりと映っていた。

サムは口を結び、注意深く文字を追いながら、奥歯を噛みしめた。男の名前はショーン・マキナニー。第七十五大隊所属。イラクおよびアフガニスタンで戦闘に参加。二〇〇五年に不名誉除隊。

サムは男たち四人を見あげた。「たしかにレンジャーだな」

ロス特別捜査官が答えた。「そのとおりです。ＦＢＩは二年にわたってこの男を追ってきました。除隊してから――」

「不名誉除隊だ」サムは口をはさんだ。

「そうですね」ロス特別捜査官が口元をゆがめた。「彼は不名誉除隊処分を受けたあと、地球上から消えた。うちでは殺し屋になったと考えています。強盗に見せかけて銀行のCEOが殺害される事件があって、その現場でちょっとしたものが見つかりました。また、別の殺人事件で監視カメラのテープに横顔が写っていました。今回は運がよかった。正面から顔が写っていましたからね。住所不明。ショーン・マキナニー名義で家屋や車が購入もしくは賃貸された記録はないし、クレジットカードの使用歴および出入国記録もありません。だから、どこにいるのか足取りがつかめない。捜査の網の目からもれています」

「いまどこにいるかわかってるだろ」サムは容赦なく指摘した。「ここサンディエゴで、仕事に励んでるんだから。ホテルはあたったのか?」表向きは冷静を装っているが、内心は怒りに煮えくり返っていた。特殊部隊の兵士が殺し屋に転身とは、最悪の知らせだ。

「まさかと思うでしょうが、すでにすませました」ロスは答えた。「いまは写真を持ってまわらせています。ホテルに泊まっているのなら、偽名を使っているでしょうからね。やつをパクリたいという気持ちでは、うちも負けてませんよ」

そうだろうか? サムは暗い気持ちで思った。捜査官たちにとってはただの仕事、彼らは悪党を生け捕りにしたがっている。捕まえれば実績になり、うまくすれば昇任もありうる。それにたいして、サムの望みは自分の女を守ることだから、両者のあいだには大きな違いがある。口を開きかけたとき、携帯が矢継ぎ早に三度振動した。

全身の毛が逆立った。逆立った体毛がシャツの袖や前身ごろに触れ、恐怖が小さな槍となって刺した。頭でパニックが爆発し、白熱光を放った。凍りついたまま、動くことも息することもできなかった。

ふたりの捜査官は気づかなかった。ハリーとマイクは妙な目つきでこちらを見ている。サムが短く首を振り、ふたりにメッセージを伝えた。あとで話す。

ロスはラップトップでなにかを調べて画面を指さし、バンゼッティは小声で携帯を使っていた。バンゼッティは通話を終えると、パートナーを見た。「都心部にある全ホテルとモーテルの捜索がすみました。見つからなかったそうです」

サムは口元をこわばらせた。事件直後に聞きこみをはじめたとしても、二時間ほどしかたっていない。そんな短時間に都心部のホテルとモーテルの捜索を終えたということは、所轄署の警官を総動員したということだ。おそらくサンディエゴ市警察本部の全警官を。大がかりな捜索だ。ますますもってこのふたりを追いださなければならない。いますぐに。

携帯は手のなかにあった。ニコールに電話がしたくて、手のひらのなかで燃えているように感じた。

サムは立ちあがった。捜査官ふたりが顔を上げ、はっとして、やはり立ちあがった。サムは伸びあがって大あくびをすると、気まずげな顔をした。「昨晩はあまり寝てなくて」ふたりに打ち明けた。この四十八時間で四時間ほどしか寝ていないが、通常の三倍量の精神安定剤でも与えられないかぎり、眠れそうになかった。体じゅうの細胞が警報を発している。いますぐふたりの捜査官を蹴りださなければならない。「どうやら、その男、ショーン・マキナニーとかいう男を見つけだすために、大量に人を投入したようだな。それならすぐに捕まるさ。見つかったら、おれからも二言三言、やつに言ってやりたいことがある」

サムにはどう演技すべきかわかっていた。二時間前には肝を冷やしたが、いまはきれいな女の待つベッドに戻りたがっている人好きのする男を演ずればいい。

それを見た捜査官ふたりには、社交的な仮面の下に恐怖で脂汗を流す男、肝を冷やして怒りをたぎらせている男が潜んでいることなど、思いも及ばないだろう。

ハリーとマイクが困惑顔でなりゆきを見守るなか、サムは捜査官たちをていよくドアの外に追いやり、そそくさと握手を交わした。

「サム」ドアが閉まると、ハリーが不安そうに言った。「おまえ、わかってないのか？　ニコールの会社に押し入ったのは――」

「時間がない」サムは歯を嚙みしめた。「携帯に信号が届いた――自宅のセキュリティが破られて、誰かが外に出た。ニコールが動きだしたんだ。何者かに強要されでもしないかぎり、ニコールがおれに黙ってアパートを出るはずがない」ニコールの携帯の番号はスピードダイヤルに登録してある。ちくしょう、通話中だ。「ハリー！」サムは吠えた。「この番号の位置を特定してくれ。急げ！」ニコールの番号を早口で伝えた。ハリーは松葉杖を片側に寄せ、一台のコンピュータの前に坐ると、キーボードに向かった。

サムは自宅のコンピュータに接続されているモニターのスイッチを入れた。自宅コンドミニアムのだだっ広くて暗いロビーが映しだされた。

「おいおい」マイクがつぶやいた。「自宅のセキュリティ映像をハッキングかよ」

高品質のカメラが使われている。あの部屋を買うにあたって、それが条件のひとつだった。金を惜しんで四秒ごとに映像がぎくしゃくしてはかなわない。サムはニコールが部屋を出たことを知らせる信号が入った十分前まで映像をさかのぼった。すべてくっきり見え、U字形のデスクの奥には夜警の姿がある。午前二時だが、夜警は読書も居眠りもせずに警戒にあたり、デスクにならんだモニターを順繰りに見ていた。

いい警備員だ。

夜警はなにかを聞いたのだろう。エレベーターのほうに目をやり、銃器のホルスターに手をやった。そこへニコールが登場した。あわてふためいたようすでロビーを小走りに突っ切ると、巨大なガラスの両扉のすぐ外で立ち止まった。ここまでがロビーの監視カメラでカバーできる範囲だ。サムはモニターに目を凝らした。ニコールは震える細い腕を腹に巻きつけている。なにかを待ちあぐねて、自分を慰めようとでもしているようだ。

マイクがやってきて隣に立った。ハリーも深刻な表情で画面を見つめている。

サムはふたたびニコールに電話をかけた。通話中。たぶん誰かと話しているのではない、電話を切るなと言われているのだ。その理由は……サムは室内から空気がなくなったように感じた。ニコールが携帯を切らずにいるのは、何者かが彼女を監視しているからだ。

ニコールがなにかに気づいて顔を上げた。そして走りだし、カメラの視界から消えた。建物のゲートのあたりに淡い明かりが見える。黄色い車両の上に明かりが灯っている。

「外部カメラに切り替えろ」サムが指示をすると、ハリーが目に留まらぬほどの速さでキーを叩いた。このビルはハリーの住居でもあり、内から外に切り替える方法は知っている。外部カメラの映像がモニターに映った。ニコールがタクシーの後部座席のドアを開けている。ナンバープレートは陰になって見えなかった。

サムはもう一度電話をかけた。通話中。

「携帯を追え」ハリーに命じた。

「了解」

ニコールを外におびきだす材料は、父親以外に考えられない。

「マイク」サムは声をかけると、コートクローゼットの奥の隠し武器庫へ急いだ。すばやく暗号を打ちこみ、武器庫の扉を開いた。「ニコールの父親を警護しているふたりの警官がどうなってるか、問いあわせてくれ」

「了解」制服姿のマイクの肩に、無線機が引っかけてある。雑音が入ったり切れたりするなか、小声で話しかけた。

サムは小さな武器庫を見つめた。銃撃戦にナイフを持参するな。任務にかなった武器を携帯せよ。あらゆる訓練教官から頭に叩きこまれた神聖なる助言だ。生き延びたいのであれば、任務に合った武器を選ぶことは必須だった。

任務はニコールを助けだすこと。だが、そこでなにが待ちかまえているのか。

もう一度彼女に電話した。電話が通じるかすかな望みに期待をかけて。ひょっとすると、いまはタクシーのなかだから……。

そうはいかなかった。通話中だ。彼女は指示を守っている。

「ハリー」顔だけ後ろにやって、声を張った。「彼女はどちらに向かってる？」

「幹線道路を飛ばしてるから、ひょっとすると市街地か？　いや、内陸部だな。タクシーはかなりの速度を出してるぞ。制限速度を超えてる」

サムは口を結んだまま、武器庫に向きなおった。

敵がわからないのだから、長銃と拳銃の両方を持っていけば、まちがいがない。サムはスコープが取りつけられているHK91を選びだした。グロック19はすでに持っているから、至近戦になったらそれを使えばいい。暗視ゴーグル。HK用の弾倉を三つベルトにかけた。どれだけの射撃能力が必要になるのか、いまの段階ではわからない。

かがんでプラスチック爆弾の小さな塊と起爆剤三つをつかみ、バックパックに入れた。プラスチック爆弾は応用がきく。それにスタン手榴弾と、手榴弾を四つ。

タクティカルウェアは一式そろっている。三人に一式ずつ。サムは素っ裸になると、肌身から外に向けて兵士をつくりあげた。ノーメックスのウェアに防護衣を重ねる。

マイクが警官の制服を脱ぎはじめた。

「おい、いっしょには来られないんだぞ」サムはジッパーを引きあげながら、マイクに言った。「おまえは警官で、こいつは越権行為だ」マイクの視線をとらえた。「おれに同行したら、内務調査の連中に生きたまま食われちまう。おれの戦いだ、おまえは立ち入るな」

マイクは高価なレミントン700を取りだした。「知るかよ」四連弾倉を三つ手に取った。「おまえひとりでやれると思うか?」マイクはサムの目を見た。「それに、マキナリーにあのすばらしい女性を殺させてたまるか」ぐっと顎を引く。「絶対に」

「職を失うかもしれないんだぞ」マイクは警官という職業を愛している。

「知るかよ」マイクは言い、淡々と身支度を進めた。

マイクの頭はコンクリート製だ。いったんこうと決めたら、絶対に変えない。職を失う可能性があるのは、誰よりも本人がよく承知している。マイクを説得できないのがわかっているからこそ、サムはわずかばかりの安堵をむさぼった。マイクの援護があれば、ニコールを生きたまま救いだせる可能性が高くなる。

準備をすませると、ふたりはハリーをふり返った。ハリーは立ちあがっていた。松葉杖にもたれかかって、どうにか体を支えている。必死に動いたせいで顔が青ざめているのに、同行したくて苦しんでいる。三人は目を見交わした。おたがいの気持ちは、痛いほどわかる。ハリーには残ってもらうしかない。いっしょに行けるならハリーは肝臓でも差しだすだろう。だが、それでも連れていくわけにはいかなかった。いまの体調では足手まといにしかならず、全員の命が危険にさらされる。ただ、あと少しでも体調がよければ、連れていけと騒いだだろう。

おれの兄弟。マイクは自分のために大切な仕事を投げだす覚悟をし、ハリーのほうは、体調が悪くて助太刀できないことに身悶えしている。

ハリーは低くうめくような声をもらすと、コンピュータの前に坐った。少なくともこういう形でなら参加できる。

サムが武器庫の扉を閉めていると、ハリーが声をあげた。サムはふり返った。ハリーは口を真一文字にして、青ざめた細い顔を心配に引きつらせていた。

「どうした？」

「彼女を見失った。タクシーがウエストウッド・ショッピングモールの駐車場に入ったところで、彼女が携帯を切ったんだ。電源まで切れてるから、もう追跡できない」

サムは大股でモニターに近づくと、盗難防止装置の暗号を打ちこんだ。「よし、これでいい。彼女の携帯用ハードディスクに小型の盗難防止装置を取りつけておいたんだ。彼女はハードディスクをバッグに入れてるし、彼女がバッグを持って出たのは、監視カメラの映像でわかってる」

三人はシステムが新しい情報を処理するのを見ていた。

「おまえってやつは。恋人にあるまじき行為だぞ。彼女にばれてみろ、こてんぱんにされちまう」ハリーはやれやれと首を振った。

「受けて立つさ。彼女が生きていてくれさえしたら」

モニターに地図が現われ、街の南側の通りが格子状に表示された。明るい点が一定の速度で南に向かっている。「また動きだした」サムは心のなかで、ひっそりと彼女に問いかけた。ニコール、ハニー、いまどこに向かってるんだ？　どこへ連れていかれようとしてる？

マイクが脱いだシャツの肩についている無線機に小声で話しかけている。

ニコールを、いやニコールのハードディスクの所在を示す明るい点は、速度を落として港湾周辺の工場地帯に入った。「いったいどこへ――」

「サム」マイクが肩に手を置いた。「いま担当と話をした。警備にあたっていたふたりに連絡がつかないそうだ。殺られたとみて、いまニコールの自宅にパトカーが急行してる。五分もすれば到着するが、見通しはよくない。たぶんマキナリーはふたりを消してニコールの父親を連れ去ったんだろう。それで彼女はまっすぐ父親のもとへ向かった」

サムは立ちあがった。完全に動揺していた。戦場では即断即決で知られていたが、いまは恐怖に凍りついている。戦場に出るのに怖いと思ったことはなかった。恐怖を抱えて戦場に出るのは、みずから死刑宣告書を申請するようなものだ。兵士はあらかじめ死を覚悟することで心の平穏を保ち、戦場には無心で出ていく。

恐怖に呑まれているせいで、頭が思うように働かなかった。マキナリーはSEREの訓練を受けている。つまり、兵士として拷問に耐えられるように鍛えられたということだが、訓練を担当するのは必要以上に職務に忠実なサディストたちだ。そして屈強な兵士は耐えることを学ぶと同時に、力ずくで情報を引きだすすべを学ぶ。最強の男にも有効な方法を。サムはそんな手法を知っているからこそ、ニコールがその対象になるかもしれないと思うと、耐えがたかった。あのたおやかで美しい女が。そして――なんたることか――彼女の父親、あの瀕死の病人が。もしマキナリーが殺し屋になっていれば、彼を縛る規則はなく、越えてはならない道徳上の一線は存在しない。

ことによると、あの男は楽しむかもしれない。苦痛を味わわせ、ニコールの悲鳴を聞くことを……。

サムは目をつぶった。顔を汗が伝っている。自分ではどうすることもできなかった。戦略的な思考は得意のはずなのに、いまは頭が岩になっている。頭のなかにはテーブルに横たえられて生きたまま皮をはがれるニコールの姿とともに、甲高い悲鳴が鳴り響いている。

電気ショック。水責め。一枚ずつ爪をはがす。乱暴に犯す……。

サムはさっと横を向き、ゴミ箱に吐いた。胃の中身は吐きだせても、脳裏の悪夢は吐きだせない。

マイクが眉をひそめた。「そうだ、かなりまずいぞ。なんで特別捜査官を追い返したんだ？　ＦＢＩの資源を味方につけて、連中をけしかけてやりゃあよかったのに」

サムは口をぬぐい、別の防護衣を手に取った。軽くするためにケブラー繊維を抜いた一着だ。重い防護衣を身につけていたら、機動力が必要になったとき、動きがとれない。つねにどちらかを選ばなければならない――防護力か機動力か。いまは銃弾が貫通しないことよりも、身軽に動けることのほうが大切だった。

サムは防護衣を着替えだした。「たしかにＦＢＩには豊富な資源がある。だが、やつらが最優先するのはなんだ？　なにを一番に求める？」

「そうか」マイクの顎が動いた。「ショーン・マキナニーだ」

「そう、そしてそいつは元特殊部隊員だ。戦わずして降参することはありえない。ＦＢＩがどんなに巻き添え被害を防ごうとしようと、目的はマキナニーの逮捕にある。もし、いまニコールの居場所を教えたら、作戦部隊を引き連れて乗りこみ、禁じ手なしの総攻撃に出る。計算してみろ。二十人いたとして、ひとりが百発ずつ撃つとしたら、わずか数分でその場所に二千発が撃ちこまれる。それで銃撃戦になったら、ニコールと父親は集中砲火を浴びせかけられるんだぞ。だがおれだけなら、自分が優先したいものはわかってる。ニコールと父親を生きたまま救出すること――」しばし口を閉ざし、マイクとハリーの目を見た。「そしてやつを消す。やつには死んでもらう。証言も裁判もクソ食らえ。この世から消えてもらう」

ハリーに言った。「モニターから目を離すなよ。いまどこにいる?」

ハリーは身をのりだして、モニターを見た。「相変わらず南に向かってる」画面に触れた。

「急げばこのあたりで待ち伏せできる。SUVに乗ってけ」

ニコール、待ってろよ。サムは心のなかでつぶやきながら、部屋を飛びだした。いま行くからな。

## ニューヨーク

三十五階の窓から、足下に広がるマンハッタンを一望した。日が落ちて、摩天楼(まてんろう)は偽りの夜明けのように煌々と灯った。道を行き交う自家用車やタクシーは、光を放ちながらいらいらと落ち着きなく動きまわる虫のようだ。アップタウンで渋滞の原因になるなにかが起きたらしく、北向き車線は滞っている。ムハンマドには地上のありさまがわかった。警笛が鳴り響き、運転手は窓から顔を突きだして卑語をわめき散らしている。この街の連中にとって時は金であり、時を失うことに、器用なスリの手に財布から金を盗まれるような感覚を覚える。

この街のエネルギーと力はまるで強風のようだ。その疑似餌(ぎじえ)にあらがうことを知らなければ、塵芥(ちりあくた)のように吹き飛ばされてしまう。

ムハンマドにはあらがうことができる。やすやすと。ここにあるものには、嫌悪と反感しか感じない。

なかでも女はいけない。いまもウォールストリートには、男勝りで超攻撃的な女がはびこっている。

ムハンマドが育った文化圏では、女は男がいると目を伏せて、けっしてまっ向から見ない。少年から男になったときのことは、いまもありありと覚えている。それまでムハンマドをどなったり耳を平手打ちしたりしていた街娼たちが、突如として自分を避けるようになり、その必要があるときも、小声で話しかけるようになった。

マンハッタンの女たちは、うかうかしていると、男を生きたまま食いものにする。母親としても妻としても臨時雇いで、いらなくなった衣類のように夫や子どもを捨てる一方で、金には異様なほど執着する。

あんなものは女でない、怪物だ。そしてアラーは、しもべであるムハンマドを通して、そのものたちに罰を与えられる。

ムハンマドは港全体を視界におさめた。自由の女神。エリス島。はるか彼方には、ゆったりと波打つ大西洋が見える。報復はあの方角から、六十ノットで近づいてきている。

一日一日はアラーからの授かりもの。その授かりものを粗末にするなど罰当たりだが、ムハンマドは明後日が来るのが待ち遠しくてならなかった。強い克己心だけを頼りに、日々やりとりのある銀行家やヘッジファンドマネージャーやＣＥＯの前で穏やかな顔を保ちつづけた。内心は歓喜に沸きたっていた。ひとけもなく荒涼としたマンハッタンが目に見えるようだ。割られたガラス。歩道の隙間から芽吹いた雑草。通りで風にあおられる新聞紙。いまそこに渋滞する通りや、歩道を行き交う通行人や、夜間まで取引に励む社員のいる明るいオフィスビルがあることのほうに、とまどいを覚えるほどだ。

あと少し、ほんのわずかで、すべてが終わる。大悪魔（グレートサタン）の心臓部に穴が空く。

そして、その立役者は彼——ムハンマド・ワヘドだ。同胞のため、神のために。

# 14

## サンディエゴ

バンはタイヤの焦げるにおいがするほど、猛スピードで駐車場を出た。こんな真夜中でなければ、ニコールもそのスピードで人目が引けるのではと期待していただろう。

あるいは窓を降ろして、通りすがりの車に向かって叫んでもいい。大きな音をたてたり、ハンドルをつかんで事故を誘発したり。

なにか手を打て。抵抗しなければ。

だが、相手にはとっておきの切り札がある――父だ。いまごろ秘密の場所に閉じこめられて怯え、激しい痛みに苦しんでいるにちがいなかった。そしてその父に通じる唯一の道が、隣に坐っている冷淡な大男なのだ。

それに、もしこの男と侵入者が父を人質にしていなかったとしても、この男から逃れるすべはなかっただろう。

男は用心深かった。バックミラーからサイドミラー、前方の道路、ニコールへと、絶えず油断なく視線を動かしていた。見られていない時間がわずかしかないので、動こうとして筋肉をこわばらせようものなら、それだけで気づかれてしまう。

やっぱり、誰かの注意を引くしかない。だが、その誰かがいなかった。バンの男はタクシーが走り去るのを待ってから、かがんでエンジンをかけた。ニコールは暗澹たる気持ちで視界からタクシーのテールランプが消えるのを見ていた。タクシーの運転手に伝言を託すチャンスはなかった。移動中は携帯が通話状態になっていたし、新たに登場した男に言われて車に乗りこむや、携帯そのものが壊されてしまった。

あれが最後の頼みの綱だった。サムなら携帯を使って追跡できただろう。映画にも、好きでよく読む推理小説にも、携帯電話が『ヘンゼルとグレーテル』のパン屑代わりになる場面がよく出てくる。『NCIS～ネイビー犯罪捜査班』というドラマでも、登場人物のひとりでコンピュータおたくのティム・マクギーは携帯電話の信号をたどって数十センチ四方まで位置を絞りこむ。しかも、またたく間に。

ティムにそれができるなら、サム・レストンにできないわけがない。そこに疑いはなかった。自分を捜しだせる人間がいるとしたら、サムしかいない。

けれど、たとえティムでも踏みつぶされて壊れた携帯は追跡できないし、かりに魔術を使って追跡できたとしても、ニコールはもうそこにいない。サムが追跡した先には粉々になったプラスチックと金属の破片が転がっている。携帯は壊され、ニコールは知らない男に夜道をどこかへ連れていかれようとしている。ひとつだけ確かなのは、父が傷つけられたことと、いざとなれば容赦なくまた傷つけられることだ。ニコールは運転席の男を盗み見た。

スピードを出しているけれど、サム同様、運転がうまかった。ほかにもサムと重なる部分がある。サムほどではないけれど、背が高いこと、そして静止する能力を備えた屈強な体をしていること、それに自制心の強さを漂わせている。

だが、似ているのはせいぜいそこまで。この男には強い脅威を感じる。サムにもそんな部分はあるけれど、女にたいしてそれができる人とは思えなかった。そして、なにをどう想像しても、病んだ老人を傷つけられる人ではない。

いまどこにいるの？

ニコールは道順をたどろうとしていた。携帯電話を盗んで、こっそりサムに電話で住所を伝えたいと、頭の片隅で漠然と思っていたからだ。けれど、バンがタイヤを軋らせながら、吐き気がするほどの速度で四度めに角を曲がると、もうお手上げだった。どちらに向かって走っているのかわからず、周囲の風景にもまったく見覚えがなかった。

わかるのは海に近いことだけだ。いまはまっすぐ延びた道路にいて、交差点に来ると、漆黒の海に月がかかっているのが右手に見えた。けれど、それでは手がかりにならない。サンディエゴはどこもかしこも、海岸線だらけだからだ。

工業地帯のようだけれど、さびれて閑散としている。機能的な港湾地区は昼夜の区別なく活気があり、ひっきりなしに入港出港する船の積み卸しで忙しいのだと思っていた。だがここには打ち捨てられ、鎖のフェンスのかかった倉庫と工場が延々と続いている。いずれも平べったい建物が、這いつくばるように闇に沈んでいた。

ニコールは険しい運転手の顔をちらりと見て、目をそむけた。同じ人間と車に乗りあわせている感覚がなかった。感情を表に出さないという意味では、ロボット同然だ。

これから起こることに備えて、身構えようとしたけれど、パニックが波となって襲ってきた。計画を立てようにも、立てようがない。なにが起こるかわからないのだから。

襲ってきたのとは別の男が、いま車を運転している。つまり少なくとも敵はふたりいる。しかもいずれも冷酷な犯罪者だ。ふたりめがいたのだから、三人め、四人めがいてもおかしくなく、ことによると大軍がいるかもしれない。たいした差はない。相手がひとりでも対抗できない。ふたりになったら、屈するしかなくなる。それ以上は同じことだ。

武器になるものは、なにひとつ身につけていない。なにが欲しいのか知らないが、それを奪われることになるだろう。

「どこへ――」口がからからで、舌が口の上にくっついた。身震いして、再度試みた。「どこへ向かっているの？」

前方にはがらんとした道路が伸び、両側に黒々と建物がならんでいる。いまならこの男と自分が地球に残った最後のふたりだと言われても、すんなりと信じられる。

沈黙。

唇を舐めて、再度挑戦した。「どこへ向かっているの？」

ただでさえ恐ろしい状況なのに、飛ばす車の行き先がわからないことで、さらにもうひと膜、恐怖がつけ加えられているように感じる。行き先さえわかれば……。

なにができるというの？

「ここだ」ロボット運転手はぼそっと言うと、ニコールが思わずシートベルトにつかまるほど急にハンドルを切った。

「ちくしょう」サムはハンドルを叩いた。「これ以上は出せない」

すでに時速百四十キロは出ていた。なにがあっても速度を落とす気はないので、警官に出くわさないことだけを祈っていた。前に走路で二百二十キロまで出したことがあるのでSUVの限界速度ではない。ハリーが相対位置を割りだすのに時間がかかるからだ。ハリーはニコールが運ばれている車の道筋をたどりつつ、そこへサムが最短で行ける道筋を割りだしている。そこには複雑に幾何がからみ、道を折れるときは、ハリーの指示を待たなければならなかった。

マイクはサムそっちのけで、ダッシュボードにはめこまれた小さな画面を見つめ、イヤホンでハリーの指示を聞いていた。サムにも同じ情報がイヤホンを通じて伝えられる。マイクがナビゲーターとなり、角を曲がる必要のあるときは、その二分前に静かに伝えた。これがラッシュアワーだったら、いまごろふたりとも煙に包まれて死んでいるだろう。

「左折してスプリングロードに入った」ハリーは言った。「まったく、どこに向かってるんだろうな。あのあたりはなんもないんだが。あるのは……」声が細くなって途絶えた。

「倉庫ぐらいだ」マイクが先を引き取った。「思うに、そこに向かってるんじゃないか？」険しい顔になった。サムはちらっと彼の目を見てから、ふたたび運転に集中した。

「気に入らんな」マイクは静かに言った。

そう、気に入らない。そのあたり一帯は取り壊されることになっていた。跡地には共同住宅が建つことになっているが、不動産価格の暴落によって計画が頓挫してしまった。そういうわけで、いまは使われていない倉庫とビルの墓場と化し、数キロにわたってひとけがない。相手方にしてみたら、プライバシーは保証されているというわけだ。ニコールが悲鳴をあげても聞く人がいない……。

サムはアクセルを少し踏みこんだ。

「標的が停まったぞ」イヤホンからハリーの静かな声がした。

マイクが画面を指さした。「十分ほどの距離だ」

「具体的に教えろ」サムは前方を見たまま尋ねた。

マイクが前のめりになり、顔をしかめて地図に目を凝らした。「右折」静かな夜にタイヤの軋む音が大きく響いた。「左」

直線道路だ。サムは百七十キロまで上げた。

「いま送る」ハリーの声が聞こえた。「届いたか?」

サムがコンソール上のラップトップに表示された十字に視線を投げ、監視装置の明かりが停止している場所を確認した。道路上ではなく、輪郭線の内側にある。「ああ。これは?」

「敷地内だな。向こうがどんな警備体制を敷いてるかわからないが、ふたりとも用心しろよ」ハリーの落ち着いた声が耳のなかで大きく聞こえる。

「廃棄処分になった建物がずらっとならんでやがる」マイクは指で通りをなぞった。地図を見ると、海岸沿いに通路をはさんで長方形の建物が建ちならんでいるのがわかった。「番地はわかるか?」

「三四四〇」ハリーは落ち着いた小声で告げたが、キーボードを叩く音が聞こえた。「ここは――よし、わかったぞ。元保税倉庫だ。会社は二〇〇六年に出ていった」

「ここで大がかりな手入れがあった」マイクが不機嫌な声になった。「武器とコカインが物々交換されていて、サンディエゴ市警察は極悪人をふたりパクった。サムが会社をはじめる前で、おれもまだ警官になってなかった」

彼女が悲鳴をあげても、誰にも聞こえない。サムはハンドルを握りしめ、アクセルを踏んだ。運転技術のすべてを駆使しないとカーブを曲がりきれないほどの猛スピードだった。

ふたたび直線道路に出た。二、三分の距離まで迫っている。サムは速度を落としだした。

「エンジンを切るぞ……いまだ」ハリーから指示が飛んだ。SUVは音をたてることなく前へ進み、交差する道路の縁石まで来て停まった。ニコールが連れ去られた車のある通りまで、残すところ三メートルほどだ。

車体の揺れもおさまらないうちに、サムが運転席側のドアを肩で開けて、外に飛びだそうとすると、たくましい手にがっちりとつかまれた。

なにしやがる？

「なんなんだ、マイク、ニコールがあそこにいるんだぞ」焦りが血管を駆けめぐり、皮膚がぴりぴりする。いまこうしているあいだにも、ニコールは傷つけられているかもしれない。ナイフや火を使って……。「放せ」サムはうなった。

「待てよ」マイクは平然と応じた。「情報を頭に入れてからだ」

サムは唾を呑みこんだ。そんなことはわかっている。知的、理論的なレベルでは承知している。やみくもに現場に突入してはならない。だが、ニコールがいまそこにいると思うと、居ても立ってもいられない。暗い車内に荒いサムの呼吸の音が大きく響いた。

マイクはサムの顔を自分のほうに向け、顔を突きあわせた。「いいか、よく聞け。心配なのはわかるが、おまえに台無しにさせるわけにはいかんぞ。おれだってニコールが好きだ。地勢はおろか、向こうがどこにいるかも知らないで銃をぶっ放しながら突入すれば、あのきれいな女が墓に入ることになる」

「建物の設計図が手に入った……ほら」ハリーの声がした。一度暗くなった画面がふたたび明るくなり、倉庫群の設計図が映しだされた。

「わかるな？」マイクは言った。「ざっと見積もっても、五千平米はある。こんな場所でどうやって見つけるつもりだ？　パン屑でもたどるつもりか？」

サムはマイクとともに画面を見つめた。サムはマイクの言ったことがすべて頭に入るよう、心から願った。入らなかったからだ。頭のなかで鋭い金属音が鳴っている。パニックの音だ。典型的な症状だった。動悸がして、手のひらにじっとりと汗をかき、思考がまとまらず、自分の体の感覚すらない。ただ、自分の女が危険にさらされているという切迫感だけだ。

これではニコールを助けられない。

サムはシートにもたれた。ヘッドレストに強く頭を押しつけ、雑念を消して、呼吸に意識を集中した。そして、ニコールが傷つけられている光景を抑えこもうとした。この光景に焦点があたっているために、鼓動が三倍速になっている。

ゆっくりと息をして、心拍数を落とす……。

「おかえり」マイクが静かに言った。

して。

サムは目を開けると同時に、そう、戻ってきた。いつもどおりの、有能で冷静な工作員とパニックはニコールの死を近づける。ただでさえいま彼女は危険にさらされている。ニコールと死のあいだに立ちはだかれるのは自分だけだ。その自分が冷静さを失ったら、彼女はむごい目に遭わされ、自分は彼女を失う。

サムは体を起こした。「侵入経路はいくつある？」

マイクがいっとき、鋭い目つきでサムを見すえた。モニターの薄明かりしかないなかでも、その目は鮮やかなブルーに見えた。マイクはうなずいて、話しだした。「七カ所だ」建物に入るドアを指さしていく。「加えて、ここに搬入口とおぼしき大きな口がある」

サムは考えをめぐらせた。「連中が搬入口を使うとは思えない。コントロールパネルを見つけたとしても、こういう口には開けるのにむやみに時間のかかる大きな扉がついている。連中が使うとしたら、脇のドアのひとつだろう。向こうは時間を気にしているようだから、なんにしろ、急いでいるのはまちがいない」

マイクはうなずいた。「道理だな。それと、おれが思うに、あまり奥には入ってないはずだ。近場の部屋をあたろう」

サムはうなずいた。「ここと、ここ」設計図に書いてあるドアのふたつを指さした。正面搬入口の両脇にあるドアだ。

知性のある相手なら、使うとしたらそのふた部屋だった。向こうは追跡されていることを知らないのだから、倉庫の巨大な迷路の奥に入りこむ理由はない。

「あーあ、こんなとき暗視カメラのついた無人偵察機（プレデター）があればな」ハリーがイヤホンのなかでため息をついた。

まったくだ。プレデターがあれば、温かな人体のある場所を示す航空画像が撮れる。

「プレデターはないが」マイクが背後のバックパックに手を伸ばした。「サムがびびってるあいだ、おれは頭を使ってた」カメラに双眼鏡をつけたような機械を前の座席に引っぱりだしてきた。

携帯型の熱探知カメラだ！　マイクは正しい――サムがびびっているあいだに、頭を使ってくれていた。「熱探知カメラを持ってきたんだ」マイクはハリーに伝えた。

「サムから唇にキスしてもらえよ」ハリーが応じた。

「うぇっ」サムとマイクが声をそろえた。

マイクがよこしまな笑みを浮かべた。「ただし、ニコールを救出できたら、彼女からキスしてもらおう」

「やるならおれの屍を踏みこえてからにしろ」サムが声を低めた。

「誰の屍も踏みこえないでいいようにしろよ。悪いやつらの屍ならいいが」イヤホンを介してハリーが答えた。「さあ、やっつけてこい。それがすんだら、おれもニコールにキスしてもらわなきゃな」

使われていない工場だか倉庫だかにいるのはわかったけれど、それがどこにあるのか、ニコールには見当もつかなかった。月の裏側であってもおかしくない。

バンが道を折れて、ひとけのない建物のひとつに入ったときは、暗い気持ちになった。大きな引き戸二枚が開いたままになっていた。運転手は車を降りて、野太い声で「動くな」と命じると、黒い大型拳銃を引っぱりだし、ニコールに銃口を向けた。男からはニコールがよく見える。ヘッドライトが金属でできた建物の外壁に反射して、車内を照らしているからだ。逆にニコールからはほとんど男が見えず、目より耳を使って男の動きを追った。

男は大きな鋼鉄製の引き戸を閉め、取っ手に鎖を通し、鎖に南京錠をかけた。閉じこめられてしまった。

男がやってきて外から助手席のドアを開け、ニコールを乱暴に引っぱりだすと、前に押しやった。

背中を容赦なく銃で突かれながら、男とともに右手の角を曲がった。車のヘッドライトがついているおかげで、横の壁に少し開いたドアがひとつあるのがわかる。男は銃で強くニコールを押した。目の前に戸口が現われ、がらんとして恐ろしげな闇が顔をのぞかせた。

破滅へ向かって歩いているようなものだ。ここまで車に揺られること十分、そのあいだ明かりひとつ、車一台、人ひとり、見かけなかった。助けを求める相手はおらず、合図を送る方法もなく、電話もできない。自分も父も、この建物と同じく見捨てられた存在だった。脱出手段はない。立てつづけに突発的なことが起きて、武装した男ふたり――もっといるかもしれないけれど――を出し抜いて逃げるチャンスがあったとしても、逃げることはできない。父は自力では歩けず、かといってニコールには運べず、置き去りにすることは考えられない。

またもや、こんどは傷ができるほど鋭く背中を突かれた。動悸にみまわれながら、空いた戸口と、その奥の真っ暗闇を眺めた。動物的な勘のようなものが、親子ともどもこの建物を生きて出られることはないと告げている。打ち捨てられた錆びだらけの倉庫がふたりの墓場になる。

「さっさと行け、売女」背後から聞こえる運転手の声は、低くしわがれていた。銃で背中を突く代わりに、乱暴に押されて、膝をつきそうになった。

心臓が早鐘を打っている。ゆっくりと闇に近づき、敷居につまずいて、立ち止まった。どこへ行けばいいの?

肉太の手に肩を押された。「右だ」かすれ声を聞き、歩きはじめた。

遠くにかすかな光が見え、近づくにつれて明るくなった。うっすらと開いたドアから光がもれていた。ドアの前まで来ると、奥にあるものが急に怖くなって、立ちすくんだ。

「開けろ」ドアを強く押し、転がりこむようになかに入った。目の前に広がった光景に、うなじの産毛が逆立った。

父がダクトテープで椅子に固定されていた。両手も握りあわせたまま固定されて、膝の上に載っている。父は頭を垂れ、頬の切り傷から流れた血が乾いて、顔の片側とパジャマがよごれていた。

椅子の下には大きなビニールシートが敷いてある。血がつかないようにだ。DNA鑑定を避けるための用心。恐怖が震えとなって体を走った。この男たちは抜け目がない。まちがいを犯さないように注意している。

父の隣のスツールにオフィスに侵入してきた男が腰かけていた。すぐそばの鋼鉄製のテーブルに置かれた強力なランプから、地獄絵を浮かびあがらせるだけの光が放たれている。

ニコールたちが入っていくと、男が顔を上げた。そのまなざしの底知れぬ冷酷さに思わず後ずさりをした。

背後の男にぶつかった。

男から前に押しやられた。「行き先をまちがえるな、売女」

ニコールにはろくに聞こえていなかった。お父さん——呼吸しているように見えない。ああ、神さま、お父さんは——

「お父さん？」せばまった喉から声を絞りだした。

ニコラス・ピアスのまぶたがひくつき、目が開いた。頭をふらふらと持ちあげ、眉をひそめて、目を細めた。焦点が合っていない。

「お父さん！」ニコールが泣きだすと、父がこちらを見た。

恐ろしいほどの痛みのなか、手は血の気が引いて青ざめるほどきつくいましめられ、体はダクトテープで椅子に固定されているのに、それでも父は娘を励ますため、笑顔になろうとした。頰の深い傷口からふたたびゆっくりと血が流れだした。

「だいじょうぶよ、お父さん」ニコールはささやいた。「わたしはだいじょうぶ」

痛みで心臓が一瞬停まった。父が苦しむのを見ていられない。あふれた涙で室内の光景が泳ぐ。父に抱きつこうと駆けだしたが、大きくて力の強い手に腕をつかんで引き戻された。

「感動の再会だな」スツールの男が冷ややかに言った。「父親の愛情と、娘の献身。それでこちらは助かった」男が大きな拳銃を手にし、カチャッと音がした。よく映画に登場する安全装置を外す音だ。男は父親の膝に銃口を向けた。「さて。おれが欲しいものを持ってきたか？」

震えがひどいので、バッグのジッパーを二度開きそこねた。ニコールはバッグのなかに手を入れ、携帯型のハードディスクを取りだした。

この男の欲しいものがハードディスクであることを祈った。違えば、男は父の膝を片方ずつ順番に撃ち抜くだろう。男の目を見た。人間らしさのない、冷ややかな目。それは残忍な夜行動物の目であり、どこにも慈悲などなかった。

それでも、訴えずにいられなかった。

「お願い」小声で言い、震える手でハードディスクを床に置いた。男が空いた手の指を曲げて、こちらへよこせと、万国共通の手ぶりをした。しゃがんだままだったニコールは、ハードディスクを男のほうへすべらせた。男はブーツで止めて拾いあげた。

そして銃をおろした。余裕があるからだ。父親は屈強な男でも逃れられないほど厳重に固定されており、実際の父は重病で弱っている。ニコールは少なくとも三メートルは離れているから、背中に銃を突きつけられていなくとも、銃に飛びかかってそれを発砲するなどという芸当はできない。そして銃は男の手のすぐ先にあり、使い方を熟知しているのは明らかだった。

だから、ニコールにはひとつの選択肢もなかった。父を救うことも、自分を救うこともできない。

男は背後に手をまわし、超薄型のラップトップを持ちだすと、スイッチを入れた。高そうなマシンで、処理も速かった。二度のビープ音で準備が整った。男はUSBポートにハードディスクを接続して、画面を見つめた。ニコールには銀色をした画面の外側の部分と、冷酷で表情のない顔に映る青緑色の光以外、なにも見えなかった。

「パスワード」男が命じた。

「Nickyblue」震える声で答えた。母から呼ばれていたあだ名だった。

男がクリックをくり返して、目で熱心になにかを追うのを、ニコールは震えながら見ていた。倉庫のなかは寒いのに、胴体に汗が噴きだし、胸の谷間をしずくが伝う。恐怖で動悸がして、胸から心臓が飛びだしそうになっている。

しんとした室内に、最高級の電子機器からもれる控えめな音だけがしていた。男が体を起こして、ため息をついた。ニコールの脇にいるもうひとりの男を見やった。「あったぞ」

「よかった」隣の男が応じた。

「さて」スツールの男はニコールを冷ややかに見ると、いま一度銃を手に取り、ふたたび父の膝に向けた。「この情報を外に出したか？　誰かにファイルを送ったのか？」

どのファイルのことかわからないけれど、この三十六時間、メールは一通も送っていない。かぶりを振ると、男がうなずいた。口が乾ききって、言葉が出なかった。

男がまとめに入りつつあるのがわかった。いよいよその時が近づいている。「フラッシュメモリにコピーしたのか？」ニコールはこんども首を振った。「見せろ」男の声は低く、かすれていて、無情だった。

バッグを床におろし、足で男のほうに押しやった。「サイドポケットです」口が乾いているせいで、言葉が聞き取りにくい。

男はフラッシュメモリを取りだしてＵＳＢポートに差しこむと、クリックしてなかを調べだした。もしハードディスクにあってフラッシュメモリにないファイルなら、この二十四時間に届いたものだ。

男がうなずき、ニコールの目をまっすぐ見た。ニコールはその目を見返した。底知れぬ穴をのぞいているようだった。

「ファイルをコピーも転送もしてないと誓え」男が銃口を父の膝に押しつけた。顔から汗を噴きださせながらも、父は無言だった。

「誓います！　誓うから、お願いよ、父を傷つけないで！」ニコールは叫んだ。ああ、こんなことは耐えられない。病気で弱っているのに。父はもう何時間も鎮痛剤を与えられていない。激痛と闘っているはずだ。

男の目を見ると、父の苦しみなどまったく関心がないのがわかった。

激しい怒りに突きあげられた。この男も残酷な人間のひとりだ。それができるというだけの理由で、力で他者を圧倒したり痛みを与えたりすることに喜びを感じている。

男はたっぷり一分間、ニコールを見つめた。「信じよう」ようやく言って、うなずいた。

「そういうわけで、おまえたちは用済みになった」

パートナーにうなずきかけ、父の膝に向けていた銃口を頭に向けた。同じ瞬間、ニコールのうなじに丸く冷たい銃口が押しあてられた。

ああ、もうおしまいだ。

父も自分もいまここ、この冷たくからっぽの打ち捨てられた倉庫で、鼻腔に機械油とネズミの糞のにおいを感じながら、死んでいこうとしている。死体の発見には長い時間がかかるかもしれない。いや、考えてみると、すぐ外には広大な海がある。鎖を重しにして海に捨てれば、発見されずじまいになる。

ニコールは助けてくれと、命乞いをしたくなった。だが、薄茶色の瞳はガラス玉のように無情で人間味がなかった。

「これでお別れだな、ミズ・ピアス」男が手に力を入れ、関節が白く浮いた。

「やめて！」ニコールは叫び声とともに飛びだし、父のもとへ駆け寄ろうとした。男が引き金を引くあいだに、父と銃弾のあいだにはさまろうとでもするように。

もうひとりの男に髪をつかんで乱暴に引き戻された。殴られて膝をつき、ふたたび後頭部に銃を突きつけられた。銃弾をそらせるわけもないのに、ニコールはわけもわからず身構えた。

涙にうるんだ目を父に向けた。せめて父の目を見ながらこの世を去りたい、いっしょに逝けるように……けれど、父は意識を失って、ぐったりとうなだれている。意識不明のまま、死んでしまう……。

室内に二発の銃声が響き、ニコールは悲鳴をあげた。最初はショックで、そして一瞬の間を置いて、こんどは驚きで。状況を把握するのに、しばらくかかった。わたし……まだ生きている！　父のほうも、衰弱して青ざめ、ぐったりとしているが、やはり生きていた。

侵入者の頭をピンク色の霧が取り巻いていた。あっけにとられた顔をしている。額のまん中に丸いピンク色の穴のある状態で、長いあいだスツールに腰かけていた。と、父の頭に向けていた拳銃の重みに耐えかねたように手から拳銃がすり抜け、音をたてて床に落ちた。そのあとゆっくりと前かがみになり、ついには床に崩れ落ちた。

心臓をどきどきさせながら、ニコールはふり返った。自分の頭に拳銃を突きつけていた男が、ふいに消えていた。一瞬にして、煙のように。男がいた場所を呆然と見つめ、室内をやみくもに見まわした。ようやく下を見ると、男がいた。手に銃を持ったままきたないコンクリートの床に横たわり、頭の周囲に血の海ができていた。

どういうことなの？

暗い戸口から、まるで幽霊のようにふたつの人影が現われた。力強く、強固な実体を伴った幽霊、揺るぎのない目をして、ライフルを持っている……。

ニコールはその場にへたりこんだ。なにも考えられず、震えていて、頭のなかはまっ白だった。ショックによる無気力感で全身が重かった。

「ハニー」幽霊の片方が口を開いた。その太い声がニコールを縛っていたショックの鎖を打ち砕いた。

サム！　サムとマイク！

見つけだしてくれた！　切れぎれに息を吸いこんだとき、はじめて息を詰めていたことに気づいた。けれど、息苦しさは解消されない。サムに強く抱きしめられたからだ。

「よかった」サムが髪にささやきかけた。「間一髪だった」

「ええ」震え声で笑った。「どうしてこんなに時間がかかったの？」

サムが腹の底から声をもらした。笑ったのでも、鼻を鳴らしたのでもなく、その両方を組みあわせたような音だった。

サムの肌身を感じ、そこにいるのがわかるだけで、力が湧いてくる。急速に現実が戻ってきた。自分を脅かしていた男たちは死んだけれど、父には医療の助けがいるし、ハードディスクに入っているものを突き止めなければならない。それを追って、別の悪党たちが襲ってこないという保証はないからだ。

サムの顔を引き寄せてキスすると、ぐっと胸を押した。びっくりしたサムが腕を開いて、放してくれる。続いて音をたててマイクの唇にキスしてから、父親に駆け寄った。

「おい！」サムが叫んだ。

「ハリーにもひとつ頼むよ」マイクが声をあげた。

侵入者は父の足元に転がり、隣に拳銃があった。あと一秒遅かったら、父の頭は撃ち抜かれていただろう。

ニコールはしばし男を眺めた。体中の全繊維が男を嫌悪していた。軽蔑を込めて腕を蹴り、父の隣に膝をついて、夢中で全身をまさぐった。

「お父さん、お父さん、だいじょうぶ？」必死でダクトテープを引っぱった。もう一秒たりとも、父がいましめられているのを見ていられない。けれど、どんなに引っぱっても、テープははがれない。泣きながら引っぱっていると、父の体が揺らいだ。「もういや！　なんで取れないの！」怒りを爆発させた。

大きな手でそっと脇に押しやられた。「さあ、ハニー、おれがやろう」サムだった。ニコールが欲しがっていた大きな黒いナイフを取りだした。

ニコールは足元の男を見た。「死んで残念だわ。そのナイフで動いている心臓を切りだしてやりたかった」

「いいね、血に飢えた美女か」サムは言うと、ダクトテープをやすやすと切り裂いた。サムは父が椅子から転げ落ちないように、肩を持って支えていた。「ただし、そう簡単じゃないぞ。心臓を取りだすには、その前に肋骨がある」手首のテープをはがし、太腿につけた鞘にナイフを戻した。

「どうしよう」ニコールは涙に濡れた目でサムを見あげた。「意識がないわ。すぐに病院に連れていかないと！」

「ああ」サムは腰をかがめ、そっと父を抱きあげた。「救急車以上の猛スピードで運んでやる。聖ユダならここから二十分だ。さあ、行こう」

「おれが運転する」マイクは転がる死体を眺めてから、サムを見た。「通報しないとな」

「車内からだ」サムは答えるなり、父を腕に抱えたまま横を向いてドアに向かった。「いまは時間がない。行くぞ」

ニコールは立ちあがった。命拾いしたショックで朦朧としつつ、ふたりについて部屋を出た。マイクが強力な懐中電灯で道を照らしてくれた。

通路のなかばまで来ると、ニコールは立ち止まって、悪態をついた。死にかけたせいで、頭の働きがにぶっていた。墓場になりかけた部屋まで駆け戻り、自分の頭を撃ち抜きかけた男を飛び越して、侵入者のラップトップとハードディスクとバッグを手に持った。

マイクが怪訝(けげん)な顔で待っていてくれた。

「あいつらがなにを探していたか知らないけれど、そのために人まで殺そうとしたのよ」息せき切って言い、ラップトップとハードディスクを持ちあげた。「それがなんだか突き止めないと。なんなのかしら?」マイクはいわく言いがたい顔でこちらを見た。

ふたりはサムに追いつこうと通路を急いだが、サムは早くも鋼鉄製の大きな引き戸のところまで行っていた。

「おれが気がつかなきゃいけなかった」マイクがぶつくさ言った。「サムはきみの心配で頭がおかしくなって、あてにならなかったからな。だが、くそ――なにしてるんだ、おれは!気づいて当然だってのに。さあ、せめておれに運ばせてくれ」

マイクは重そうだった。そう、千キロはありそうな重装備だった。ニコールには大きくて黒いライフルと、大きな黒い拳銃と、大きな黒いナイフぐらいしかわからないけれど。ラップトップとバッグと小型のハードディスクくらい、自分で運べる。

「気にしないで、わたしが持つ。あなたはわたしの命を救ってくれたのよ」ニコールは言いながら、マイクとともに搬入用の板の上にのぼった。「忘れ物をしたくらい、どうということはないわ」

「任せたぞ、サム」マイクは腕を差しだした。

サムはマイクのたくましい腕にそっと父親を託すと、サイドポケットからなにやら小さなものを取りだした。二秒後には南京錠を開け、ドアの取っ手から鎖を外していた。大きな鋼鉄製の引き戸を通り抜ける分だけ開けた。

「あなたたちはどうやって入ったの？」ニコールはふたりの侵入口を探してあたりを見まわした。

「懸垂降下」サムが簡潔に答え、懐中電灯の明かりを一瞬右に向けた。細いロープが二本、海から流れこむ冷たい夜風に吹かれて、静かに揺れていた。

マイクを先頭にして外に出ると、角を曲がった。マイクは大型のSUVの後部座席にそっと父を横たえた。ニコールは車の反対側にまわると、父の頭を持ちあげて、その下に膝をすべりこませた。そして深い傷口からまた血が流れださないように、やさしく顔を撫でた。たるんでこまかな皺の寄った皮膚の感触に、胸が締めつけられる。目が深く落ちこみ、膝の上にあるのは、人間の頭というより頭蓋骨のようだった。

マイクがエンジンをかけ、すぐに車を出した。ニコールが顔を上げると、助手席のサムが太い腕をシートにかけ、こちらを見ていた。

父の頬にできた醜い傷口の周囲を撫でながら、サムの目を見た。「あの男がどうしようもなく憎い」小さな声で言った。「生きていれば、もう一度殺してやれるのに。頭に銃弾をぶっ放して、まっ黒な心臓をあなたのナイフでえぐりだしてやる」

いずれも本気で、それが自分でも意外だった。これまでのニコールなら、人に性格を尋ねられたら、我慢強くて、根っからの非暴力主義者だと答えただろう。いま身内を突き抜ける感情は、いままでに経験したことのない、猛々しくて不愉快なものだった。

心底、ふたりを自分で殺したかったのだ。

彼らは体が不自由で病気に苦しんでいる父にむごいことをした。父を椅子に固定し、手を動かせないようにした。顔を切り裂いた。それを思うと、胸が苦しかった。

そして、秘密を守るため、自分と父をいさんで殺そうとした。「彼らが探していたものを突き止めたい」と、サムに言った。

サムはうなずいた。「それがわからないかぎり、危険は去らない」

運転席のシートの後ろ側に、旅客機と同じ折りたたみ式のテーブルがついていた。ニコールはそこにラップトップを置き、起動して、ハードディスクを接続した。

わずか数秒で、アウトルックが開いた。すべてを遮断して画面に向かった。死にかけたショック、父のこと、サム……。たちまち翻訳の仕事をするときと同じ精神状態に突入し、いっさいの雑事を追いだして、作業に没頭した。

六月二十七日から二十九日のあいだに届いたファイルをチェックした。運のいいことに、いずれもローマ字表記の言語だった。フランス語、ドイツ語、スペイン語、イタリア語。ドイツ語とイタリア語なら、件名がわかるぐらいの心得はある。全ファイルをひとつずつ確認していった。

危険そうなファイルは、ひとつもなかった。

「ないのか？」サムが静かな声で尋ねた。

ニコールは彼の目を見た。失意に首を振り、ふたたび画面に戻った。「ないわ」

「あとにしろ」サムは助言した。「まっさらな気持ちで、もう一度見なおしたほうがいい。精神的に傷を負っているせいで、見えないのかもしれない」

精神的に傷ついているのは確かだけれど、大切ななにかを見落とすほどではない。どのファイルもわかっている。いずれも最低で半年のつきあいがある顧客から頼まれたもので、そのうちの一件――マルセイユ港の港湾局――とは、年単位のつきあいがある。

内容もわかっていた。これまでに自分で訳すか、お抱えの翻訳者に頼むかしてきた内容の焼きなおしだからだ。ルクセンブルク銀行の文書にしても、そう。送られてきたのは理事会の議事録で、そのうちの八割は前回の理事会で語られたと同じ内容だろう。あるいはフランクフルト・ブックフェアの小規模版であるベルリン・ブックフェア。そこからは翻訳する文書として最新の〝開催マニュアル〟が送られてきているが、前回のマニュアルと大差ないはずだ。

ニコールはやり場のないため息をついた。

「ETA十五」マイクの小声が聞こえた。

あと十五分で病院に到着するということだ。いまだ意識の戻らない父を見おろした。はかなくて、大切な父。病気で弱っている。

あの男たちはその父の顔を切り裂き、躊躇なく殺そうとした。

ニコールは奥歯を嚙みしめ、画面に目を戻した。なぜなの？　なぜあの男たちがわたしと父を痛めつけにきたの？　目的があるはずだ。

「思ってることを口に出して言ってみたらどうだ？」マイクがバックミラーを介して、ニコールの目を見た。「それでわかることもある」

「そうね」ニコールは気合いで秘密を取りだそうとでもするように、画面をにらみつけた。「ここに二十二ファイルある。どれもつきあいのある顧客からで、新規はない。内容的にも見慣れていて、同じ顧客からこれまで受けた仕事にそっくりよ」

「逆方向からたどってみろ」サムが指摘した。「最後のファイルから、最初のファイルへ」

ニコールは肩をすくめた。なにかが変わるとは思えないけれど、やってみるしかない。「わかった」ファイルごとカーソルをやり、下から順番にたどった。日付の古いファイルから新しいファイルへだ。

眉をひそめた。「変だわ」

「どうした?」サムとマイクの声が重なった。

カーソルはマルセイユ港湾局から来たファイルの上にあった。

「あるファイルがやけに大きいの。わたしはお客さんから文書が送られてくる前に見積もりを出すわ。むかしからの顧客でもよ。ワードスミスではワード単位か、一ページ単位で料金を計算するんだけど、ワード単位なら一ワード六セント、ページ単位なら一ページ千五百バイトで四十ドルよ。港湾局の仕事の見積もり額はよく覚えてる——およそ百キロバイトで二千六百ドルだった。でも、ここにあるファイルは八百キロバイト弱よ。イラストがあったりテキストの一部がパワーポイントに含まれていれば、もちろんバイト数がふくらむけれど、ふつうはそれもテキスト扱いして課金させてもらえるの」

「もう一度開いて、中身を確認してみろ」マイクがうながした。住宅街に入ってバンプがあるので、やむをえなく速度を落としている。

「わかったわ」添付ファイルを開き、文書をゆっくりとスクロールした。用語にも内容にも慣れ親しんでいる。すっかり理解しているので、自分には港長の資格があるのではないかとたまに思うほどだ。ふいにフォントが変わった。二十ページ分ほどある。「なにこれ？」

ニコールはシートにもたれた。ファイルを送ってきたのは港湾局の職員で、いつも仕事を送ってくれる人だった。ジャン＝ポール・シモネ。娘さんふたりがマドリッドで起きたテロ攻撃で命を落としたと聞いて、お悔やみのメールを送ったのを機に、ちょくちょくメールをやりとりするようになった。シモネは変わった人で、おかしなことに情熱を傾けた。タンタンのコミックブックを集め、鉄道マニアで、それに……ステガノグラフィー！　データに秘密のメッセージをまぎれこませる技術のことだ。

「そういうこと」ニコールはつぶやいた。このラップトップはＷｉ－Ｆｉ接続が可能だろうか？　よかった、できる。急いでログオンし、シモネの趣味について交わした長いメールを思いだそうとした。彼はうんざりするほど長々とあるプログラムについて書いてきた。あのプログラムの名前は……キーボードに指を構えたまま、動きを止めた。

ふいに、いますぐ動かなければという、猛烈な焦りが湧いてきて、血管を駆けめぐった。明日や明後日や、あるいは一時間後でも遅すぎる。いますぐ。不可解だけれど、痛みを伴うほど圧倒的な衝動だった。

あのプログラムはなんという名前だっただろう。バックミラーでこちらを見るマイクは眉をひそめているし、サムはようすをうかがっているから、きっと正気を疑っているのだろう。

ニコールは口を結んで、目をつぶった。

思いだせ、ニコール！

シモネと最後に長いメールをやりとりしたのは、十二月だった。シモネは、クリスマス・シーズンになると家族が恋しいと書いてきた。娘ふたりのあとを追うように、奥さんまで亡くなったのだ。ニコールはクリスマスをひとりで過ごすシモネに深く同情した。マルセイユは寒い、とシモネは不平を述べていた。

なぜいまそんなことを考えているの？　寒い……雪（スノウ）。そう、あの小さなプログラムは〝スノウ〟という名前だった！

ニコールは顔色を変えた。「いまからあることを試してみるわ」

コシピュータは得意だった。体をかがめて数分後には、青いバーがいっぱいになって、目当てのプログラムがダウンロードされた。ニコールはファイルをクリックした。

「なにかあるわ」ニコールが小声で言うと、バックミラーのなかのマイクの目がこちらを向き、サムはシートに坐ったまま体ごと向きなおった。「ファイルに隠されていたの」

港湾局の報告書の一部分が溶けるように消え、それに重なるようにして新しいテキストが現われた。ステガノグラフィーは暗号とは違う。神よ、感謝します。暗号は解読できたことがない。ステガノグラフィーは隠蔽技術。あるファイルに別のファイルを隠しこむ。シモネからのメッセージを。

マドモアゼル・ピアス――ジュ・ヴ・ザンヴォワ・ル・マニフェスト・ダン・ナヴィール、デスティナシオン・ニューヨーク、ジュ・クロワ・キル・ルプレザント・アン・ヌーヴォー・アタンタ――アン・アタンタ・ニュクレエール――コントル・レ・ゼタ・ジュニ、パルス・ク――

ニコールはフランス語を訳し、声をふらつかせないように言った。「これは港湾局の事務員が送ってきたメッセージよ。内容を訳すとこうなるわ。ミズ・ピアス、ニューヨークに向かうある船の積荷目録を送る。わたしが思うに、彼らは合衆国にたいしてふたたび攻撃をしかけようとしている」顔を上げ、サムと目を合わせた。声が震えた。「彼はこう書いている――核攻撃だと。メッセージは突然、途切れている。まるで……中断させられたように」

「もっと悪い事態も考えられる」サムは言いながら、早くも携帯を使いだした。

合衆国にたいする核攻撃。ニコールは恐怖の高まりを感じながら、クリックしてページを繰った。「ここにもあったわ、サム、マイク。その船はリベリアの旗を掲げている。船名はマリクレール号。つぎの寄港地はニューヨークで、到着予定は明後日。このメッセージを送ってくれた男性は、テロリストの脅威にとても敏感なの。マドリッドの列車爆破事件でご家族を亡くされたから」ここでもう一度、真剣なサムの目を見た。「その船にはあるものが載せられている。阻止しなければ、サム」

すでにサムは携帯に向かって小声で熱心に話しだしていた。ニコールのほうを向き、携帯を掲げた。「いいぞ、スイートハート、ハリーがFBIにつなげてくれた。沿岸警備隊も話を聞いている。その船に関する具体的な情報を話してくれ」

「それより」ニコールは言った。「パソコンのアドレスを教えてくれたら、ファイルを転送するわ。隠されていた情報がもう読めるようになっているから」

「そうしよう」サムはアドレス三つを伝えた。いずれも末尾に〝.gov〟がつく。

ニコールがエンターキーを押したとき、SUVが道を離れて、煌々と照らされた大病院の急患出入り口へと進んだ。

ニコールはだらりとした父の手を取り、強く握りしめた。「わたしたちは世界を救ったかもしれない。こんどはわたしの父を救う番よ」

# 15

## ニューヨーク
## 六月三十日早朝

　ムハンマドは特権的な高みからマンハッタンを見おろしていた。割れないのが不思議なほど、スラーヤの衛星携帯電話を強く握りしめていた。

　こうして立ったまま空に太陽がのぼるのを見て、早四時間になる。街がにぎやかになって通行量が増えるのを眺め、ハチの巣でも見るように、せわしげなオフィスをのぞきこんだ。誰も彼もが金をつくり、金を失い、金に執着している。そのひとりずつ全員が罪深い異教徒どもだった。

　ムハンマドと同胞は失敗した。

　四時間前、沿岸警備隊がマリクレール号に乗りこんだ。ＦＢＩとＣＩＡ、そして不慮の事態に備えて原子力局支援チーム(NEST)の捜査員を引き連れていた。船長はそれを押しとどめること真だった。

がてきず、ムハンマドが最後に見た映像は、船長が海に投げ捨てる前に携帯電話で撮った写真だった。

状況のよくわかる写真だった。沿岸警備隊の監視船二隻では、それぞれふたりの射撃手が五〇口径のマシンガンを構えていた。上空にホバリングするAH－64Dアパッチ・ロングボウ・ヘリコプターは、強力な回転翼で海面を波打たせていた。機関銃の搭載弾数は千二百発あり、搭載されているヘルファイアかサイドワインダーが一発当たれば、マリクレール号は木っ端みじんになる。

ムハンマドは長い年月をかけて敵の資源をとことん研究してきた。大悪魔はまっ向勝負で倒せる相手ではない。ムハンマドの同胞とは桁違いの資源を持っている。そんな両者の闘いを称して、アメリカでは、非対称戦争と言う。つまり、イスラム戦士ムジャヒディンはその勇敢な心と不変の魂でもって、西洋の巨大な軍隊と最新鋭機器に戦いを挑んでいるということだ。

ときには負ける。勇気と信念だけでは乗り越えられないこともある。マリクレール号の船長は、装備にまさる敵を前にして、抵抗すら放棄してしまった。

敵は探しものを見つけるだろう。放射性物質のせいではない。容器は密封されているので、正規の船倉に積まれた切りだしたばかりの花崗岩と同一レベルの放射線しか放っていない。アメリカの兵士たちは船に乗りこむにあたり、ガイガーカウンターと生物剤にたいする試験薬を持参しただろうが、どちらも結果はシロと出る。そこではじめて熱線暗視装置を取りだす。

彼らはこの装置によって発見される運命にある。

暗視装置は、検出できないドアの奥にいる殉教者の温かな生きた肉体をあらわにする。シャヒードたちは彼らみずからの勇敢で力強く脈打つ心臓によって、暴きだされるのだ。

船にはムハンマドに結びつけられる証拠がひとつもない。ささいなものでもつながるものがあれば、ＦＢＩがとうにここのドアをノックしているだろう。自由なムハンマドにたいして、同胞たちは、異教徒たちの手厳しい扱いを生きて切り抜けることができたとしても、死ぬまで監禁されつづける。

計画そのものは秀逸だった。すばらしかったと言っていい。難点は放射性物質の収集ではなかった。それはむしろ容易だった。希元素がなくとも、専門家がいなくとも、原子爆弾は製造できる。爆弾の中身は放射性物質でありさえすればよく、放射性物質はそこらじゅうにある——病院の廃棄物や、原子力発電の副産物といったものだ。あとは金と時間があればよかった。

問題は兵士たちの移送方法だった。

待てよ……このすばらしい計画をすでに潜在的なシャヒード、つまり殉教する気のある者たちがあふれている国で実行することは可能だろうか？　たとえば……イギリスとか。疎外された多くのムスリムの住むあの国でなら、国内で新兵を集めることができる。

集められた殉教者たちは、イギリスの文化に通じていて、その言語もあやつれる。

しかもイギリスは島国で、海岸線に囲まれている。外から殉教者を入国させるのも、拍子抜けするほど簡単だろう。そしてもし、すでに国内に殉教者のグループがあって、二、三十人が徒党を組んでいれば、ムハンマドはロンドンの金融中心街シティを壊滅に追いこめる。

これならいける。ムハンマドは強い手応えを覚えた。これなら絶対にいける。

一年か二年はかかるだろう。かまわない。ムハンマドを育んだ文化は、西欧の文化とは逆に、速さを追求しない。ジハードには一生涯、二生涯、場合によってはもっとかかる。彼らの胸では、いまだ十字軍の記憶が燃えている。かまうものか。アラーは永遠なのだから。

ロンドンの金融界には知りあいがたくさんいた。一年もしたら標的となる建物の見取り図と、金融業界のCEOにつないでもらう紹介状を手に入れているだろう。シティを破壊できれば、ウォールストリートを消し去るのと同じ程度の効果が見こめる。

アラーのおぼし召しにかなっていれば、この計画はいける。

ムハンマドは電話を手にして、会社で使っている旅行会社に電話をかけた。ここなら二十四時間、休みなしに営業している。会社に頼んで、ロンドン勤務にしてもらうのは、たやすい。じつはロンドン支局に空きがあると、上司から打診があったところだ。

「やあ」ムハンマドは応対に出た男に言った。「ポール・プレストンだ。今日の最終便でロンドンに飛びたい。できれば、ブリティッシュ・エアウェイズでお願いする」

相手の声に耳をすませ、不快感に金色の眉をひそめた。

「もちろんファーストクラスだ」ぴしりと言った。「わたしをなんだと思っている？　家畜か？」

**サンディエゴ**
**七月三日早朝**

目を開けたニコールは、横を向いてサムを見ると、眠たげにほほ笑んだ。

サムは彼女を自宅の自分のベッドに連れ帰れたことを大勝利とみなしていた。彼女はその前の四十八時間を病院にいる父親のベッドの横で、固い椅子に腰かけて過ごした。

ピアス大使は明日には退院の予定で、いまは少量の鎮静剤を与えられている。自宅に帰ろうとサムが言い、ハリーとマイクが言い、病院のスタッフが言ったけれど、ニコールは父親が震える手で彼女の髪を撫でながら帰って休めと言うまで、帰るという選択肢を考えようとしなかった。父から言われたあとですら、サムに引っぱられるようにしてベッドを離れた。

車に乗るとすぐに眠ってしまった。サムは彼女を抱いて部屋に上がり、そっと服を脱がせて、自分のTシャツを着せ、シーツのあいだに横たえた。

ニコールは着替えの最中に一瞬目を覚まし、寝ぼけまなこでサムと、そのズボンのなかで大きくなっているものを見た。だが、サムはムスコを取りださなかった。ニコールの美しい目が疲労に曇り、肌が紙のように白かったからだ。サムの肉体は突入したくていきり立っていたが、疲労困憊しているニコールにセックスを求めるぐらいなら、喉をかき切ったほうがましだ。大きなカップに温めたミルクとたっぷりのハチミツと少量のウイスキーを入れて運び、残さず飲ませた。飲みおわった彼女は、横向きになると、明かりを消すように寝入った。

サムはひと晩じゅうベッドの脇に椅子を置いて、彼女の手を握り、泥のように眠る彼女を見ていた。服を脱いで、そっとベッドに入ったころには、空が白んでいた。

ゆっくりと体を動かし、スプーンのような形で彼女を横向きに後ろから抱えた。片腕を頭の下に差し入れ、もう片方を腹に垂らした。彼女に触れれば触れるほど、幸せな気分になれた。彼女に触れることが――生きている彼女の温かな肌に触れることが――正気を保つ薬になった。

あと少しで彼女を失うところだった。あの、打ち捨てられた倉庫で。

そう失いかけた、死という形で。死という形で永遠に。

そのことを思うと、いやおうなく体が震えた。この世を去るその日まで、彼女が銃弾の前に飛びだそうとしてすんでのところで引き戻され、引き戻した悪党に頭を撃ち抜かれそうになったあの光景を忘れることはできないだろう。

目を閉じれば、もうひとつの現実が見えた。マイクと自分があと一秒遅れていたら、どうなっていたか。ニコールはきたないコンクリートの床にできたみずからの血溜まりのなかに横たわり、その美しさと優雅さと善良さはすべて永遠に失われていた。

なんという恐ろしさだろう。

そんなことを思って、手を発作的に何度か握っていると、彼女がこちらを向いて、寝ぼけ顔でほほ笑んだ。

「しまった。サムは渋い顔をした。「起こしちまったな。ごめん」

ニコールはシーツをかさこそいわせながらくるっと体を倒し、サムと正面から向きあった。乳房と胸板、腹と腹が触れあい、長い脚がサムの脚をかすめた。恐ろしく敏感になったペニスに体が触れたときは、跳ねあがってしまった。

額に汗が噴きだした。今回はいい子にするつもりだった。ちゃんと思いやりのあるところを示したい。だが、腕のなかにニコール・ピアスがいて、うっすらとした笑顔を自分に向けて、それが目に痛いほど美しいときに、どうしたらそんな芸当ができるんだ？

どうやって彼女が疲れていることを思いやってやるんだ？　彼女の肌のにおいに鼻腔をくすぐられて、前にぴったりと張りついた体が小さな炉のようになっているというのに。それに、彼女の吐息と乳房にくすぐられている。そんなときは、どうしたらいい？

「うーん……」ニコールが笑顔で目を閉じ、全身をまんべんなくすりつけてきた。硬くなったものに下半身が押しつけられた衝撃で、身震いが走った。

ベッドには素っ裸で入った。むかしからパジャマは好きじゃない。そしてニコールのほうは、サムのTシャツしか着ていなかった。膝まで隠れるけれど、生地がやわらかいので、裸でいるのと同じくらい彼女の体の隅々までわかる。

ニコールがほっそりとした腕を胴体に巻きつけてしがみつき、首筋に顔をうずめた。彼女の舌に舐められたとき、どうとでもなれ、とサムは思った。

一分後には破いたTシャツがひらひらと床に落ち、彼女にのしかかって、深々と貫き、やわらかく湿った膣にしっかりとくるまれていた。

サムは絶望感に目をつぶった。またやっちまった。

「くそっ」小声で言った。肘を立てて、彼女を見おろした。「また前戯を忘れた」

ニコールが頭を持ちあげて、唇を重ねてきた。「あなたの夢を見てたのよ。燃えたつような夢」腰を持ちあげて、さらに奥のほうまで導く。ああ、よかった、濡れていてすべりがいいよ、愛の女神。「あれって前戯のうちかも」

「そう？」興味を惹かれて、サムは彼女のまぶたがまたたくのを見つめながら、ゆっくりと腰を前後した。「夢のなかで、おれたちはなにをしてた？　セックスはどうだった？」

「言葉では言い表わせないくらいよかったわ」小声で安心させてくれる。「ふたりでベッドにいて、あなたにナイトガウンを脱がされたの……というか、破り取られたんだけど。それに、ナイトガウンじゃなくて、あなたのTシャツだったかも……」

彼女の口をキスでふさぎ、彼女が口元をほころばすのを感じた。サムは波のようにゆるやかに動いた。肩をつかみ、進めるだけ奥に進んだ。彼女の笑みが消え、せがむように唇を動かしている。性器と同じようにふたりの口がつながっていた。

ニコールが両脚を持ちあげて広げ、ペニスをさらに奥へと導き入れた。

背筋を電流が走り、睾丸が張りつめた。まずい。ぶざまなことは避けなければ。このままでは、入れたばかりなのに爆発してしまう。もちろん、そのあともセックスは続けるけれど、彼女が相手でも自分を律して、最初の五こすりで討ち死にしないように努力しないと。

とはいえ、自分に責め苦を与えたいという誘惑は強かった。彼女のなかに入れるところが見たくて、前腕をついて体を起こした。ゆっくり、ゆっくりだぞ。

「いい夢だな」息が切れそうになる。「おれも見たんだ。その夢のなかで、おれはきみとやって——いや、愛を交わしてた。そして、おれがきみのなかに入れるのをふたりで見た」

**入れる。**

「ぞくぞくする夢だった」ささやくようにつけ加えた。

**出す。**

ニコールもふたりでつくりだす光景に目をやった。耐えがたいほどに官能的で、彼女のほっそりとした白い胴体が動き、腹筋が収縮して、ピンク色でふっくらとした下の唇が引きだされるペニスに名残り惜しそうにまとわりついている。

**入れる。**

彼女は天上の味わいだった。これまでセックスにはかならずコンドームを使ってきた。コンドームをはめていても、ニコールとの行為はこれまでのどんなセックスよりも刺激的だった。それがなにもなしとなると……五こすりもったのが奇跡に思えてくる。

**出す。**

なにもつけていないと、隅々まで彼女を感じることができた。いまでは自分の手の甲と同じように、彼女の性器のことがわかる。絶頂を迎えるとますますやわらかくなるし、彼女が昂ると、ペニスの皮膚にさらなる湿り気が伝わるので、すぐにわかった。

**入れる。**

ふたりを隔てるゴムはない。妊娠を防いでいるのは小さな錠剤に押しこめられたホルモン剤だけだ。この数日、ごたごたのなかで、彼女はピルを飲んでいたのだろうか?

**出す。**

なぜそんなことを思うかというと、もし飲んでいなければ、飲むのを忘れていれば——誰にも彼女を責められない——そうしたら……そう、いまここで妊娠してもおかしくない。

**入れる。**

おれの子を。

**出す。**

そんなことを考えていたら、ますます大きく硬く長くなった。ニコールがびっくりした顔で、ちらっとこちらを見た。サムの度を超した興奮ぶりを感じ取っているのだ。

**入れる。**

なぜそんなに興奮しているかというと、もし彼女が受胎したら、生まれてくるのはきっとニコールに似た女の子だからだ。つややかな黒髪と、コバルトブルーの瞳の。

**出す。**

その子は小さな腕をおれの首にまわして、愛していると言ってくれる。それでおれはその子を猛烈に愛して、必死に守る。

**入れる。**

子どもを宿したニコールは、いまにも増して輝くばかりの美しさになる。いまだってその片鱗（へんりん）が現われている。日に日に丸みを増しているし、美しさに磨きがかかった。

**出す。**

妊娠したら気をつけて、行為は後ろからにしよう。そう、ゆっくり、ゆっくり。妊娠後期になったら、彼女に入れたまま、腹に手をあててみよう。子どもが動くのを感じるだろう。

**入れる。出す。**

子どもができるかもしれない……。

入れる。出す。入れる。

いま……。

入れて出して入れて出して入れて出して——

ほら！

サムは爆発した。そのひと突きで、頭のてっぺんから引きだされた熱線が電光石火のうちにまっすぐ背筋を伝ってペニスまで通った。頭が吹き飛びそうになりながら、ありえないほど奥まで入れようと、マットレスにつま先を立てて踏んばった。奥歯を噛みしめていないと叫んでしまいそうなほどの衝撃だった。

波のように押し寄せてくる。ぶるぶる震えながら大量にほとばしらせ、なかを自分の液体であふれさせると、彼女の上に倒れこんだ。自分が重いのはわかっているけれど、精を放つあいだ、すべてがペニスに奪われて、体を支える力すら残っていなかった。

全精力を使い果たした。彼女に体重をあずけたまま肩で息をし、まぶたの裏の点が消えるのを待った。頭がからっぽになって、ただ感じていた。やがてゆっくりと意識が戻ってきた。しまった、彼女がまだだ……。

いや！

いきだした！　ペニスの周囲が鋭く小さく痙攣し、彼女の息があがった。サムは神に感謝した。自分を優先させてしまった。

奥までしっかり入れたまま、彼女がうごめくのを感じた。彼女の絶頂を感じるのは、射精するより気持ちがいいくらいだった。なかで軽く揺すると彼女のクライマックスが引き延ばせるのを知っていたので、腰を動かして揺れをつくった。感じるかどうかわからない程度の動きだけれど、彼女はこれが好きなのだ。

サムは彼女の髪にほほ笑みかけた。彼女がどんな顔をしているか、見なくてもわかる。脳に焼きつけられているからだ。きっと死の床についたときも、彼女の顔が見えるだろう。喜びにぎゅっと目を閉じて、長い首をそらせ、甘美な唇は空気を求めて開いている。

痙攣が弱まってきたので、サムは動くのをやめた。彼女はちょうどいまのように、ゆっくりとわれに返る段階に来たら、じっとしているのを好む。

いい気分だ。彼女のこと、その体のこと、どう感じているかわかっているのは、なんとも言えずいい気分だった。ニコールはけっして自分を隠さず、駆け引きをしようとしない。彼女のすべてが本物で、それには快感も含まれた。

おれが与えた快感だ。

最高じゃないか。

おとなしくなった小さな膣はやわらかく湿り、腕はゆったりとサムを抱えている。ニコールは満足感を長いため息にしてもらした。

彼女のこめかみに鼻をすりつけると、髪がふんわりと顔を撫でた。彼女の髪の温かさには、毎回ショックを受けてしまう。闇夜のように黒々としているせいで、ひんやりしているような気がしてしまうのだけれど、彼女の髪は、ほかのすべてと同じように、温かくてやわらかかった。

そうだ、この女しかいない。

彼女の耳たぶをくわえて、そっと嚙んだ。彼女のなかでペニスが硬くなり、やわらかに湿った壁を押し広げる。耳の裏を舐め、腰を突きだして、さらに深く埋めた。

「サム？」

ぬくもっていい香りのする髪に、もう一度顔をうずめた。

「ん？」

「サム――悪いけど、メールをチェックしないと。この二日間メールを見ていないし、会社をたたむわけにはいかないの。少し待ってくれる？」

ニコールにそっと肩を押された。サムはため息を押し殺して、渋々ぬくもりから撤退した。濡れたペニスの皮膚に触れる空気はよそよそしく冷たかった。口がきけたら、ぶつくさ言っているだろう。ニコールの外に出るのは嬉しくない。

それでも、彼女に笑いかけた。ほかの誰かとセックスするより、ただニコールのそばにいるほうがずっといい。彼女が笑顔を返して、顎の下に手を添えてくれる。いまやおなじみとなった愛情深いしぐさだ。

「完全に遅れを取り戻したら、翻訳を頼めるかな?」サムは尋ねた。「ティファナに警備を強化したがってる銀行があってさ。去年、薬物に手を染めているギャング団に十五回も盗みに入られたんで、ほかに手を探して、地元警察を見かぎりたがってる。入札依頼が出てるが、技術用語がすべてスペイン語で書いてあってさ」

ニコールは両肘をついて体を起こし、顎にキスした。「もちろんよ。喜んでやらせてもらうわ。恋人特別割引を適用してあげる」

サムは動けなくなった。チャンスの入り口が開いた。トラックを通せるくらい大きな口が。心臓が早鐘を打ちだし、希望とパニックが太鼓のようにどんどこ鳴った。待つつもりでいたのだ。ひと月かふた月か。彼女がこの数日のできごとを整理して、落ち着くまで。もちろん、待つあいだはできるかぎり彼女のそばにいるつもりだった。自分といることに慣れてもらわなければならない。

彼女がふだんつきあうような男でないことは、重々承知している。ふたりは一見したところ、いかにも不釣り合いだった。

自分はビールが似合いの無骨者。たいするニコールに似合うのはシャンペン、しかも最高級品だ。

サムといたら、ほぼまちがいなく上流社会への招待状は届かないだろうが、大使の娘であるニコールにはその資格がある。

サムが彼女に与えられるものは名目上はあまり意味がないけれど、とても実質的ではある。貞節、献身、揺るぎない支え。そしてたぶんゆくゆくは、わずかな隙にも彼女に飛びついてしまうようなことはやめて、ふつうの性生活を送れるようになるだろう。いつかはわからないけれど、いずれは。

そんなわけで、当面は彼女にぴたっと張りつく計画だった。彼女が父親のそばにいたがるのはわかっているし、立派だとも思っている。それでも仕事の行き帰りは車で送れるし、ランチはいっしょに食べられる。彼女は夜も食事をする。そのときは彼女の家で食べてもいいし、一時間ぐらい外に出てもいい。いっしょにいられさえすれば、なんでもよかった。肝心なのは自分がそばにいることに慣れさせること……いずれ時期を見計らって、切りだすつもりだった。

だが、人生、一寸先は闇。危険はつきもの。誰よりもサムはそれをよく知っていた。彼女を失いかけた——二回も。

いましかない。

サムは深呼吸した。

「よくわからないんだけどさ」精いっぱい、淡々としたなにげない口調を心がけた。「おれは婚前契約には反対なんだ。だから、おれに請求したら、結局はきみ自身に請求することになるから、意味ないんじゃないかな」

沈黙。ひりひりするような、まったくの沈黙。

こっそりニコールを見ると、顔からいっさいの表情が消えていた。サムは内心のびくつきを表に出すまいとした。

まずい、まずい、まずい！

なんでいま言おうなんて思った？　おい、どうして待てなかったんだよ？　こうなったら胸の内をぶちまけて、どうして――

ニコールが目を細くした。「ひょっとして、いまの発言、プロポーズ込みだった？」

黙って彼女を見つめる以外のことをする勇気がなかった。

「ねえ、そうなの？」

口がからからだ。サムはうなずいた。

「もしそうなら」彼女は非難がましい口調で言った。「そんな中途半端なプロポーズ、聞いたことない」

サムはうなずいた。うん、そうだな、たしかに中途半端だ。

「すまない」咳払いをする。「きみの言うとおりだ、おれには自分がなにを――」

「ではあるけれど」ニコールがさえぎった。「あなたには命を救ってもらったから、大目に見てあげる。二度も。点数を稼いだわね。それで、わたしを愛しているの？」

これなら返事ができる。「はい」しっかり答えて、待った。さらに待った。ニコールは思案顔で、黙ってこちらを見ている。

ああ、ちくしょう。断わるつもりだ。

あたりまえだろ? それ以外にどんな返事があるんだよ? 自分のこと、自分がなにを欲しいかは、よくわかっている。欲しいのは彼女で、それには一片の疑いもなかった。だが、みながみなサムのようではないし、大切なことを即決できるわけではない。こちらには疑問がなくとも、向こうはどうか。

ニコールの美しさは並外れている。思春期以来、会って五分で彼女に惚れこむ男たちがたくさんいたはずだ。だからこちらには疑いがなくても、向こうにはあるかもしれない。サムのような男を信じて、人生を託すなど、まともな女のすることじゃない。

彼女は愛情豊かなしっかりとした家庭の出だ。サムははるかに異なる環境で育ち、それでいて同じ惑星で暮らしている。彼女のような人がおれを信じられるわけが――

「あなたにとってこれが最後のプロポーズで、ほんとうによかったわ。あまりに悲惨だもの。とはいえ、返事はイエスよ」

「わかってる、きみがおれみたいな人間に慣れていないことは。ただ、誓うよ、永遠にきみの力になる。きみにはおれがついてる。誰にもきみを傷つけさせない。絶対にだ。おれの言葉に嘘はないし――」

「サム」ニコールはため息をついた。「いま、イエスと言ったんだけど。それと、念のために言っておくけれど、わたしもあなたを愛してる」

脳が故障した。動かなくなってしまった。サムは一瞬、息を詰めた。「イエス?」間の抜けた声で、おうむ返しにした。聞きまちがえかもしれない。

ニコールはあきれたように目をぐるっとまわすと、サムの顔を引き寄せて、唇を重ねた。

# エピローグ

ベルビュー墓地
十二月十五日

いつになく寒く、風の強い日だった。ニコールは震えながらマツユキソウとカスミソウの小さな花束を父の墓に手向けると、後ろに下がった。

サムが腕をまわしてくれたので、ありがたくその力とぬくもりに寄りかかった。もう少し厚着をしてくればよかった。一時間ほど前、コロナドショアズを出たときは、暖かな朝になりそうだったのに。

大西洋から吹きつける風は、北極を思わせる冷たさだった。それなのに手袋すらはめていない。手袋をはめられなくなって、半年になる。サムが買うといって聞かなかったハトの卵ほどもあるダイヤモンドの指輪をしていてもはめられる手袋など、どこの世界にあるだろう。きれいだけれどとにかく大きく、最初のうちは困惑のほうが強かったものの、このごろは愛着を感じるようになってきた。

手を伸ばして墓石に触れ、「お誕生日おめでとう、お父さん」と、ささやきかけた。生きていれば父は今日六十二歳だった。

ニコールとサムは父が退院した翌日、治安判事の立ち会いのもと、父の寝室で結婚した。ハリーとマイクとマニュエラが参列してくれた。

サムは結婚に先立って、父の寝室に入り、ドアを閉めた。ふたりの話は一時間以上続いた。父はどんな話をしたか、教えてくれなかった。冷たい手でニコールの手を握って、いい男を選んだな、と言った。

あっさりとした短い式が終わると、ニコールの期待に反して、サムは熱烈なキスをしなかった。ニコールを腕に抱きあげ、感極まったかすれ声で耳にささやいた。「いい夫になると誓う」

その言葉に嘘はなかった。実際、ニコールの妻ぶりより、彼の夫ぶりのほうが上だった。とくに結婚直後の二カ月――彼女の父親にとって人生最期の二カ月――は。

サムは自宅隣の小さな部屋を買いあげると、なかで行き来ができるようにあいだにドアをつけて、買った部屋をニコールの父親の部屋にした。ニコールは結婚後最初の二カ月間は、いよいよ死期が近づいてきた父のために、ほかのすべてを犠牲にした。

サムは疑問の余地のない言葉でニコールが背負うべきは父親のことだけで、ほかはいっさい気を揉むなと伝えた。請求書に悩まされることはなくなり、食事の支度や片付けにわずらわされることもなく、医者や看護師が来ては帰った。ニコールはそういう雑事にほとんどわずらわされなかった。サムがすべてを受け持ってくれていたからだ。

三夜連続で寝ずに父に付き添ったのち、父が息を引き取ると、悲しみに暮れるニコールを支えるためサムがそこにいてくれた。その後疲れと悲嘆で茫然自失になり、あとになって気づいてみると、サムが葬式の手配をし、墓地を購入して、墓石を注文してくれていた。時の流れには悲しみを癒やす力がある。葬儀のあと、サムに連れられてマウイまで先延ばしになっていたハネムーンに出かけた。サムのおかげで、ニコールはただ食べて、眠って、彼と愛しあうだけでよかった。ハネムーンから戻ると、ワードスミスの業務に没頭した。毎日サムの車で会社のあるビルまで行き、九階にのぼって、通路をはさんだ向かいあわせのオフィスで働いた。こうしてワードスミスはついに軌道に乗った。マイクは警察をやめ、サムとハリーといっしょに働くことになった。三人の名字の頭文字をとって、社名はＲＢＫセキュリティと改められた。

毎夜ふたりは情熱に満ちた時間を過ごし、それが色褪せることはなかった。

サムは信じられないほど愛情深い夫だった。ときに、過保護すぎてとまどうことはあっても。ワードスミスは日々成長を続け、ニコールは子どもを育てるように会社を育てた。でも、やっぱりそれとは違うけれど。ニコールはそう思いながら、お腹を撫でた。

ふいに風が凪いで、雲のあいだに青空がのぞいた。日差しを受けて鮮やかな緑に変わった芝生の絨毯が海岸までなだらかに続いていた。

きっと父もここを気に入っただろう。父はその職業人生の長くを緑の少ない乾燥した地で過ごした。そしてなぜかサムは、そんな父のために完璧な場所の完璧な墓地を選んでくれた。ここは海を一望できる小高い丘の上にある。

太陽が顔をのぞかせると暖かさが戻ってきて、うららかといっていい日和になった。ニコールは笑顔でぬくもりを受けた。

情け深い存在が空気のなかに漂い、愛をささやいた。どこかに父の霊が居残っていて、やさしい手つきで髪を撫でてくれたような気がした。

そう、父がどこかでほほ笑んでいるのがわかる——母の手を握りながら。もう少し先にしたかったけれど、いましかない。空の高みから家族が愛とともに祝福を送ってくれているのだから。

ニコールは肘でサムの脇を突いた。「あなたにクリスマス・プレゼントがあるのよ」

「うん？」サムが笑顔で見おろして、抱き寄せてくれる。「少し早くないかい？　ここにはあと十日経たないとクリスマスは来ないぞ」

サムにもたれかかり、肩に頭をすりつけた。「そうね。でも、このプレゼントはあなたのもとに届くまでに九カ月かかるから、先に伝えておいたほうがいいと思って」

墓地というのは、物寂しくて寒々としたところ、悲嘆の場所であり、その地面には愛するものを失った人たちの涙が滲みている。

けれどその朝、ふたりのいた墓地には、ひとりの男のほがらかな笑い声が朗々と響きわたった。

# 訳者あとがき

お待たせしました。リサ・マリー・ライスの新シリーズの第一弾、『愛は弾丸のように(原題 *Into the Crossfire*)』をお届けします。

今回のシリーズタイトルは〝プロテクター〟。ロマンス小説においてヒーローが身を挺(てい)して女性を守るのは基本中の基本、外してはいけないお約束のひとつですが、このシリーズでヒーローとなる男たちは、愛する女を守ることに加えて、国を守る男たち――兵士であり、特殊部隊に所属している――でもあります。

たとえば今回の主人公のサム・レストンは、かつて海軍の特殊部隊SEALに所属していた優秀な兵士でした。鼓膜を迫撃砲でやられて潜水できなくなったために除隊。いまはセキュリティ会社を経営して、大成功をおさめています。つい最近も積み荷の紛失ルートを突き止めてもらいたいという船会社からの依頼を受けて潜伏調査をしたところ。そのために荒くれ者の港湾労働者に扮して会社に帰ってきたら、会社のあるビルで、絶世の美女に出会います。

サムはすっかりひと目惚れ。その美女の正体を探ってみると、サムの会社のオフィスの向かいに事務所を構えるワードスミスという翻訳会社のオーナーでした。名前はニコール・ピアス。大使の娘として世界じゅうを転々としながら育ち、ジュネーブで学んで、卒業後は国連機関に勤めていた生粋のお嬢さま。そのお嬢さまが高給をもらえる国連での仕事をなげうって一年前に立ちあげたのがワードスミスという会社でした。

ひるがえってサムのほうは、じつの母親からゴミ箱に捨てられ、たまたま助けられて施設で育ちました。母親が出所後に引き取られたあとも、ドラッグと酒と男で荒れた生活を送る母親にまともな世話などできるはずもなく……その後、やられた里親家庭がまた最悪で、保護費目当てに子どもを預かっているだけの、暴力に満ちた悲惨な環境。ただ、そんななかでも、同じ里親に引き取られた同年配の少年ふたりと三人兄弟のようにして助けあい、親切な隣人が里親の目を盗んでせっせと食べさせてくれたおかげで、無事、大人になることができました。そして実の兄弟以上に強い絆で結ばれた三人は、里親家庭から自由になると同時に、それぞれ海軍、陸軍、海兵隊へ進みます。

というように、育ちからしてまったく接点のないサムとニコールですが、ある日、ニコールが会社の前で鍵を忘れて困っているという、サムにとっては千載一遇（せんざいいちぐう）のチャンスが転がりこみます。解錠を得意とするサムは、食事の約束と交換条件に鍵を開け、まんまとデートの機会を取りつけます。そしてそれまでの荒くれ港湾労働者としてではなく、散髪して、シャワーを浴び、きれいにヒゲをあたり、本来の成功した実業家として彼女の自宅に向かいます。

サムのほうはニコールとつきあう気満々。ニコールのほうもサムにおおいに惹かれるものの、病身の父親を抱えているという障害があり、事情を話してサムにあきらめさせようとします。瀕死の親を抱えて、金銭的にも時間的にもデートする余裕のない女など、ふつうなら尻尾を巻いて逃げだしたくなるはず。それなのに、サムはまったくひるまないどころか、ますますその気になる始末。ニコールは彼の熱意に押されるまま、ベッドへの誘いにのります。自宅に迎えにきてくれたとき父親に親切にしてくれたことや、彼の生い立ちから垣間見えた人柄に魅力を感じたこと、そしてなにより性的に彼に惹かれていたからです。

そして父親のことも忘れて、彼との行為に及びますが、だからこそ、翌朝目を覚ましたとき、自分の欲望の強さに恐れをなして、サムが寝ているあいだに逃げだすはめに。サムは兄弟ふたりにからかわれながらも彼女に電話をかけつづけ、ニコールは翻訳の仕事が手につかないまま、ひたすらサムのことを考えつつも電話を避けつづけて一日を過ごし、明日は会って話をしなければならないと思っていた矢先、夜になって出社したニコールは、オフィスに入った瞬間、何者かに襲われます。サムが登場してかろうじて難を逃れることができたものの、侵入者はなにかを探していたようす。それがなにだかわからないかぎり、ニコールは標的にされつづける。

そして、敵はニコールの最大の弱点をついてきました……。

リサ・マリー・ライスといえばホットなセックスシーンで有名で、今回もそこは期待を外すことはないものの、いちばんの読みどころは三兄弟の結束の強さです。これまでの彼女の作品では、極端すぎて人間離れした雰囲気のあるヒーローが多かったように思いますが、今回はひと味もふた味もちがいます。主人公のサムと、その兄弟分であるマイクとハリーは、暴力に苦しむ女や子どもを別の環境に移すという活動をひそかに行なう、弱者を守りたい男たちです。自分たちが暴力に苦しみ、人の情けのありがたさを知っているから。そして、そうした人間味を身につけられたのは、助けあえる兄弟分がいたからこそ。ひとりが困っていれば、残るふたりが全力でその助けにまわります。このあたりが、ヒーローの孤独さが際だっていたデンジャラス・シリーズとは大きく異なり、ほのぼのとした温かみを生みだし、そうした雰囲気があるため、彼女の持ち味であるユーモラスな部分が、いっそう生きてきているように思います。

サムというヒーローをより深く理解していただくために、ここで少し、サムの所属していた海軍の特殊部隊ＳＥＡＬについて補足しておきます。最近だと、二〇一一年五月に国際テロ組織アルカイダの最高指導者、ウサマ・ビン＝ラディンの殺害作戦にあたったことで名を馳せたSEALは、ロマンス小説にもたびたび登場する超精鋭部隊。現役隊員は二千五百人前後。一グループ三百人規模の部隊が国内に二グループ、海外に五グループ配備されているほか、秘密裏に作戦を実行する非公式の部隊が存在し、ビン＝ラディンの殺害にあたったのはそのチームだとされています。

これだけの精鋭部隊ですから、入隊するのも並大抵ではありません。入隊資格（国籍条項や、海軍所属の男子であること、年齢など）を満たしたうえで、大きく分けて三段階の訓練選抜過程を経なければなりません。

まず最初に五週間の基礎過程。それを無事に通過したもののみが、米軍のなかでもっとも過酷とされるBUD／Sこと基礎水中爆破訓練に進むことができます。およそ六カ月におよぶこの過程は三段階からなり、第一段階の途中に体力を限界まで追いこむ〝地獄週間（ヘルウィーク）〟があります。百三十二時間におよぶこの期間中は、睡眠時間すらぎりぎりまで削られるという過酷な条件のなかで、チーム対抗の訓練が行なわれます。BUD／Sを無事、通過できるのは志願者の二、三割といいますが（冬季のほうが通過率が下がるとか！）、ネットにアップされているヘルウィークなどの訓練の動画を見ると、その数字すら多く感じられます。そして、そんなBUD／Sを終えても、まだ入隊はできません。パラシュート降下訓練を含む最終訓練過程が待ち受けています。

訓練開始から終了までにおよそ二年半。給料はけっして高くないようですが、これだけの訓練を受けた兵士ですから、除隊後引く手あまたなのもうなずけるというものです！

さて、プロテクター・シリーズ二作めは、本国アメリカで二〇一一年四月に刊行された *"Hotter Than Wildfire"* です。主人公は、サムの兄弟のひとりで、アフガニスタンで負傷した元陸軍兵士ハリー・ボルト。この作品のなかでは歩くのもままならないハリーですが、次作ではすっかり回復して大活躍。サムやマイクにくらべると、ちょっと奥手でシャイな感じのするハリーが恋に落ちるお相手は、経理の得意な謎の歌手イブ。奇異な組みあわせのようですが、読めば納得の、ハリーにぴったりのヒロインです。こちらも近いうちにご紹介できる機会があることを願っております。

二〇一二年五月

23 ザ・ミステリ・コレクション

# 愛(あい)は弾丸(だんがん)のように

著者 リサ・マリー・ライス
訳者 林(はやし) 啓恵(ひろえ)

発行所 株式会社 二見書房
東京都千代田区三崎町2-18-11
電話 03(3515)2311 [営業]
03(3515)2313 [編集]
振替 00170-4-2639

印刷 株式会社 堀内印刷所
製本 合資会社 村上製本所

落丁・乱丁本はお取り替えいたします。
定価は、カバーに表示してあります。

ISBN978-4-576-12078-2
http://www.futami.co.jp/

## 危険すぎる恋人
リサ・マリー・ライス
林啓恵［訳］

雪嵐が吹きすさぶクリスマス・イブの日、書店を訪れたジャックをひと目見て恋におちるキャロライン。だがふたりは巨額なダイヤの行方を探る謎の男に追われはじめる。

## 眠れずにいる夜は
リサ・マリー・ライス
林啓恵［訳］

パリ留学の夢を諦めて故郷で図書館司書をつとめるチャリティに、ふたりの男――ロシア人小説家と図書館で出会った謎の男が危険すぎる秘密を抱え近づいてきた……

## 悲しみの夜が明けて
リサ・マリー・ライス
林啓恵［訳］

闇の商人ドレイクを怖れさせるものはこの世になかった。美貌の画家グレイスに会うまでは。一枚の絵がふたりの運命を一変させた！想いがほとばしるラブ＆サスペンス

## 青の炎に焦がされて
ローラ・リー
桐谷知未［訳］

惹かれあいながらも距離を置いてきたふたりが再会した場所は、あやしいクラブのダンスフロア。それは甘くて危険なゲームの始まりだった。麻薬捜査官とシール隊員の燃えるような恋

## 誘惑の瞳はエメラルド
ローラ・リー
桐谷知未［訳］

政治家の娘エミリーとボディガードのシール隊員・ケル。狂おしいほどの恋心を秘めてきたふたりが〝恋人〟として同居することになり…。待望のシリーズ第二弾！

## 夜風のベールに包まれて
リンダ・ハワード
加藤洋子［訳］

美人ウエディング・プランナーのジャクリンはひょんなことからクライアント殺害の容疑者にされてしまう。しかも現われた担当刑事は〝一夜かぎりの恋人〟で…⁉

二見文庫 ザ・ミステリ・コレクション